一个人的编年史

周同宾 著

天津出版传媒集团

百花文艺出版社

图书在版编目（CIP）数据

一个人的编年史 / 周同宾著. -- 天津：百花文艺出版社, 2017.1

（"记忆乡愁"散文丛书）

ISBN 978-7-5306-7146-7

Ⅰ.①一… Ⅱ.①周… Ⅲ.①散文集-中国-当代 Ⅳ.①I267

中国版本图书馆 CIP 数据核字(2016)第 294870 号

选题策划：杨进刚　徐丽梅　　装帧设计：郭亚红
责任编辑：徐丽梅

出版人：李勃洋
出版发行：百花文艺出版社
地址：天津市和平区西康路 35 号　　邮编：300051
电话传真：+86-22-23332651（发行部）
　　　　　+86-22-23332656（总编室）
　　　　　+86-22-23332478（邮购部）
主页：http://www.baihuawenyi.com
印刷：天津金彩美术印刷有限公司
开本：787×1092 毫米　　1/32
字数：229 千字
印张：12
版次：2017 年 1 月第 1 版
印次：2017 年 1 月第 1 次印刷
定价：39.00 元

目　录

自　序

　　书稿整理停当，又看一遍，忽有一种苍凉感。仿佛是转头间，年过古稀了。人生剩个尾巴，可能是兔子的尾巴。光阴真如白驹过隙，还没有来得及享受呢，已近黄昏。其实，只是后半辈子过得快，前半生挨整、挨饿时倒度日如年。

　　我有幸（准确地说是不幸）出生在二十世纪四十年代。我有幸（准确地说也是不幸）出生在一个偏僻乡村的普通农民家庭。三十岁后，才进了城市。四十岁后，才赶上改革开放。从少年、青年、壮年，直到老年，经历了许多事情。总体上说，前三十年迭遭风雨，多有波折，后三十年基本安定，日子过得平和。可以看出，国家的命运关联个人的遭际，时代的变迁牵扯个人的沉浮。六十多年来，我的足迹、心迹，与共和国的脚步及大多数草民的感受大体上应是一致的。我是个寒门出身的小人物，一辈子生活在基层，碰到的都是些小事件、小场面，小情景，小小的喜怒哀乐，小小的悲欢离合。这些"小"，和大的时代背景，大的历史过程,理当有些必然瓜葛。"大"影响到"小","小"反映出"大"。我没有宏大叙事的本领,只能写一己亲见亲闻亲历的若干"小",希望以小见大,一叶知秋,一燕知春,一滴水中可见世界。如果说人生是个五味瓶,我尝过普通人都尝过的苦甜酸辣。如果说人生是一趟没有返程票的旅途,我看到的是普通人都看到过的一路跋涉的风景。如果说人生就像种庄稼,付出血汗,历经灾难,我和其他人一样种瓜得瓜、种豆得豆,有丰有歉,或者蚀了老本。如果说人生是个竞技场,我和其他人一样努力了,奋斗了,跌倒过,落魄过,至于得失成败,缘于自己,更缘于时运、天道。当然,我只是我,我有和别人不一样的地方,我只是个小小的"个案"。

近三十多年的故事写得较少,内容似乎也欠深刻,欠沉重。这是因为,一来这些年国家发展总体还算平顺,我个人没有太大的颠簸;二来自己没有足够的能力去揭示深层次的东西,我的生活阅历也没有提供揭示那些东西的可能。我写的是作为个体的"一个人"眼中、心中的存在,不是一群人、很多人的诸般情状。——这些辩解或许是多余的。

"编年史"云云,其实是比喻,是夸张,是文学化的说法。我不可能弄出什么"史"来,充其量只是零星的碎屑,是片片断断的史料、材料、资料。或者说,只是些现实生活的若干细节、情节、过节。老话说"隔代修史",当代人只能积累并留下丰富的史料和细节,供后世人拣选、剪裁、使用。国家大事可能是历史的骨架,而黎民苍生的境遇,一个个小百姓的生与死,爱与恨,乐与忧,喜与惧,则是历史的血肉、魂魄和底色,是历史的表情、歌唱和呻唤。没有这些,历史可能失其真,可能变得冷冰冰的、硬邦邦的,不好接近。在著名的《二十四史》里,除了《史记》,其他各书均很少写到后者,所以读起来未免疏离、干巴、寡淡。即便《史记》,陈胜吴广等人如果一直在垄亩间务弄庄稼,不是揭竿而起,狠狠地闹腾一阵子,也不会走进司马迁的笔下。史料、细节之类,随着一代又一代人的老死,很容易流失,泯灭。失去的,永远失去了,再也难寻觅。趁当事人还在,真应该多留些活的记录。不少人都这样做了,我以为还远远不够。我们这个民族,有很多优秀的传统,也有一些短处,健忘就是其中之一。鲁迅先生的杂文里,就一再揭示"中国人是健忘的""中国人没记性"。阿Q挨了打,受了第二次屈辱,"于他倒似乎完结了一件事,反而觉得轻松些,而且'忘却'这一件祖传的宝贝也发生了效力,他慢慢地走,将到酒店门口,早已有些高兴了。"面对民族的劣根性,鲁迅痛心而又无奈。我们不能忘记过去,回望往昔是为了向前走得更好啊。古人云:"前事不忘后事之师。"西谚说:"被一块石头绊倒两次的人是可悲的。"我们不该忘掉了许多事,我们曾被同一块石头绊倒多次啊。

我弄的是文学,凭借的是记忆。一切文学都来自记忆,即便写畅想未来的文章,也必以曾经的生活为依据。客观事物入眼、入耳、映于心,形成记忆。主观的记忆有可能遮蔽一些事物,改写一些情景,不太准确,不太精确,但大体上应是八九不离十。我的写作,坚守尊重记忆,绝不遮蔽记忆,改写记忆。即便错了,我也认了。

　　我的父母、祖父母都是文盲。他们经历了那么多的事，那么多的劳苦辛酸，却没有留下片纸只字。我庆幸，读了书，识了字，学会了写文章，有能力把我的记忆写下来，尽管写下的只是很少一部分，而且很不到位。毕竟写了，稍感心安。

2013 年 5 月 1 日于南阳豆斋

一个人的编年史

1948年：锅巴

麦稍黄时候，来了八路军——庄稼人不知道这支队伍已经改名解放军。他们戴的帽子还是八个角。

一个满脸胡楂儿的兵来我家，说想用我家的锅做饭。奶奶连忙把土坯砌成的灶台上的柴灰、饭渍扫净，而后刷锅，刷那口蒸红薯蒸高粱面窝头的大锅。兵拦住，自己刷。做的是小米干饭。小米原来装在细长的布袋里，兵来时就挂在脖子上。我一直在旁边看。那个兵淘米下锅，烧着火和我说话："小鬼，你八岁了？"叫我小鬼我不高兴，土地庙里，那个和判官一起站在土地爷两边的尖头乌脸的家伙才叫小鬼，就嘟一下嘴，说："你咋知道我八岁？"他笑了："八岁八，掉狗牙，你的门牙呢？"我也笑了，笑得口水从豁牙流出，因为我闻到了从锅里冒出的香味。做好饭，锅盖一揭，满屋白汽，香味呛人。十几个兵来吃干饭。干饭真干，插上筷子不会倒。我家半年没吃过小米干饭了，只熬稀稀的小米汤。心想，一定会让我吃半碗，却没有。许是看出我失望，那个做饭的兵说："小鬼，一会儿你吃锅巴，比干饭好吃。"真的，干饭吃完后，锅底结了厚厚一层，比盘子还大。他用锅铲小心铲下，因为我家的锅补过两次，锅底钉有三个铜疤。锅巴全给了我。那吃物儿上面黄，下面是栗子的颜色，一咬咯咯嘣嘣响，一嚼直香到腮里。

刷了锅，那个做饭的兵给奶奶一瓢小米，说烧了我家的柴，是柴钱。

又给我家挑了一担水，那个兵走了。奶奶说，八路军仁义哟。去年冬天，"中央军"从村里过，硬逮咱一只鸡炒了吃，一个钱也不给。

我家东边，一家富户的七间瓦房的后墙搪了黄泥（我们那里是黑土地，黄土是从三十里外拉的，穷家小户只能用黑土和泥搪墙）。八路军用石灰水在上面写了标语："打过长江去，解放全中国。"旁边，还有"中央军"写的"杀朱宰毛"。那两条标语，一直到我全部认识那些字时还在，日晒风吹，一年年暗淡，终于泯灭。

1949 年：七爷

小学校来了个新老师。新老师留偏分短发，村人都稀奇，管那叫"洋头"。庄稼人从来都剃光头。新老师会唱歌，教我们唱

"东方红,太阳升,中国出了个毛泽东……"我不明白歌儿里的"呼儿嗨哟"是啥意思,想问,不敢问。

近晌午,我哼着新学的歌儿回家。

走到七爷门外,见他正掂着铁锨拍老鼠。虽已是晚秋,那天的日头可热。七爷晒被子,发现棉絮里有个老鼠窝,老鼠受惊,四处乱窜。七爷当然不是猫,没法捉,就顺手掂把铁锨在地上拍。我站着看,看他那手忙脚乱的架势,烧火棍一般粗的辫子在脊背上摆来摆去,真逗。他那被子,黑不黑灰不灰的,算是一团烂套子,霉味、臊味呛鼻子。乱拍一阵,一只也没拍死,大小老鼠都溜着墙根又跑回他的低矮的茅屋里了。七爷叹口气,真应该骂老鼠,可没骂,七爷是村里唯一一个不会骂人也不骂其他东西的人。

我正要走开,五爷来了,急急报告消息:"毛主席登基坐北京啦!"七爷说:"哦,怪不得叫'万岁'哟。"七爷念过私塾,在我们村最有学问,一切言行仍然遵循古礼,虽然大清皇帝早就不坐金銮殿,他脑后仍然拖着几十年前的辫子。五爷也识字,也有辫子,不过又细又短,像磨坊里赶驴的鞭子。

1951 年:铁蛋儿

学校排一出大戏,是新戏,叫《血海深仇》,说的是地主欺凌一户贫农,终致家破人亡的故事。老师让我当贫农家的小娃娃,叫铁蛋。没人扮演铁蛋儿他妈,就请来了在野戏班子里唱坤角的幺五爷。他天生一身婆娘架势,一动胳膊一抬腿比女人还像女人。带大襟的布衫一穿,梳成圆盘的发髻在脑后一勒,顶上一块黑蓝布,真像铁蛋儿他妈。演到铁蛋儿的爷爷被地主的狗腿子打倒在地后,铁蛋儿他妈唱了一板《苦扬调》带《哭书韵》,自己悲伤得哏儿哏儿的,看戏的也跟着哭得鼻涕一把泪一把。我的台词很少,只在铁蛋儿的妈妈被地主的狗腿子抢走时,扯着嗓子哭喊"妈呀,妈呀"。我一喊,台下的老奶奶小媳妇都哭成了泪人儿。在邻村演第二场时,我也哭了,好像真的是铁蛋儿了。

自从演了那出戏,同学们都叫我铁蛋儿。我说不清为啥很是委屈,感到丢人,一再辩解:"我家不是贫农,也没被地主欺负过。"早知道是这,打死我也不去当那个贫农的娃娃。真后悔。

1952年:写信

我在火神庙读高小。火神的塑像早已拉倒,比石磙还大的头、比水桶还粗的胳臂撂在校园里,风吹雨淋,它的脸仍然火红。

一天,老师布置给抗美援朝的志愿军叔叔写信,每人一封。我撕下作业本里的纸,顺顺溜溜地一下子写了三张,仿佛记得内有这样的句子:"此刻,我的心已经飞到您的身旁,好像我也在硝烟弥漫的战场。叔叔,冲啊,打败美国野心狼!"我的同桌,一个大眼睛的女孩儿,费好大劲也没写成,我就主动帮她,因为我吃过她的麻糖、焦花生,她家开杂货铺,上学来常带零食儿。为了表达对志愿军叔叔的热爱,她把自己的红领巾和信一起寄往朝鲜前线。老师表扬了她。我不是少儿队员(那时还不叫少先队),没红领巾,很羡慕她。

一个多月后,我们班三个学生收到志愿军叔叔的回信,有我,没她。她气得小嘴咕嘟着。老师在班会上把三封信读一遍,同学们都拍手。她更生气了,好长一段时间不理我,斜看我时,大眼睛里总是射出妒忌的冷光。

1953年:芝麻酱

考上了三十里外的古镇上的中学。没钱吃大伙,就从家里背去吃食、柴火起小伙——十几个学生共租两间屋,紧靠四壁,用砖头、土坯支起小锅。一做饭,满屋黑烟,呛得人出不来气,看不见锅里水滚。早晚煮玉米糁,中午吃芝麻叶绿豆面条,高粱面窝头是在做了饭后塞进灶里的柴灰里煻的,待热后,扒出来吹吹拍拍就啃。喝饭时,锅里碗里落满柴灰。

有一次,老鼠拉跑了我的窝头,只在墙角找到带着老鼠牙印的半个。整整三天只能喝饭,饭也不敢做稠,因为担去的玉米糁就那么多。后来,大家的窝头都用细麻绳吊梁上。

有一天,正蹲院里吃饭,去一个提着瓦罐卖芝麻酱的,盖子一掀,浓香扑鼻,诱得我们都馋。二分钱买半勺儿,倒碗里只荸荠那么大一坨儿。窝头蘸芝麻酱吃，满嘴满鼻子都是香的。吃罢，都有点后悔，一个鸡蛋才能卖二分钱哪。

每到我们吃饭，房东的小妞总来看，食指噙在嘴里，眼馋得很。她爹原来在南阳的中学念书，八路军来时，跟着"中央军"跑了。母女俩只靠出租的两间房过活。我们每人每学期给她家三毛钱。她家连高粱面窝头也吃不起。

1954 年：雨伞

星期六回家拿伙食。星期日后晌，正要返校，下雨了，茅屋的檐下点点滴滴扯成线，好像没有头儿。黑云压着村庄，压着田野，根本没有缝。我着急，父母也无奈。

那时候，庄稼人的雨具只有草编的蓑衣和竹编的雨帽，穿戴上这些遮盖不严肩头背的吃食。村东南角一家的媳妇有把黄油布雨伞，母亲想去借，可是很犹豫。那家不是我家近族。那媳妇好吃懒做，因为男人是村干部，傲得见人头高仰着，像鹅。母亲根本瞧不起她。她那雨伞，是稀罕物儿，正下雨去借，更不合适。母亲从来不好求人，何况去求一个她鄙视的人。看看雨没有停的意思，母亲还是去了，披着一块棉布单子，一双小脚踏着泥水，趔趔趄趄走进雨中，雨丝绵绵密密，很快就掩了背影。好一会儿，才回来，腋下夹着伞，身上全湿透，往下流水如注。不知道她向那女人说了多少好话，多少恳求的话，不知道那女人说了多少难听的话后终于答应借伞。本来不求人，不得不求人，不得不低三下四求一个她厌恶的人。母亲心里一定很苦,很疼。

我高卷裤腿,赤脚上路。想,将来有了钱,一定给家里买把雨伞,不叫母亲再作难。

1955年:助学金

开春后一场霜,已经拔节的小麦冻蔫。眼看要成灾,上级增发助学金。过去,只有极少数家庭特别困难的学生能领到两元、三元钱。这次钱多,老师说,都可以申请。我也写了申请书。申请书上,必写家庭成分。我家是中农,照实写了。待发钱时,没我的;出身贫农的,都有。那几个地主、富农子弟,压根儿就不敢申请,虽然他们家早就穷了。

周末回家,我告诉父亲,埋怨道:"都怪咱是中农。"父亲连连叹气,一脸痛苦,显然他心里更难受,已不是几元钱的问题,也不是感到了公家的歧视,最让他难受的应是藏在心底的深深的悔恨和愧疚。正是在八路军来的前一年,他用家里省吃俭用积存的粮食,又借了"驴打滚"高利贷,买了四亩半地,土地改革时,才成了中农;要不,是贫农,还能分到地。沉默许久,父亲问:"西院大群领钱没有?"我说:"领四块哩。""嗜——"父亲又长出一口气,两眼直直地看着晚霞似血的半空,良久无语。大群是我同学,一块儿从学校回来,出古镇的西南门时,一毛钱买个油酥烧饼。我也想吃,没钱买。他爷爷是个赌棍,中华人民共和国成立前一年,一夜输掉五亩地。土改时,成了贫农,又分得三亩……

那时候，我不理解父亲，不该埋怨，让他伤心啊。

1956年：参观

麦假后，老师领我们去90里外的南阳参观，说是去看社会主义。

背着干粮，天没亮就出发，走到日头落，才到城郊的梨花庄农场。夜里，男生、女生分别睡在两个大仓库里，铺稻草，盖农场的麻袋。早晨起来，满头满身都是谷壳。

去看猪圈，见两头大猪，门扇那么长，胖得肚皮蹭着地，说是苏联的乌克兰猪，却浑身都长白毛。我们都是第一次见到白猪，很是新奇。农家养的猪，古来都是黑的，所以庄稼人在表达某人不认识自己时，有个说法："老鸹落到猪身上——看见人家黑，看不见自己黑。"又去看双轮双铧犁耕地，两头骡子拉着犁，一趟翻土尺把宽。古来的犁都是一个铧，变成两个铧，可是前所未有的事，我们大开眼界。当时有个说法，社会主义就是"楼上楼下，电灯电话，洋犁洋耙"。这双轮双铧犁应当算是洋犁。我们看到社会主义了，不禁心里热热的。

农场给我们做了大米稀饭，不要钱，随便喝。可惜太稀，碗里只有十几个米粒，沉在碗底。那是我第一次吃到大米。

1957年:河边

近半老师成了右派,大部分都斗垮了。只有一个不认罪,学校就组织学生去斗。我们班挑了十几个积极分子,当然没我,我也根本不愿斗他。那老师原来在图书馆工作,对我可好了,别人一次只能借一本,我可以借两本三本,还可以到书架前找书。他的一脸微笑好似也有书香味,我想象不出他会变得凶恶。

带一本伏妮契的《牛虻》,出学校后门,漫步到河边。秋风里,水已消瘦,漂流些蜡黄的柳叶。坐一块肥猪状的石头上,埋头阅读,不一会儿,一颗心就纠缠到亚瑟和琼玛的爱情故事里,不知道夕阳已把天边的白云染成了玫瑰色。恍惚里,依稀觉得有人看我,猛抬头,正和一个女同学的目光相遇,同时看见一张含蓄的微笑的脸,脸上跳跃着美丽的霞光。似乎只一秒钟,她扭头去了,脚踩着仿佛金蛋的鹅卵石。凭着刚刚进入青春期的敏感,我明确无误地读出了那一颦一笑里简单而丰富的内容。再也读不进小说,心怦怦跳,思绪纷乱,有一种甜甜的而又酸酸的味道……那女同学,家庭成分是富农,当然也不能去斗右派,不知为何也到河边来了。

回校后听说,虽然学生积极分子动手动脚,猛批狠斗,那右派老师仍不认罪。

我一直想着那个女同学,却不敢正眼看她,也不敢主动跟她说话。在班里,在校园,她也从不看我,更不说话。再也没有四外无人单独碰面的机会。从那天起,我悄悄为她写诗,不到一星期,写了数十首。刚在《沫若文集》第一卷里读过总题为《瓶》的42首爱情诗,自认为比郭沫若写得还好。却不敢拿给她看,也没机会让她看。

不多久,开始批判"白专道路",紧接着是"交心运动"。我是重点,吓个半死,自己把自己定性为"反动透顶"也过不了关。在批判我的会上,飞溅的唾沫星子伴随着尖利的言辞落我满脸。想不到她也挤进包围圈斥骂我,因为紧张,声音颤抖,还没说完,就被别人截住。她不是积极分子,为了表示积极,只能抢着发言。我当即就原谅了她,不认为这样做是要摧毁不久前留给我的美丽记忆。

高中毕业,我升入一所十分寒碜的学校。她落榜,所有"地、富、反、坏、右"的子女通通落榜。那些积极分子,一个个去了大城市的大学。却原来,那次录取,不按分数,只看家庭成分和"政治表现"。听说她回乡不久就出嫁了,婆家是贫农,男人却又瘦又矮——这都是后话。

1958年:歼灭苍蝇

"大跃进"中,有个"除四害"运动。"歼灭老鼠""歼灭麻雀"两个战役结束,学校又停课三天打苍蝇,最后一晚还要夜战。

夜里找不到苍蝇,就扒苍蝇的幼虫。小镇西南角,有个好大的粪场。全镇的粪便都在这里集中,晒干后运往乡下。平时,除了臭气,只有寂静。此夜,成了煤油灯的海洋,老师端的灯带玻璃罩,学生拿的是墨水瓶做的,黑烟在鼻子前绕来绕去。灯火闪烁,灯焰摇曳,粪场一片昏黄。在昏黄中,近千双手扒开粪团,细细寻找,不惜指尖沾满秽物,不顾气味实在难闻。如果一下子找到许多只,都喜得叫起来。找到就放进纸里包好,生怕跑了一只。到处都是笑声歌声,这藏污纳垢之地,一时间洋溢着亢奋和欢乐。直到灯尽油干,宣布战斗结束。回校后集中战果,我估计捉了一百五十只,怕班干部说有假,就报一百四十只。自反右派以来一直冲锋在前的团支书,明明和我捉的差不多,却报500只。别的同学不管战果大小,都不敢超过五百只。因为事后要评先进,谁也不敢比他更先进。

第二天,全校师生排着长队,敲锣打鼓,抬着几麻袋死蝇及未成年蝇去公社报喜。一路上,倒引来成群的活苍蝇追着麻袋飞,起起落落。大红喜报上写着,这次战役共歼灭苍蝇800万只(没人敢怀疑这个数字的真实性,那年头不怕说得多,只怕说得少)。

当天晚上,我写了一首诗,仿佛记得内有"十里连营夜点兵,战歌如潮灯火明"之句,自己颇为得意。在整个"大跃进"中,我从未当过先进,只在一次赛诗会上得到一面小红旗,第一名的奖励是一朵大红花,虽然我认为我的诗比他的更有气势,且不乏精彩的句子。

1959年:奶奶

　　星期六回家。过罢年一直没有回家,走路上见紫花地丁已经开花。

　　进村,几乎不见人,连狗也没有。到家,三间草屋依旧,门开着,也没人。我坐青色的捶布石上(家中已无坐具),边等,边读汇集"大跃进民歌"的《红旗歌谣》(郭沫若、周扬选编),读到"今年粮食大增产,社员堆垛上了天。撕块白云擦擦汗,凑上太阳吸袋烟",不禁叫绝。

　　直到日头胡子从西边的茅屋后面支支叉叉伸向苍灰的半空,肚子饿得很扁很扁,才看见奶奶一手提着瓦罐,一手拄着一根粗糙的榆木棍,蹒蹒跚跚回来了,显然一直待在食堂,吃过饭才回来。看见我,好喜欢,忙从屋角的柴灰里扒出两个比手指稍粗的烧熟已经变凉的红薯,让我吃。又提上瓦罐,去食堂打饭。好一会儿,才转回,拿一个比拳头稍大的红薯面掺榆叶蒸成的窝头,瓦罐里盛的是放了干红薯叶的红薯面汤,已经没有热气,走着抱怨着:"叫给两个馍,说死说活只给一个。明明还有饭,叫给两瓢,只给一瓢。吃食一紧,人情也没了。"我吃着,奶奶说,母亲去小郭庄修渠道,一个多月没回家。父亲赶牛车往黑头山水库上送柴火,走三天了。"跃进,跃进,弄得家都不像家啦。"接着,说了很多"大跃进"的坏话。我认为老人家思想跟不上形势,给她讲道理,又想不出她能听懂的话。

　　万万料不到,仅仅一年后,奶奶就在饥荒中凄然死去。

1960年：红薯

当时,正在南阳师专念书。学校在卧龙岗。岗半坡,长一片茅草。茅草孕穗时,拔出可吃。一个要好的同学发现后,领我去,拔出就送进嘴。可能因为晚了几天,吃着丝丝瓤瓤,嚼不烂。那东西,故乡叫茅芽,我童年就吃过。那时不是饿,是为了玩。有童谣说:"吃茅芽,屙套子,给丈母娘编个毡帽子。"

就在茅草出了穗,不能再吃时,《南阳日报》登我两首歌颂"大好形势"的小诗(剪报如今还在,第一首的开头是"高产田里细耕耘,犁出春色十二分")。不久,收到二元稿费的汇款单,立即去岗下的邮电所取出,立即去"汉昭烈帝三顾处"的石碑后买熟红薯(卖红薯的和我一样像是做贼,生怕有人看见)。两元钱只买到两个,都比鸡蛋稍大,立即吃下肚,像两粒石子掉入深井,立即无影无踪,好似原本就不存在,不仅不饱,反而更饿。那红薯是啥味,压根儿就不记得。想,如果发表十首诗,换十元钱,就能吃饱,也能慢慢品品味道。于是,继续写,一天弄出十几首。那时,学校实行"半日制",前晌上课,后晌休息,有的是时间。写出就寄报社,那时投稿不贴邮票,随便找张纸糊个信封就行。焦急地等啊等,却再也没有一首见报。

1961年:家访

我在一所乡村中学教书。

校领导布置,星期天全体老师做家访。我被分配去18里外的一个村庄(老教师都到离学校近的地方)。那里,只有一个我教的学生。那时候,只校长有一辆公家配的黑黢黢的自行车,老师们都没有。那天很冷,东北风呼呼似牛叫。过河时,见水已成冰,闪着惨白的光。

到那个颇大的村子,好不容易找到学生的家。三间草屋低矮,土坯垒的墙还没搪泥。一看老师来了,全家人都恭敬得很。"大冷天的,冻得不轻吧,生火烤烤。"老奶奶说着立即去抱柴。柴是芝麻秆,算是最好的柴。院里只有两捆芝麻秆,抱来一捆。用火镰火石打火,好不容易才点燃纸煤儿,又抓一把麦秸,好不容易才把纸煤儿吹出明火,燃着麦秸,再燃着芝麻秆。火苗升起,毕剥有声。学生的娘搬来一个木墩,用衣襟擦了又擦,让我坐下烤,一再说,屋里脏,老师别笑话。谈话中,我得知,学生的爹"大跃进"时候在黑头山修水库,死在那儿。学生的爷爷去年春天得浮肿病死了。我问,现在生活咋样。老奶奶说:"上级好啊,今年多给了三分自留地,红薯干儿能吃到明年收麦。"我问,对学校有啥意见。老奶奶说:"没意见。师生如父子,娃们不好好学习,该打就打,该骂就骂。"其实,她的孙子只比我小一岁。

中午吃饭,老奶奶把和面的瓦盆放地上,又盖上高粱秆纳成的锅盖当桌。端来两盘菜,一是捣碎的辣椒,滴了棉籽油,一是炒萝卜丝，放油很多。荆条编的筐笋里，盛着专为我烙的切成四瓣的白面玉米面各半的饼子。饭是芝麻叶面条，给我盛稠稠一碗，是用红薯干掺黄豆磨的面擀的面条，吃着硬，很耐嚼。老奶奶一再说："没菜，慢待了老师。"我的学生陪我吃，老人和媳妇则坐一边的草墩上。他们都吃红薯面窝头。他们的饭都稀，面条几乎全部盛进我的碗里。我吃到最后，发现碗底有个荷包蛋。

饭后，按规定，我拿出准备好的四两粮票、三毛钱。老奶奶坚决不收，一再说："收下就是打我的脸。"我的学生和他的娘也执意不收。反复好久，还是不收。我放到后墙毛主席像前的土台上，老奶奶又拿起塞我口袋里。看样子，要是硬留下钱和粮票，就真真伤了他们的心。

一年多后，学校开始"四清"运动，我主动检讨了这次的"四不清"错误，并退赔了钱和粮票。

1962年：班主任

我是班主任，却不会管学生，更不会训斥学生（我的学生年龄和我差不多，有一位还比我大一岁）。我那个班纪律松弛，教导主任常常批评我。学生不怕教导主任，我怕。

因为三年困难时期，国家经济困难，学校规模要缩小，我教的那个年级，三个班缩为两个班。教室容纳不下，就让一部分学生退学。我那个班要退三个。叫谁退，我拿不定主意。教导主任找我："那个坐第一排的低个儿、脸儿白白的，叫啥？""贾修正。"

"调皮捣蛋,叫他回家!"贾修正年龄小,是调皮,但很聪明,却不得不退学。和他常常一块儿玩的一个同村同学,后来做到副省级的官,而他一直都是农民。还有一个姓李的学生,当我通知他退学时,他立即满脸怒气,眼里射出愤恨的强光。回家后,还曾写信骂我。

我愧疚,直到今天。我也委屈,该埋怨谁?

1963年:书记

初冬,校园里成排的白杨黄叶落尽,都成了苗条的裸体。

我讲完下午的最后一节课,拿着教本、教案、教鞭,正从林间走回住室,管敲钟的校工急匆匆跑到我面前:"书记叫你。"我猛一愣怔,心怦怦直跳,有一种莫名的不祥感觉。快步跑去,书记一脸浅笑,我更局促不安,两手似乎没地方放。看我紧张,他先拉家常:"老家里还有谁?""父亲母亲。""谈对象没有?""没有。"……待我情绪稍稍平静,他脸色立马严肃,眼光似能刺透我的心。告诫我:必须注意政治学习,必须追求思想进步。虽无具体内容,言外之意显然是:我不问政治,思想落后。自打上高中,因为爱文学,有空就读书写作,我就被视为走"白专道路",有资产阶级成名成家思想,一再挨批判。如今情况依旧,不禁惶悚不已。那是我参加工作以来,第一次被领导叫去谈话。按当时的普遍认知,支部书记就是党啊。

回到住室,心乱如麻,魂不守舍,眼前老是浮现那尖利的目光,那含义不明的浅笑。

1964年:三爷

父亲步行百余里,从老家来学校,见到我时,天已昏黑。鸡叫头遍后,他带着母亲烙的六个红薯面饼子出发,走一条从未走过的乡村的路,无数次向人打听,仍免不了走许多冤枉路。路上,吃掉三个饼子。

父亲说,三爷盖房,差20元,求父亲找我借钱。三爷年轻时,当过土匪,打家劫舍,杀过人。婚后,多年不育。有个化缘的和尚对他说,积德行善吧,否则要绝后。遂痛改前非,每日在大路口舍茶舍饭,还习外科,无偿为乡邻治病。后来,果真有了儿子。我父亲额头生疮,三爷天天去清洗换药,直到四个月后病愈。父亲头上的两个疮口疤痕保持终生,看见疤痕,全家人都想起三爷。三爷是恩人。我却没钱借他。月工资37.50元,除去吃饭钱,只剩十几元,零碎花销都紧巴。

父亲停一天就回去,走前我只给他5元钱。我要买两个馍给他带上,父亲不要,只带了剩下的三个饼子起五更上路了。

为三爷的事,我一直歉疚。"文革"后期,三爷病倒。病中最想吃苹果,可腊月里哪能弄来这种秋天才有的水果?我听说后,连忙买了两个玻璃瓶装的苹果罐头送回老家。据说,三爷吃了苹果不久,就无憾地去世了。我心里稍稍好受些。

1965年:运肥

10月中旬,放假一周,学生回家种麦,老师也分配到生产队参加"三秋"运动。

我到了一个叫段桥的村子。村干部或许考虑到我干不动重体力活儿,给我一条绳,让和妇女们一起运粪。仅有的四头牛都牵去犁地,只能人拉牛车。牛屋前,停一辆铁辄辘牛车,枣木做的车架表面已朽,榫眼松动,铁辄辘上突起的"大清光绪××年铸"字样依稀可见。近二十个闺女、媳妇、小脚老太婆,都把麻绳、草绳、布条儿结的绳拴车框上。两个短粗身材的女人没拿绳,她俩负责驾辕,就是把原本应搁在两头牛脖子上的车辕前端的横木(俗名叫抬辕),放在肩上,不必像牛一样向前曳,只需承受重力,和车行进中的振动。这是重活,每天记10个工分,别的女人只8分。装了半车,都说多,拉不动。拉上走,车发出咣咣当当、咯咯吱吱的响声。都不用力,车走得很慢。妇女队长拿一把铁锨插在车后,边推,边一遍遍吆喝:"绳弯成弓啦,绳蹭着地啦!"

一晌,只拉两车。那块地至少5亩,只两车土粪做底肥(那时尚无化肥)。

回校后,我写了一组歌颂"三秋"运动的"赶五句"民歌,寄给《南阳日报》,发了两首,其中一首题为《运肥》,如下:"运肥人马出了村,社员个个有精神,一路笑声一身劲;生产队长话意深:丰收握在巴掌心。"

1966年：蛛网

7月初，因为"反动日记"和"毒草文章"，我被揪出，几经批斗，已成"落水狗"。"交代检查"写一遍又一遍，一直通不过。

8月18日那天，交上又一次写的长达五十多页稿纸的《彻底交代检查我的反党反社会主义反毛泽东思想的滔天罪行》后，我正坐在"牛棚"的床头木木地想心事，冷不防校园的高音喇叭响了，播放的是毛泽东主席检阅百万红卫兵的实况，欢呼声、口号声震天动地。我竟无端地想到，我本来也无限热爱毛主席，也应当是红卫兵，也有资格去北京接受伟大领袖检阅，都是文学害了我，落到这般地步……突地，负责我的专案材料的王老师进屋走近我，把那份检查啪地摔我面前，斥道："写得不少，没一句话触及灵魂，你想自绝于人民？警告你，顽抗到底死路一条！"此前，他对我虽不和善，却不凶恶，只是严肃。今天竟忽然变得狰狞，好似要一口把我吃掉。却原来他左臂上多了一箍袖章，红布印黄字，颜色正鲜艳，当上红卫兵了。

我只好继续交代检查，已经把自己骂得十恶不赦，死有余辜，再写，实在没话说。煎熬中，扭头看见已经没了玻璃的窗子，窗口蛛网似锅盖。我住进时，蜘蛛小如米，正织网，而今，已如豆儿大，正在网上悠悠地爬。想，我不如蜘蛛。又看见网上黏几只淡青色的蛾儿，动弹不得。又想，我就是被网住的蛾儿。

1967年：害怕

杨树吐絮时，我被平反了，据说整我及我的同类的是"刘少奇的资产阶级反动路线"（整我时说我是刘少奇的"孝子贤孙"，刘竟整他自己的"孝子贤孙"）。我也成了"革命群众"，有一种被大赦的宽慰感，但想到指导"文化大革命"的"十六条"里明确写着，群众中揭发出的问题"运动后期解决"，心里一直发虚。

隆冬的一个晚饭后，我从书记原来的住室门前过（书记被打倒，住室已腾出，成了学生活动的场所），见屋内火光闪闪。进去看，几个学生正就地烤火，烧的是散了架的课桌、凳子。烤着搓着手，说些从传单上得来的小道消息。一个学生说，有人研究确认，毛主席能活185岁，林彪能活166岁。另一个学生说："要是这样，林副主席怎么接毛主席的班啊？"这话题太敏感，我不敢插嘴。墙上正好有一幅宣传画，画面上，穿军服的毛泽东大步朝前走，后跟两腮凹陷的林彪，举着《毛主席语录》，一脸涩笑。我的学生刘振海忽地站起，指着林彪的头说："看他这尿样儿，奸臣……"我吓一跳，身上直出冷汗。这话若被揭发，无疑是反革命。在场者只我是老师，一定脱不了干系。当即就后悔，不该进来。

此后害怕多天，像自己真的干了反动勾当。

1968年:小报

3月初,让我去编报,那是本地区最大的"造反派"组织的一份小报。编辑部在一座颇大的办公楼里。原本在此办公的人早散了,楼道里堆满垃圾。白天,没有人声;晚上,灯火稀疏。外面争争斗斗,吵吵闹闹,乱成了波涛汹涌的海;这里却如台风眼一样平静,平静得近乎死寂,特别是夜里。

8月初,报纸头版要刊出油画《毛主席去安源》,安排我配首诗。晚饭后,对灯苦思,终于凑字数弄出一阕题为《敬赞革命油画〈毛主席去安源〉》的"沁园春":"一轮红日,蓦地照亮,矿山安源。忽峰峦舞蹈,林莽歌唱;劳工十万,雀跃腾欢!熊熊烈火,从此点燃,豪气万丈冲云天!多少年,想伟大领袖,望眼欲穿!革命征程漫漫,毛主席指路永向前。虽艰难险阻,何足畏惧,惊涛骇浪,如履平川。红旗招展,山河灿烂,星星之火竟燎原!红太阳,照亮全世界,春满人间!"(用那么多感叹号,是为了增加气势吧。见报时,用的是笔名小兵。那年头,不敢想署真名)。

写罢,伸个懒腰,取出《曼殊大师全集》(那是我被批被斗被抄后仅存的几本书中的一本,或许因为"红卫兵"不知道苏曼殊是谁,才得以幸免)。读他的忧伤凄美的诗,干涸空荡的心,一时得以滋润,得以充实,感到舒服。当即就意识到,史无前例的大革命虽整掉我一层皮,却并未触及灵魂,我还没脱胎换骨。此时,忽听敲门声,忙把曼殊和尚放进抽屉,面前摊开《毛泽东著作选读》。是和我一起办报的小张,刚从外面回来,进屋就告诉我，听到了消息，报纸怕要停刊。他走后，我一直呆坐，心乱如麻。散伙后我往哪儿去？越想越茫然，越想越怅然。窗外，不时传来一声两声枪响。大规模武斗虽已结束，枪支还没完全收缴。天下大乱仍在继续。

1969年：傻子

突然一个政策，要中小学教师都到农村接受贫下中农"再教育"。我背一卷行李，到一个高冈上的小村，住冈顶小学的偏房。那里原是古庙，"破四旧"时，砸了屋顶的五脊六兽，房坡也砸出了窟窿，白天能看见太阳，夜里能看见星星。

4月末的一个晚上，我刚点亮煤油灯，一个半大的傻子来玩，说些傻话，倒也有趣。或许是水土原因，那个村子近半男女憨憨傻傻。不一会儿，一个老汉来借火点灯，问道："九大都开了，为啥还买不来火柴？"我说："所以要抓革命促生产嘛。"他突地骂道："促个屄，你没看看，咱地里的麦苗，黄、瘦、稀、低、细，没有草旺……"傻子一听，两眼一瞪："你是缓（反）革命，斗你。"说着举手要打，老汉啪一声扇傻子一个耳光："我是老贫农，你他妈的谁知道是哪个坑里的乌龟王八的种。"村人传说傻子他妈"裤带松"，生四个儿女，面目不同，皆傻。傻子一下子蔫了，只以手反复摸脸，不敢再吭声。待老汉出门，褪下裤子，双手插胯，凸起肚子，朝老汉的背影猥亵地拱三下以示报复。

夜很静，能听到老鼠的叫声（隔壁是生产队的保管室，存有粮食,老鼠就多)。把灯焰捻亮些,我写准备寄给报纸发表的歌颂"九大"的诗,"九大吹响进军号,继续革命掀高潮"之类的顺口溜。还有一首写到"副统帅",内有"革命有了接班人,千秋伟业葆青春"之句。

1970 年:夜饭

抽调我在县委办公室主任领导下写材料,写各种学习"毛著"先进人物的事迹,写出供当事人宣讲,或者送报纸发表。别人写的往往干巴,讲起来不生动,报纸也不愿用。我则采用文学手法,不惜无中生有,充分渲染夸张,一丁点儿小事就能弄出高大完美,联系到世界革命和解放全人类。写一个青年为"五保户"劈柴碰破了手指,立即就提升到血可流,头可断,革命豪情冲云天。写一个饲养员吃住都在牛屋,长年不回家(其实他是单身汉,家里房子已破),接着就说忘掉小家为大家,志在解放亚非拉。文中的关键处用毛主席语录一提挈,更好似字字句句都神圣不可侵犯,没人会想到真实不真实。我写的材料曾由主人公到几个县的万人大会宣讲,引起群情激动,掌声似暴雨。有一篇在《河南日报》发了一个整版,所写的那个公社书记不久升为县革委会副主任。当然,那时发表这类文字不署作者名,也无稿酬。

晚秋的一天,为赶材料,一直熬到深夜。不停地抽烟,炙得唇焦舌硬,不停地喝茶,肚里涮成空空如也。正苦撑,办公室主任说有夜饭。我们四人到县委招待所的伙房,一锅稠乎乎的面条已经做好,放肉很多,还是肥肉。站切菜的案板旁,吃两大碗,身心俱热。那是我参加工作以来,第一次吃不付钱和粮票的公家饭……近三十年来,千百次吃,但吃后都忘了。

1971 年:尿素

10月初,我调入刚组建的文化馆。10月10日,在日记本上写了一首题为《组织决定:让我到文化馆工作》的诗:"我感到,这是踏上另一战场。要发动群众,以笔做刀枪,守住思想的堤防。为无产阶级的新文艺,献力量。为毛主席的革命文艺路线,站好岗……"当然,原来是分行的。

进了县直单位,立马就有好处。当月,生产公司卖进口化肥的袋子,每人可买两个,每个8角钱。那是稀罕物儿,拆开、染色,做衣裤,一时颇时髦,而且很耐穿。但染色盖不住原来的黑字,屁股上、后背上仍然可见"尿素""日本产""含氮量85%"字样。当时就有民谣道:"干部干部,穿着尿素。看着怪跩,不值两块。"跩是方言,意为阔气。

1972 年:尿

年底,跟文卫组组长下乡。这个组,管文化、教育、卫生。其实,下属单位都乱哄哄的,什么也管不了。组长是老干部,人正直,县革委会的掌权者却认为他右倾。一起下乡的还有李某。此人常以大老粗自居,因和革委会的掌权者是一条线,傲得说话都是冲的,因任支部成员,人称李委员。三人都骑自行车。下乡为看"教育革命",当时正在贯彻"也要学工学农学军,也要批判资产阶级"的"最高指示"。

那天,到一所戴帽中学(那几年小学也办初中班,俗称戴帽中学),听请来的老贫农讲红薯栽培。教室是两间草屋,门窗都是空洞。土坯支起木板做课桌,凳子是学生自带的,高高低低。那老贫农能说会道,可是每句话都带庄稼人常带的脏字:"红薯算尿,只要使死牛。这话啥尿意思?地犁尿的越深,红薯长尿的越大……"男孩一直笑,女孩有的撇嘴,有的勾着头。那一堂课,起码说有 500 个"尿"。

课后,在和老师们座谈时,我说,农民兼职教师讲得生动,也很实用,就是"尿"字太多,对学生影响不好。李委员马上接着说:"有啥尿不好?毛主席教导我们,贫下中农脚上有牛粪,思想最干净。臭知识分子满嘴都是文词儿,思想最肮脏。"我不再吭声。文卫组长斜他一眼,说:"会就开到这儿吧。"

1973 年:《红灯记》

为筹备全县文艺会演,挑选节目,到各公社看宣传队演出——宣传队的全称是毛泽东思想文艺宣传队。不料,看最后一场时,出了难题。

演出的是地方戏移植的革命样板戏《红灯记》，扮演李玉和的演员身材稍低，唱腔绵软，拖腔更无力，缺乏英雄气概，当鸠山的演员大高个子，虽只四句词，却唱得声如洪钟，字正腔圆。《赴宴斗鸠山》那场，看架势，似乎李玉和斗不过那个日本宪兵队队长。看后我说，能不能把演鸠山和演李玉和的演员对调一下，让英雄人物更高大，更能镇住敌人……我话音还没落，那个兼任宣传队队长的大队副支书突地脸色一变："演鸠山的那家伙他爹，是伪保长，反革命。他演李玉和，他爹不就是英雄人物的爹了？这个政治责任你敢担，我就换。"我立即闭嘴，欲辩无词。他紧绷着的脸，充分说明了事情的严重性。

让不让这个宣传队参加会演，我拿不定主意。若让参加，主要英雄人物不突出也是政治问题啊。

现在还记得，那个大队所在的村庄叫叶胡营，外村人都呼为夜壶营。"破四旧"时，改为"红卫村"，可乡民仍一直叫夜壶营。

1974年：古柏

县革委的副主任布置，让写一篇反映农村"批林批孔"运动的典型材料，最后派给了我。

到那个"批林批孔"先进大队采访，党支书告诉我，全大队揪出了48个"孔老二"，已经批斗一遍了。我问那些"孔老二"的反动言行，他一一介绍，诸如一个读过私塾说话时引用过"子曰"的"圣人蛋"老头(说过孔子的话当然是"孔老二"),一个和有夫之妇上过床的汉子(孔老二和卫灵公的老婆南子有不正当男女关系,他是效法孔老二),一个持续三年侍候卧病在床的地主分子父亲的"狗崽子"(他忠实地执行了孔老二宣扬的孝道),一个把老娘赶出门去不再养活的贫农儿子(他是受孔老二思想的毒害,对母亲失去了阶级感情),一个常常打骂女人的汉子(他是满脑子孔老二的男尊女卑思想)……内中还有一个女"孔老二"(那老婆婆一再数落媳妇结婚多年还不生孩子,是公然贩卖孔老二"不孝有三,无后为大"的黑货)。我听后不禁脱口而出:"这么多哟!"支书答:"这正说明孔老二流毒深嘛。要不是掌握政策,能揪出来几百个哩。"

这个典型材料不好写。

副主任召我去汇报,我说了情况,他教训我道:"他们搞得很好啊,是斗争哲学,不是孔老二的和为贵。你写不好,说明你心里也有一个孔老二!"我吓了一跳。我深知这个造反起家青云直上的副主任的厉害,单他那大高个子、一脸杀气就叫人害怕。

出了他的办公室,我看见革委会所在地,原玄妙观三清殿前的三株合抱粗的古柏已被砍倒(据说要做新政权的办公桌椅),满地断枝碎叶,破了的鸟窝,烂了的鸟蛋,一片狼藉。这是这位副主任主政后的"德政"之一。

1975年:杏花

参加"农业学大寨"工作队下乡。进村第三天,就发生一件事。

天擦黑,一个地主分子的儿子,和一个贫农成分的女人在场房的柴草堆上"搞关系",正被民兵排排长碰上,立即报告大队支书。支书立即决定批斗那个"狗崽子",罪名是奸污贫下中农,进行阶级报复。学大寨嘛,首先要抓阶级斗争。正愁没由头呢,刚好出现了"阶级斗争新动向"。

当晚,钟一敲(不是钟,是吊在树上的半个铁轳辘),社员们都去保管室前的三间空屋开会。原本去的人很多,一看是为这事,女人们都走了,不少男人也走了,只剩下二十几个青皮后生。小伙子们围一圈,那地主娃弯腰低头站中间。支书先讲了一通阶级斗争,而后大家批斗。年轻人争相发言,却都不说阶级斗争,只一再追问"搞关系"的过程和细节,声调严厉,脸上却掩不住轻佻的笑……

事后我才知道,那地主儿子年过三十,仍找不来老婆。那贫农媳妇的男人不行,和那光棍儿是老关系。还有,民兵排排长是去场房偷柴,正要抱柴走,看见了那对男女,怕揭发他偷盗集体财产,就先下手了。

那天会后,在住室的烛光下,我写了一首诗,记述那个批斗会(下乡后,坚持每天都写一首诗):"一灯如炬满屋亮,社员个个斗志昂。支书正说形势好,窗外飘进杏花香。"其实,那灯是陶制的便壶做的,装了柴油,壶口塞一根布条捻的芯儿,用铁丝吊梁上,灯焰随风摇摆,擀面杖粗的黑烟在空中扫来扫去,不时落下柳絮状的黑灰。也没有杏花香(我只在村头一家的墙外看见过杏花),倒有满屋臭气——生产队死了一头牛,肉,分吃了,每人三两;皮,为了风干后割成条儿拧牛套,就钉在墙上,怕有人偷,一直锁门闭户,便捂出了满屋酽酽的腥臭。我的诗里,只"斗志昂"三字稍近真实。翻看当年的日记本,该诗写于 3 月 25 日。

1976 年:老袁

为写"反击右倾翻案风"的曲艺唱词,和老袁一块儿,去一个"农业学大寨"先进大队深入生活。

八月十六午饭后,才知道昨天是中秋节。我俩到代销点各花两毛钱、一两粮票买了一个月饼。那月饼瓷硬如铁铸,费好大劲才能啃掉一点点。老袁说:"如果中间钻个眼儿,可以让小孩当轳辘推。车轳辘,圆溜溜,推到汉口逛码头。干妹子请我喝烧酒,直喝到月儿弯弯照西楼……"他原为游乡卖唱的艺人,一肚子旧词儿,一说就是一串儿。

回到大队部,见领导班子正在开会,年轻的女支书抢着胳膊痛斥右倾翻案风,那架势,颇似样板戏里的江水英。冷不丁地,门前凌空高架的大喇叭响了,报告个惊天动地的消息:毛主席逝世!都愣了,都没话说。突然,贫农代表扑通坐在地上,以手捂脸,上身朝前一俯一俯,高声哭起来,哭得痛彻心扉。紧接着,都坐下哭，满屋哭声，悲切而沉重。受到感染，我心里酸楚，想到正是因为毛主席，我才能上学，才能参加工作，不禁落泪。老袁也哭了，哽咽着叙说："毛主席呀，旧社会我是个穷卖唱的，新社会你叫我当了国家干部哇……"哭声一直持续，但渐渐低了。女支书忽直起头，朗声说道："别哭了，化悲痛为力量，坚决反击……"贫农代表先站起，用双手拍屁股上的尘土。

回到住室，老袁说："你看见了吧，那贫农代表哭得怪痛，脸上可没有泪。我知道他的底儿，原来是走江湖卖当的，能说会道，把身上的黑灰搓下来团成丸儿，当药卖，坑人骗钱。他算啥东西，对毛主席根本没感情……"有顷，老袁叹口气，又说："古来，老王晏驾，小王登基。这江山谁来执掌啊？"

1977年："抓纲治国"

我又参加工作队下乡，是继参加"四好五好"运动工作队（到底是哪些"好"，早忘记了）、学大寨工作队、批林批孔工作队、反击右倾翻案风工作队后的第五次下乡。这次叫揭批"四人帮"工作队。工作的套路和过去一样，进村先抓阶级斗争（毛泽东主席的接班人华国锋主席明确提出"抓纲治国"，"纲"就是阶级斗争）。各生产队都斗了本队的阶级敌人。我的同事老 W 所在的五队批斗了一个地主婆，罪行是毛主席逝世那天待客喝酒。实际情况是，那天是老太太的孙子出生十二天，媳妇娘家人来送米面，待了客，并没喝酒，而且，吃饭时毛主席逝世的消息还没广播。据说老W亲自主持批斗，令那老太太弯腰低头，就要动手打，被队长挡住了（地主婆是队长的本家婶子）。老人原本有病，经那一斗，第三天就死了。老W说，死了好，少了个阶级敌人。五队还抓了个不是"四类分子"（即地主分子、富农分子、反革命分子、坏分子）的中农，罪行是他偷了水泥硬边渠上的一块水泥板，拉回家堵猪圈门。其实，那硬边渠早已毁坏，不成形状的水泥块掉落，散布渠道两旁。老W说他的行为是阶级斗争新动向，令他用麻绳绑了百余斤重水泥板，背脊梁上，游遍全大队。还听说一件事，那时吃派饭，全队社员（除了"四类分子"家）一家轮一天。一次，老W派到一户老贫农家。早饭等到近半晌，没人叫他，午饭等到日偏西，仍没人来叫他。老W饿急了，去问生产队队长，队长质问财物保管："今天为啥没给老W派饭？"保管说派了。二人来到老贫农家，老贫农说："是派我家了，我不敢管他饭。如果他吃了肚疼了，拉稀了，说我在饭里下毒了，我可担当不起。"……我所在的二队，有两个"分子"。一个是富农分子，年过六十，身体硬朗；一个是坏分子，四十来岁，单身，据说几年前曾因和下乡女知青谈恋爱被判刑二年。我召集生产队干部开会，问富农分子有没有新的反动言行，答说，没有，老家伙干活不惜力气，若不是"分子"，该记十分，只给他九分。问那个坏分子，说，没事儿，没事儿，早就规规矩矩了。其实，当初是那个知青先勾引他。斗不斗，斗哪个，我拿不定主意。看我为难，生产队队长说："周组长（我是工作队五位副组长之一），阶级斗争咱不抓也不对，就把坏分子拉出来斗一场好了。"

我问:"咋斗?当初的事儿不能明说,说了对知青影响不好。"他笑道:"训他一顿,熊他一顿,骂他一顿,就中了。"我同意。第二天晚上,斗坏分子。我借故去大队找组长商量事情,没参加,因为参加也无话可说。至于他们如何训、熊、骂坏分子,我不得而知,也懒得问。

我住在生产队的仓库院。只要不开会,不下地(常常开会,很少劳动),就读书,写点东西。特别是晚上,只能在烛光下,靠读写打发时间。主要写顺口溜式的诗。11月30日的一首《夜半书感》写道:

> 奔忙一日,
> 两肩尘土,
> 一身汗渍。
> 夜半归来,
> 读几页书,
> 写一首诗。
> 我感到惬意,
> 感到充实,
> 看窗外星如宝石。

再录一首12月27日写的《毛主席八十四周年诞辰》:

> 百年旧中国,

正气未沉沦。
一从红日出，
次第扫阴云。
海内留舜迹，
国中乐尧民。
溘然长逝日，
万方泪沾襟。

下乡五年，我做了近千首这样的诗。所以抄出来，是为了让读者了解一下当时的文风和我的水平。

2011 年 5 月于南阳豆斋

六十年，片片断断

1949 年

春花开了，燕子回了，我上学了。小学原是地主家的宅院，全村唯一一座青砖蓝瓦建筑。地主一家已搬进原来的磨坊驴屋。

母亲用染成靛蓝的家织土布，缝一个长方形的布袋，上口用线绳束住，给我当书包。上过私塾的十爷教《国语》（那时还不叫"语文"），第一课是"人，一个人。"第二课是"手，一双手"。算术是学打算盘，背"一上一，二上二，三下五去二"。教算术的老师当过财主家的账房先生，不懂阿拉伯数字（当时叫洋码儿），只能教珠算。

常常搞文艺宣传（那个"搞"字，是当时的新词，一说搞，就有新社会的味儿）。先是打霸王鞭。我的霸王鞭是父亲做的，找来使坏的竹箅子的把，用菜刀砍透八个孔，每个孔放进三枚四枚铜钱，穿上铁丝固定，就成了。那时候铜钱不稀罕，家家都有好多诸如"康熙通宝""嘉庆通宝"之类的前朝货币。霸王鞭有多种打法,打霸王鞭的队伍也有多种走法。排练多日后,老师领着排成长队的娃娃姐姐,在村中的空地表演,前行,后退,绕圈,穿插,千百枚铜钱的碰击声,嚓,嚓,嚓嚓嚓,唰,唰,唰唰唰,繁密而脆亮,节奏感很强,比戏台上敲打的大锣大镲还热闹,就引来男女老少围观。老师哨子一吹,学生蹲下休息。一个戴八角帽穿灰军服的女干部给大家讲话,讲的是地主恶霸如何坏,贫农雇农如何苦。她,眼大眉弯,脸皮细白,嘴角有颗豆儿大的黑痣,更添了几分俏。乡亲们好似没全听懂她的外地口音,只笑笑地看她的漂亮脸蛋儿。一个老奶奶说:"这妞长恁好,咋当兵了?"另一个说:"不知道有婆家没有。"

后来学扭秧歌。这好学,踏着锣鼓点,咚咚锵,咚咚锵,咚锵咚锵咚咚锵,双臂同时左右甩开,走两步,退一步,腰身和屁股也随着摆动。还有一种大秧歌,则是双臂平伸,两只手掌上下翻跹,就显出一种大气和潇洒。扭一阵,锣鼓声一止,就齐唱新编的词儿,现在还记得几句:

> 你也扭来我也扭,
> 咱们扭个风摆柳。
> 往前扭,往后扭,
> 为了翻身不嫌丑,
> 不嫌不嫌不嫌丑哇。

开始是男娃女娃排成一队扭。后来,要男娃、女娃各排一队。女孩上学的少,两队不齐,就挑了几个男娃扮女娃。扮女娃就得穿上带大襟的花布衫,脑后绑一根二尺长的大辫子。竟挑上了我。想到穿妮子的衣裳,扎红头绳的辫子在屁股后一摆一摆,太难看,小伙伴们一定会笑我,坚决不同意。那个女干部劝我:"新社会男女平等。当女的不丢人。"我心里说:"平等了我就该当妮子?"不禁委屈地哭了,眼泪扑嗒嗒掉。这时候十爷来了,他没胡子,像老太婆一样笑着,给我擦泪。他虽然识字,也要赶牛车、扶锄把,手就磨成糙糙的,把我脸上擦得痒痒的。另一只手摸着我剃成月牙形的头,说:"这娃脸皮薄,算了,换一个。"就又挑个男娃。那小子马上就笑了,露出掉了一颗的门牙,笑嘻嘻地穿上带大襟的柿红布衫,梗着脖颈让绑辫子。

秧歌队扭遍附近几个村庄。在一个小村的青草地上扭罢唱罢,一个老汉掂来一筐麦黄杏,十爷给每个学生分两颗,可甜,那个代替我扮小妞的男娃口水滴溜溜往下流,吃得急,连核儿也咽下肚子了。十爷自己没吃,那个女干部也没吃,她正给那十几个观众唱《妇女翻身歌》:"旧社会,好比那黑咕隆咚的枯井万丈深,妇女在最底层……"

1956 年

考上了高中。那是南阳县第一次办高中,只招收两个班。附近几个村庄只考上我一个。《录取通知书》说,学杂费三元,加上课本费、作业本费，拢共七元。钱难弄，在那时候的农村，一块钱的分量远远超过如今一百块钱的分量。

为凑钱，父亲卖劈柴（从农业社分得的口粮很少，当然不能卖）。我家宅院前后，杂木成林，合抱粗的就有数十棵。父亲放倒树，锯成二尺长的榾柮，用钢镢劈成柴桦子，晒干，担十里外的集镇上，卖给机关的食堂，街头的饭铺。一百多斤一担柴，换不到一块钱。

又一次去卖柴，我说，想要钢笔。父亲说："中，咱买。"在这以前，一直使蘸水笔，只买笔尖，五分钱一个，用棉线绑上一截竹棍儿，写几个字就插墨水瓶里蘸一下。蓝色的墨水是用颜料兑水泡的。那颜料三分钱一包。父亲回来，从口袋里掏出一支钢笔，粗粗大大的，"人民"牌，三毛钱买的。东邻小姑奶（辈分是姑奶，其实只十六七岁，辫子比擀面杖还长），用七彩的丝线给我结了个钢笔套，收口处外翻绿色的荷叶边儿。套上系绳儿，插进口袋可以拴布衫的扣眼儿上，不会掉。钢笔套在当时很时髦，浩然的小说《艳阳天》里，主人公萧长春就有。

记得父亲把钢笔交给我时，只说一句话："娃，好好写字。"他是文盲，庄稼活儿样样精通，一说到上学念书就没词儿。遗憾的是，我没实现父亲的朴素愿望，一直没把字写好，到如今仍是支支叉叉，草棍儿一般。还记得，正巧七爷来借簸箕，笑道："要在老社会，就是考上秀才啦。娃，将来你做了官儿，七爷去给你当管家。"父亲说："好赖能端上个公家的饭碗都比种地强啊。"

1961 年

　　7 月中旬,南阳师专毕业,分配回南阳县。吃罢早饭,把饭票换成粮票,拿上介绍信,就去教育局报到,带一卷行李,一个脸盆,一只装书的木箱。走下古柏森森的卧龙岗,心中有几分希望,也有几分沮丧。希望的是工作后不再挨饿,沮丧的是从这个破学校毕业远不是我的理想。高考时我的志愿是名牌大学的中文系,自认为考得蛮好,而且那年"大跃进"还在持续,高校扩招,录取率接近百分之百。万万料不到,录取不论分数,只看"家庭成分"和"政治表现"。我家是中农,不是贫农、雇农。从高中二年级开始我就因"只专不红""思想落后"被"帮助","帮助"就是低头站在全班同学中,接受批判、训斥。那些整我的人为表现自己"政治挂帅""思想进步",一个个眼射凶光,恨不得把我吃掉。接着就写"思想检查",而后学校做"政治鉴定"(那鉴定一定很糟)。检查和鉴定都进了档案(几年前,一个偶然的机缘,我见到自己的档案袋,厚厚的,几斤重,内中所装恐怕多为我从读高中到揭批"四人帮"写的全部检查)。录取结束,地、富、反、坏、右(即所谓"五类分子")子女通通落榜,那些整人的积极分子,功课大都一塌糊涂,却都升入一流高校。我被弄到诸葛庐畔读二年专科也算宽大处理了。但心里一直抱屈,越想越觉得窝囊……

　　文教局在县政府,县政府在玄妙观。殿宇俨然,神像已无,深深的庭院遮满古树的浓荫。在藏经楼前一座老旧的瓦屋里,一位工作人员笑眯眯地接过介绍信,当即又开一张,让我去城南60里外的一所乡村中学。还说，可以到小南门码头坐船前往，并交代，船票保存好，到学校报销。正要告辞，又拿出一张表，让我签字，接着数给我17.50元钱，说，这是7月份后半月的工资。参加工作竟如此简单，还没走上讲台就领到了薪水，心中不禁一喜。走出玄妙观时，听到高树枝头鸟声喧哗，见两只白鹤联翩飞去，轻盈的翅膀扇动正午的烈阳。

怀揣那笔钱，顿生富有感。穿过县城去码头时，拐进新华书店，一下子买了五本书，其中有蘅塘退士编陈婉俊补注的《唐诗三百首》。这本繁体字竖排的书如今还在，定价0.70元，纸已惨黄，银鱼儿咬啮，蛀出了历史感。

出小南门，但见樯桅如林，远远近近的水面上，舟楫漂漂，白帆飘飘。踏过岸边的石头，扶着船老大伸出的竹篙，上了一条窄长的小木船（当即想到李清照的"蚱蜢舟"）。乘客连我仅五人，还有一条小狗，三只山羊，一头半大的猪。付罢船钱，我要票，船老大从腰里摸出一沓皱巴巴的纸，挑出一张给我，上写"船费二角"，盖的是他的私人印章。用篙一撑，船离岸，拉起帆，就溜溜地滑向河中央。他反复叮嘱坐稳，别乱动。还说，如果撒尿，去船尾蹲着撒，手抓紧船帮。顺水顺风，船行似箭，浪花儿如珠子，三颗五颗地跳上人身。赏一路连绵不断的风景，心神好清爽，想，这是否预示我以后的人生要顺遂了？

看着浩浩河面，片片帆影，正酝酿一首诗，忽听船老大叫道："小同志，到了，你下船吧。"哦，帆已落下一半，船已靠了东岸，渡口的石头掩在荒草之间。先我一步上岸的还有一位抱小狗的汉子。问他学校在哪儿，他伸出下巴朝前一指："你看，黄土打的院墙，杨树都有几丈高，那就是。"又感叹道："这么年轻就教中学啦。"

步入绿杨夹道的校园，见几个老师正在路边刨红薯，一大片红薯地看着好眼馋。我介绍罢自己，他们忙走近："啊，周老师，小周老师。"说着争相帮我背行李，搬箱子。那是这辈子第一次听人叫我老师，有一种陌生感。

晚饭，每个教师可以买半斤不要粮票的红薯。想，往后能吃饱饭了。

1965 年

岁末的一天，大风竟日，刮掉满树枯枝，还有无数个干柴做成的鸟窝——因为近河，引得各种水禽在树梢安家育雏。此时，鸟已南迁，巢却倾覆。附近的村民（当时叫社员）翻过已经豁了的校园院墙，成大群来拾柴，大人背，小孩抱。一个老婆婆说："正愁冬天没烧的，这可好，老天爷给咱送来了。"

晚饭后，下雪了。风裹雪籽儿乱砸玻璃窗，响声碎而脆。正在住室擦煤油灯的玻璃罩（每个教师每周只准点一灯油，为了在备课、批改作业后读书、写作，就把灯焰儿拧得很小，灯罩拭净，再罩上一张中间剪了圆孔的白纸，灯光就会亮些），突然得到通知，全体教师开会。

会议室里，一盏点煤油的汽灯照得满屋白亮。校长、书记坐长案一端,面前放两摞小开本的红塑料封皮的书。校长说,为了学好毛泽东思想,上级分配来《毛主席语录》,是学校工会出钱买的,每个老师一本。在当时,这书只部队有,乃总政治部编选,发给全军将士的。我曾向在《空军报》供职的老同学写信索取,没能如愿。从领导手中接过书(那时尚无"红宝书"一说),我心里顿时异常激动,一种难以言表的激动。翻开,前面是毛泽东画像,下一页是林彪的手书题词:"读毛主席的书,听毛主席的话……"书记让大家发言。按常规,党支部成员先说,而后各教研组长说,再后教师中的积极分子、老教师、年轻教师依次越来越简略地重复前面各位说过的话。青年教师中,我最小,而且只我既非党员,也非团员。心头一热,竟最先发言了,说如何渴望得到这本书,说没有毛主席我就不可能上学,不可能当上教师……说几句眼泪就出来了,哽咽得说不下去。许是受到我的感染,一位10年前教过我历史课的老教师接着站起发言。他比我更激动,说到新中国如何强大,不再受帝国主义欺负等等,一时老泪纵横,声音颤抖,大幅度地挥动胳臂。我立即想起他当年讲到鸦片战争、《辛丑条约》时的义愤填膺,咬牙切齿,当着学生的面痛哭流涕。我俩的表现大出所有人意料,与会者都显出错愕。冷场有顷,书记说,都谈谈。别的老师都说得四平八稳,全是报纸上的现成词语。书记总结,特别强调学习毛泽东思想的目的是彻底改造自己。我当时就后悔了,不该抢先发言,更不该情绪失控,虽然是实话,虽然是真情流露。

回到住室,摸出火柴(火柴也是总务处发的,每月一盒),点亮灯就读新拿到的书,比读文学书更有十倍的虔诚,忘掉了风雪交加,忘掉了彻骨寒冷。上床睡觉时,才感觉手脚冻得冰凉。

1966 年

　　进入 5 月,"文化大革命"狂飙突起,学校停课,学生揭发老师,老师相互揭发,"大字报"糊满墙壁,揭出的言论真真假假,"上纲"的高度令人胆寒(比如那位教历史的老教师某晚说过"天太黑"被判定为"诬蔑新社会黑暗")。校园大乱,我心更乱,虽然关于我的"大字报"只有两张,一是吹捧"色情小说"《红楼梦》,一是向学生推荐巴金的"黑书"《家》。最犯难的是自上高中以来写的那二十多本日记没法处理,烧掉,没有机会,更怕有人发现说是"销毁罪证";留着,担心一旦暴露,马上大祸临头。惶恐中,挨到《人民日报》发表《横扫一切牛鬼蛇神》社论的第二天(6 月 2 日),赫然看见一张题为《勒令周同宾交出反动日记》的"大字报"贴在正对我住室的墙上。这时我才想到,去年夏天,因为日记本发霉,拿到门外晒,被人看见过。交出后三日无事,我时时如坐针毡。第四天,一篇总题为《彻底揭露资产阶级分子周同宾反党反社会主义反毛泽东思想的丑恶面目》的"大字报"一下子贴满四面山墙,而且标明是"材料之一"。我不敢走近看,只远远地扫过两眼,见配有漫画,画一个笑笑的我,一手拿笔,一手藏在背后握一把尖刀。最让我难堪的是学生时代写的爱情诗也公之于众,那一部分的小标题是《腐朽的资产阶级思想》。我感到丢脸，无颜再见对我尊敬甚至崇拜的学生。

7月初，全县教师和学生代表集中搞运动。那时，县一级没招待所，更没宾馆，只有"县大会"。"县大会"毗邻玄妙观，院子极大。靠东是一排百余米长的草房，直通通的没界墙，院中横几座红机瓦盖的砖房。没床，都睡地上，冬天铺麦秸，夏天铺苇席。那是开全县大会的场所，与会者都自带行李。我校和另一中学的教师合住一座不大的瓦屋（小学老师都住草房）。运动的领导者向正中的一张席一指："你睡这儿。"似乎意味着我已被革命群众包围。

开始一段，参加动员大会，学"十六条"（即中央关于"文革"的文件），继续深入揭发，上街游行欢呼毛主席"最新指示"发表，情况还算平和。突然一天，临近的屋里传出愤怒的口号声、严厉的斥骂声。我们住室也顿时气氛诡异。我发觉所有同事和学生代表都不和我目光交接，更不说话。我怕，像一只意识到马上要被拉去宰杀的羊。第二天早饭后，校"文革"领导人（此时，校长、书记已"靠边站"）叫我到屋外谈话，表情冷冷的，教育我要老实，正确对待群众运动等等。我进屋，全体"革命师生"忽地站起，一手拿"红宝书"，一手攥着拳头猛向上伸，高呼"打倒"口号，声音似能掀翻屋顶。勒令我站上一把短凳，低头弯腰，我腿发抖，心也发抖。一个学生先发言，发言稿开头引用的"最高指示"是"凡是反动的东西你不打它就不倒"。他说的每一条都像是宣判，每一条都足以置我于死地。我都承认，不敢不承认。只有从我的爱情诗中摘出的那句"让我们驾一叶轻舟，漂呀漂，漂向那美丽的小岛",被解释为"企图去台湾投奔蒋介石",实在无法承认,禁不住掉下泪。接着就引来更愤怒的声讨:"敌人不投降就叫他灭亡!"……

那些针对阶级敌人的语录,我早都会背,想不到现在通通用到我身上。

批斗会结束,全身衣服被汗水浸透。汗是冷的。

中午去伙房买饭,不敢走前边,排在最长一队的最后。待递上饭票,炊事员却朝我微微一点头,眼神里分明有同情,有抚慰,给我打的菜比别人多。我当即想起,他是我教过的学生的父亲,那年做家访,恰逢他还乡,见过一面。

晚上,睡不着觉。怕一夜失眠,明天再挨斗,招架不了,就去医务室要安眠药。扎羊角辫的女医生先是脸一阴,接着嘴一撇,拿药瓶倒出一片,也不包,放桌上让我捡起。我说想多要几片,免得今后每晚都来取。她吼道:"不中!"我转身走,她对另一女医生说:"早几天,剧团的浪八圈儿(一个旦角演员的艺名)前晌挨斗,夜里就吞30片安眠药想自杀……"

1978 年

几经曲折,我进入文教局的写作组,为说唱团写曲艺唱词,唱"英明领袖",唱新生事物,形式无非河南坠子、鼓儿词之类,演员唱几场就拉倒。我仍恋着文学,用更多的心思写诗写散文。后来发觉不是诗人的料儿,就专写散文。写出就向大小报刊投稿。忽有一天，同事悄悄告诉我，有两家杂志来信，调查我的政治表现，如同意发表作品，单位盖章寄还。那信压某支部委员处，已多日。这位委员因"上头"有人撑腰，一时红得发紫。我直接去找他。我们同住筒子楼，斜对门，那时候办公住宿都在一间屋。他双脚伸办公桌上，头仰靠椅子背上，正抽烟。我走近，才稍稍扭脸扫我一眼："啥事？"我说罢，他不吭。直到烟将烧到手指，又接上一根（那时香烟没有过滤嘴），才猛地坐正，冷冷地扔出一句话："支部研究研究再说。"我竟幼稚而又迂腐地搬出了国家根本大法："宪法规定'鼓励公民从事科学研究和文艺创作'。"（我刚写过《歌唱新宪法》的节目，特别记住了这句话）他鄙夷地从鼻子里发出一声"哼"，再不说话。此事，当然就再无下文。

几天后，他老婆儿子从老家来，恰逢他下乡。两人在他门口一直站到午后。许多同事来回走过，没人搭理。我看那女的干瘦，满面凄苦，孩子脸蜡黄，显然有病，好可怜的，就问吃饭没有，答说，没粮票，忙让进我住室坐，去机关食堂买饭。

多天后，某委员下台。再见我，浑身上下呈现出谦恭模样，甚至称我是"作家"，还当众提到为他妻儿买饭的事。

1983 年

7月初，忽接《人民文学》编辑部来信，邀我去大连参加笔会。此时，我是文化局干部，干的活儿依旧是写曲词，兼写各各种种的公文。局长是转业军官，识字不多，对文化人却敬重。把信交他一看，当即就说："好事。"同时关照会计准备差旅费。

带着领来的500元（在当时，这几乎是一笔巨款），乘火车北上了。

第二天上午到北京，那是我第一次来到京城。在前门站下车（那时还没有西客站），买罢去大连的车票，就步行去天安门，看街景店铺，都觉得新鲜。远望见天安门城楼，激动得像个孩子，差点儿撞上那个牵小狗的老头儿。买3角钱门票，去看故宫。进太和殿，油然想起父亲，他说过："金銮殿金砖铺地，夜里不点灯也明晃晃的。"父亲到过的最大城市是离家70里的南阳，一辈子只来过两次，一次是旧社会赶牛车为国民党军队送粮草，一次是晚年来看病。又想起乡亲们曾传说，朝廷的磨坊就在金銮殿后边，磨盘比得上打麦场，十八匹骡子拉大磨。

出山海关，我第一次到了东北，路边景物与中原迥异。从辽东半岛南下，中途上来一个汉子，坐我对面，乃工厂业务员，外出推销狗皮膏药，问我去大连干啥，我说参加笔会，他一愣："卖笔的也开会？"

报到后进客房，扭头发现，窗外就是海，晃晃荡荡的波浪把晚霞簸弄得明明灭灭。那是我第一次看到大海。夜里，一枕涛声，浪花打湿异乡的梦。

那是我第一次参加全国性文学活动，结识了那么多只读过作品未见过真人的新老作家。冯牧听说我来自河南南阳，兴奋得好像碰上了乡亲，马上说出了南阳城东的一串村名：柏树坟、杜高庄、张高庄、刘高庄……还说那三个高庄之间距离相等。南阳解放前夕，在那一带打过一仗，十分惨烈。当时，他是"四野"随军记者，亲历了那场战斗。时隔多年，竟依然记得那么真切，依然断不了对故地的绵绵牵挂。与会的年轻人都特别活跃，似乎一举一动都闪烁着才华。我倒有点拘谨。开朗活泼的女编辑王南宁说我腼腆。其实，我自知普通话说得不地道才不敢多言（我第一次在《人民文学》发表的散文正是王南宁从自然来稿中扒出的。那年头，能上这家权威刊物可是了不得的事，似乎意味着登上文坛）。热情似火的周明拉我到他的住室交谈，还提到我在《上海文学》发表的《游丝》，一脸生动的笑特别亲切，温和的目光里分明饱含鼓励和期待（当时他已升任副主编，可所有的与会者都直呼其名。作家们彼此也都叫作品上的署名，我向谌容叫一次"谌老师"，她很惊诧）……

大部分时间都是玩，游旅顺口，逛老虎滩，登蚂蚁岛，更多次去海滨游泳，在浪涛里出没扑腾，一个个男女尽情展示体态的健美和婀娜。只韩石山和我两个乡巴佬没下海，只能漫步浅滩捡拾贝壳。我特意掬水尝尝，真的很咸。

可惜一次也没走进市内。回来后别人问及大连情况，我只能说海水很蓝，海滩广阔，沙子细得柔软，而且纤尘不染。还有大连的日头出来得早，不到5点，天就亮了。

1985 年

6月，县文联将成立，把正在开会的宣传部部长叫门外一说，就把我弄去了。两间办公室，上盖红色的机制瓦，瓦已朽，覆油毛毡，毡已破，用水泥糊了大疤小疤。仍漏雨，连阴天点点滴滴。那原是县委、"文革"中的县革委的会议室，后用土坯隔成了单间。当年是县委大院最好的建筑，而今是县委机关最差的房子。我倒非常满足，似乎终于找到了安身立命的地方。

从此，过上了平顺日子，平顺得几乎没有故事。上午上班，没早没晚，也无多少公可办，翻报纸，收信，会朋友而已。破藤椅上一坐，抬头就能看见玄妙观三清殿古旧成黑灰的瓦垄，瓦间荒草繁茂，一岁一枯荣，很有沧桑感。（那荒草青了黄，黄了青，轮回多次后，我调入市文联，就成了专业"坐家"——这是后话。）下午在家写作，咬文嚼字，同时品咂苦甜酸辣的人生。写文章成了正业，一颗心终于得到了可意的安放处。

却说一日，同事们商议，要点钱，改善一下办公条件。我主动和另一位曲词作家一块儿，带上恳请批钱的报告去找县长，以为此事好办。县长没做官前也曾舞文弄墨，早就熟悉。待一拨又一拨的下属请示毕，他才发现我俩，脸上笑意淡薄。我先叙说往昔，意在拉近距离。他显然不愿提及当年，甚至忌讳曾写过豆腐块儿文章，仿佛青蛙不屑于承认摇着小尾巴的蝌蚪时代。我们趋前呈上公文，他没看；简要说了情况，也没兴趣垂听。这次第，他脸上始终凝固着公事公办的严肃，活脱脱诠释着鲁迅的诗句"一阔脸就变"。事情立马泡汤。不是没钱，全机关的官员都正更新坐骑，档次最低的是桑塔纳。我当即意识到，在县太爷眼里，所谓作家呀，文学呀，等于鸟。

1998 年

　　4月，进京参加颁奖会。会毕，文艺报社在天安门广场东南角的仿膳饭庄设宴，招待评委和获奖作家。出人民大会堂，穿过广场，想到女儿小时候，教她唱"我爱北京天安门，天安门上太阳升"，扭头望望城楼，不禁感慨万千。

　　饭前，我和韩羽站门外，朝毛主席纪念堂的方向狠抽一支烟。我说，冲着纪念堂吞云吐雾，大不敬。韩说，老人家比咱抽得还凶。待回餐厅，见靠西那一桌还有两个空位。坐下，发现袁鹰、邵燕祥、王充闾、舒乙、何为等前辈在座，皆为我素来景仰的名家。只我一个是没见过多少世面的乡下人，不免有些拘谨。看袁鹰那副蔼然长者模样，想起我念初中时，作家梦正酣，曾给他写过信（是寄往《文艺学习》编辑部让转交的），他回信称我"周同宾小朋友"。44 年了，他还记得吗？昔日小朋友，今已两鬓霜。升入高中那年，曾用省下的菜钱买过邵燕祥的《到远方去》（那本淡绿色封面的诗集定价似乎是 0.25 元，为买它五顿午饭没吃菜。可惜那本我在诗行间圈圈点点、画满横线浪线的书，"文革"中不知下落了）。近些年来，我更喜欢他的杂文和旧体诗，特别敬佩他敢说真话的文人风骨，就鼓起勇气隔着邻座韩羽和他说话，说他的"打油诗"。我随口背出名句"掌声拍报平安夜，人会开得很好嘛""茫茫长空书何字，鸦雀无声雁有声。"他随即纠正说，是"长空万里书何字"（可不，"茫茫长空"就平仄不协了）。我们谈得投缘。他文风凌厉，人却温和，一接触就有亲切感。

那次饭局，菜肴虽考究，吃后就忘了。同席吃饭的人，一直在我心里鲜活。

不久，因为那本得奖的书，中央电视台让我赴京做节目，说可以乘飞机，来往机票他们报销。那是我第一次在天上飞。南阳到郑州，半小时；郑州到北京，一小时（南阳登机的仅七八人，在郑州落地后才坐满）。好像还没有找到感觉，就到了。不禁想起父亲。父亲只在找我看病时，一来一回坐过两次长途汽车。他说："跑恁快，还没有坐够哩，可到了。"从北京回来时，在偌大的候机厅里，我竟不知道去哪儿办登机手续，从哪个通道进入机场，险些儿误事。飞机升空，舷窗外赤云峥嵘，晚霞烧红天地，那种壮美乃平生仅见。到家，赶上晚饭，妻为我多炒了两盘菜。

2009 年

岁月如水，波澜不兴。日子过得越来越平淡，平淡得只剩下过日子，就没了足可记述的大事。这应当是正常现象。二月河曾对我说："过上好日子，好好过日子，这就是和谐。"

就说说昨天都干些啥吧。

晨起外出锻炼，大步向前，两臂平伸摆动，翼如也。临春节搬入新居，半年来天天如此。这里环境忒好，前有河，水清澈，站岸上能看见黛色脊梁的野鱼，在倒影进水面的柳丝间悠游。那河，曾在《水经注》里流，流出了近两千言描摹两岸风物古迹的优美文字。后有山,独独凸起的青峰摩挲蓝天白云。那座以出产美玉著称的山,李太白曾登临,并留下了诗,直到晚年,诗人还深情地回味吃过的采自此山的蕨——南阳人如今叫拳菜。更有大片的野树和人工栽种的树,野草和人工栽种的草,野花和人工栽种的花。不走走看看,就辜负了好风景、好空气。当然,这个社区房价全市最贵,我卖了两处旧屋,还没凑够买这三室两厅的钱。贵是贵,确实值。老来安居于此,可谓得其所哉。正走着,碰上一个满头雪白长发的画家朋友,骑电动车,带救生圈,显然是去河里游泳。他说:"你住的是贵族社区。"我答道:"我是富人堆里的贫困户。入住前,开发商开业主大会,小区里泊满高档轿车,只我和老伴儿骑破自行车前往。不过,和别人比,我书最多,我是精神富翁啊。"说罢,彼此大笑。

上午,老伴儿去买菜,大老远地去批发市场,不在近处买,为了省些钱。我独坐书房,继续写这篇长文。前30年好写,磕磕绊绊太多。后30年顺溜,文章却不好做了,写得很慢。正在拈断数茎须,朋友打电话,邀我去赴宴,说是一位在外省做官的老领导还乡,要和作家们聚一聚,叙一叙。在本地工作时,他对这伙人不赖。

登上那家酒店的第二十楼,瞅见我家北面的那座山峰一下子矮了,有一种不踏实的感觉。菜、汤、酒、烟,连同餐具,俱高级。有两道菜,我是第一次吃到。免不了频频举杯,相互敬酒。四瓶茅台告罄,都仿佛醉成了刘伶。邻座的朋友悄声语我:"这顿饭起码得四千块,光每人一份木瓜鱼翅就180元。"我听后一惊，接着一声叹息。待散席，桌上食物还剩大半。我吃过无数次公家埋单的宴席，吃得心安理得。这次，心情却有点沉重，感慨不已，因为无端地想到了前天乡下老家来人，说到一件事——一个媳妇和丈夫拌嘴，一气之下喝了农药，喝罢就喊肚里疼。叫来医生抢救，输解毒药水。输了几瓶，有所缓解，就不让输了，为了省点钱，坚决不再输。她家不是没钱，只是不愿多花。拖到五更里，惨叫两声，死了。已经温饱有余的农民，钱还比命重要……

午觉起来，一年轻人来访，拿数百首新诗让我"指导"，稿纸形形色色，显然是四处找来的。谈话中可以看出，他写诗已经入迷，"一天到晚想的都是诗。"我随意翻看几首，确有佳作，颇具海子诗风。我犯了难，若鼓励他，他会更迷，更迷的后果不堪设想，这年头，登上诗坛比走过蜀道更难。多年来，我接待的文学习作者数以百计，后来大都放弃，坚守下来的只能坚守着贫困。若给他泼冷水，又于心不忍，生怕扼杀了他的才华。只好告诉他，先解决饭碗问题，写诗应作为业余爱好，即便李白生在今天，也不能以作诗为职业。田汉《湖上的悲剧》里，有句台词："诗人的袋子里什么都有，就是没有钱。"他走了，有几分失望。

傍晚，和老伴儿去散步，踩着夕阳树影，牵着狗——我那狗，是土狗，长得丑，也没名字，名字就叫狗娃。原来住独院，指靠它看家。迁来新居，不方便养狗，却不忍丢掉，一块儿生活8年，有感情了，更因为它来自老家，牵连着我对故土的眷恋。每天出来遛一遛，人与狗，都舒坦，全不管和别人的宠物一比就比出了寒碜。看见蝶舞，看见蜂飞，听见蝉叫，听见蛙鸣，走在诗、画、音乐里，好不逍遥自在。忽有十余台联合收割机从公路上驰过，本地麦收已结束，正向北方转场。我不禁想到童年。那时夏收，除了大财主，都不用镰刀，都是薅麦（薅就是拔，这个"薅"字，《诗经》里就有，三千年来，音义如旧。我故乡的方言里，保留许多古汉语的孑遗），为了多收些柴。如果割，丢掉麦茬、麦根，好可惜。那年月，缺粮，也缺柴。我奶奶鸡叫头遍下地薅麦，六垄麦薅到地头，天才亮，一看薅的是墒沟另一边别人的麦，白干了。如今，政府三令五申不准焚烧秸秆，可麦收后常常遍地狼烟，昔日的宝贝成了无用物。我把这些说给老伴儿，她先是一阵唏嘘，而后说："现在，时代真是变了。"

夜，九点半上床。倚枕看袁枚《随园诗话》，每睡前都读几则，读出些小小情趣，有助于安然入眠。今天却读到这么一则："余少贫不能买书，然好之颇切，每过书肆，垂涎翻阅，若价贵不能得，夜辄形诸梦寐。曾作诗曰：'塾远愁过市，家贫梦买书。'及做官后，购书万卷，反不暇读矣。有如少时牙齿坚强，贫不得食；衰年珍馐满前，而齿脱腹果，不能餍饫，为可叹也。"竟使我心绪纷然，不能自已。把"做官后"改为"改革开放后"，几乎字字说的都是我。当年，除课本外，手里只有几本书，本本都读得烂熟。如今，满屋是书，认真读过的，少得可怜，如藏娇三千，却无力宠幸……

2009年8月改定

落花

　　那是岁月的花，零落已久。而今重拾，发现它们却没有在风
尘中寂灭，似乎犹带些许旧日的颜色。

——作者

桃林

　　村头一片桃树林，几十棵，都不高。不是人种的，是野桃。结
桃小，麻雀蛋儿那么大，青的，熟透才变红，变红才好吃。往往等
不到熟透，都被我们摘了，咬一口，苦，赶紧吐。小孩子都嘴馋，
没耐性等到变红变甜。

　　三月里，桃树开花时候最美。一树花，像一树火，像一树红
鲜鲜的绒疙瘩。招来野蜂儿、蝴蝶儿，在花间扇着翅膀忙碌碌地
飞，亲了这朵亲那朵，亲半天也亲不够。我们常去林中草地上
玩，常玩"过家家"。总是把桃树摇一摇，摇落满地花瓣，地上就

好似铺了绸缎的被褥。身上也落了红艳艳的花瓣儿，好似霎时间都穿上了花衣裳。狗儿爷总是当"新郎"。他虽然只比我们大一两岁，可毕竟是爷辈的人，就有资格先娶媳妇。一群娃娃妞妞玩得认真，从说亲、相亲一直玩到娶亲、入洞房。抬轿的身子一纵一纵，坐轿的身子一晃一晃，放炮的甩着胳膊嘴里不住"砰砰啪啪"，敲锣的一手做提锣状，一手拿根木棍儿敲，嘴里发出一串喤喤声。直到狗儿爷和那个扎朝天小辫的小妞直挺挺躺在铺满鲜花的草地上，大家又把桃树狠狠摇摇，再摇落一层花瓣儿，算是又盖上了花不溜丢的新被子，游戏才告结束。那路数，和大人成亲一样，一步也不马虎。

尽管摇了又摇，满枝红艳总不见减少。

那天黄昏，我放驴回村。远远就看见红得耀眼的桃花，像一大片彩云落在树梢，绚烂得发出热力。西天的晚霞是金黄的，村庄的树木是浓绿的。配在一起，真是好景致。我不禁嗷嗷大叫，又蹿又跳，忙赶驴往前走。走近，发现桃林里有个小媳妇，穿蓝色印花布衫，在花丛中很是蓝得漂亮，鬓边别一只发卡，许是银的，却闪着桃红的光。唔，是花婶。她嫁来不久，嫁来不久的女人即便穿得不花，娃娃们也按辈分叫花嫂、花婶、花奶。桃林里有了花婶，桃花仿佛开得更鲜。她的印花布衫也显得更漂亮。我说："花婶，来这儿看花哩？"她说："猪娃跑出来，该吃食儿了也不回去，赶它也不回。"果然，一头小猪在桃林里又是撒欢跑，又是用嘴唇在树根拱。赶它，它绕着树转，就是不回家，家就在村头桃林边。我说："猪也稀罕这花。"花婶笑了，笑得很好看。笑罢掐枝花，枝上仅三朵，插在发髻上，她就更好看。

谁知，过了不多天，就是桃花全谢的时候，她死了，在桃林里吊死了。她家是财主，有一顷多地。田产、房屋、被褥都被穷人分了。她男人被拉走了。就在她男人被拉走的那天夜里，她死了。大人们的事娃娃们不懂，我只觉得她死得可惜。

这一年，野桃一直长着，谁也不敢去摘吃。到秋后，全红了，熟透了，还没人敢去摘。狗儿爷胆大，猫着腰飞快跑去摘了十几个，分给小伙伴们吃。那桃儿，外边甜，里边苦，越挨进核儿越苦。狗儿爷摘桃回来脸色发白。其实他也怕，因为算是爷辈的人，才硬撑着去的。

兔子

八爷逮了一只兔子，野兔，毛色已黄中发黑，毛梢又泛白，老兔子，肚子大，腹下有六个乳头，母兔子。不是八爷逮的，是因为秋后地里没了庄稼，兔子藏不住身，进了村，藏在柘刺林里，被狗发现，狗撵兔子，三条狗撵，把兔子撵得在村里乱窜。兔子会拐陡弯儿，狗拐弯不利索，始终没追上。最后把兔子赶进八爷的羊圈里，藏一群山羊中。三条狗站圈外傻了眼，站一会儿，互相看看，散了。这时候，八爷让他的狗进圈找兔子，狗一口咬住兔子的屁股，拽了出来。兔子拼死命挣脱，眼看要跑掉，八爷掂起打墙用的椰头，照兔子头上狠狠一敲，那野物儿当即死了。

八爷在门前剥兔子。我去看。把死了的兔子绑了一条后腿吊门前的树上。那是棵结了槐角的槐树，恰有一枝弯下来，像弯着的胳膊，兔子就挂在弯处。我看见，没绑的那条腿还在动，它还没有死讫（讫是我们那里的方言，意为完结，亦即讫的古意，大概是古汉语在民间口语中的遗留）。八爷拿把宰牛杀羊的刀剥兔子，刀太大，使着就不方便，怕划破皮，剥得很慢。一张兔皮能卖好多钱呢，破了卖钱就少。我一直站他身边看，看他先从兔唇开始剥，而后剥头，剥脖子，剥前腿，剥身子，剥没绑的后腿，最后才剥吊着的后腿。剥着，一遍遍向我讲述逮住兔子的经过，就是不说剥后煮熟了让我也吃一块肉。快剥完时候，他孙子，叫柱儿，一个满脸黑灰鼻涕流在嘴上的娃娃，也去看，比我凑得还近。八爷说："站远点，刀子碰了你，流血哩。"柱儿还不站远，又哄道："听话，兔子煮熟了叫你吃后腿。你看，这后腿肥，肉多，好好解解馋。"他始终不说叫我也吃点。我不是他孙子，也是娃娃哟。何况，我站的地方远，一点也不碍他事。剥完了，舀两瓢水朝已经没了皮的兔子一泼，取下就掂回灶屋，剁成十来块，马上就下锅了，高声喊他老婆子烧火。我一直跟到锅灶前，他还是不说让我吃。我不吃后腿啃根肋巴骨也行啊，老头子就是不吐口。只好离开回家。扭头看见他家烟囱冒出黑烟，不禁流出口水，同时心里说："老家伙真小气。"

几天后，八爷在平路上走，没来由地摔一跟头，闪了腰，疼了多天才好。柱儿和我们一块儿在村外玩蹦沟岸，也摔一跟头，磕掉一颗门牙。娃娃们都没事儿，就他磕了满嘴血，哭得眼泪鼻涕流老长。村人就和兔子联系起来了，说，兔子是土地爷的马。

吃了兔子得罪土地爷，报应他爷孙俩了。土地爷是小神，也开罪不得，逢年过节还上香烧表哩。招惹他老人家，虽不会送命，小灾小难还是要碰上的。我不禁后怕，亏得八爷没让我吃兔肉。如果吃了，会不会也磕掉门牙？

真是想不到，野物儿和神也有关系。

牵牛花

村头有个菜园子，用带刺的树枝扎成篱笆，围一大片地，种萝卜、白菜、大葱，还种有南瓜——我们那儿管圆形的叫南瓜，长形的叫北瓜。南瓜种在菜园四边，秧爬在篱笆上。种菜的是个老光棍儿，耳聋，打炸雷也听不见，没人给他说话，他也不给别人说话。只有一次，他站菜园大骂："谁偷我北瓜啦，我日你姥姥。"声音很大，像打炸雷。他不骂"日你奶奶"或"日你八辈祖奶奶"，因为我们全村同姓，一个老祖宗，骂别人就是骂自己。

那天，吃了早饭，我去掐南瓜花喂蝈蝈——狗儿爷捉的蝈蝈，放在高粱篾编的笼里，送我养，听它叫——走到菜园东南角，看见篱笆上牵牛花也开了，一朵，两朵，数一数，十几朵，都朝着东方开，像迎着太阳吹喇叭。在我们那儿，牵牛花就叫喇叭花。喇叭敞开的部分是粉红的，越近花柄的地方颜色越浅，到最细的部分浅成白色。从没有见过这么大的喇叭花，我站那儿看啊看。正一心看花，扭头见二姐来了——她没有大姐，不知道为啥叫二姐——一手提荆条编的篮，一手掂炒菜用的锅铲儿，要下地剜野菜。我说："这喇叭花多大多鲜，我摘一朵送你当喇叭吹吧。"她走近，我看见她脸上有刚擦过的泪。

"你娘又打你了？"

"嗯。"

"打哪儿了？"

"不给你说。"

"疼不疼？"

"疼。"

"你哭了？"

"出门才哭。我不在她眼前哭。"

她娘是后娘。亲娘早死了。她爹是个戏子（那时候还没有"演员"的说法），演花旦，成天出去唱野台子，从不顾家。她娘太偏心，只亲她弟弟，弟弟是后娘亲生的。弟弟吃白面馍馍，她吃野菜蒸的菜窝头。弟弟吃稠面条，她只能喝稀的。一看花，二妞一时忘了她娘，脸上有了笑。她说：

"你看，蜜蜂钻进喇叭花，在里面拱啊拱，蝴蝶怎么不采喇叭花？"

"蝴蝶个子大，嘴太短，伸不进花芯去吧？"

她拿喇叭花放鼻子前闻闻，我猛地发现，她的小脸和喇叭花一样白里透红，两只大眼可亮了，好像在她眼里能照见我。不知为啥，心里一热，很想在她脸上亲一下。可没有亲。我又想起她娘，说："听大人说，你娘和全村六个光棍儿相好，和这个种菜园的也好。"她嘴一绷，牙一咬，恨恨地说："她是个赖货。"这时候，我顺手掐一朵南瓜花，忽听那聋子大喊一声："掐公花，别掐母花！"我和二妞都吓一跳，原来他看着我们哩。公花是不结瓜的花，母花是花托粗大的结瓜的花。二妞朝菜园里"呸"一声吐口唾沫，嘴一噘说声："哼！""哼"罢又朝我一笑，下地剜菜去了。我故意又掐一朵母花，跑回家了。

不久，十里外一个村子来个老头，拉一头驴，把二妞驮走了。第二天小伙伴们才听说。还听说二妞是去当童养媳，那老头的儿子比二妞大十岁，是罗圈腿。还听说她娘背着她爹向男方要两石粮食。不知道二妞走那天哭没哭。听到这消息，我真想哭。

茅草

村东一片高地，没种庄稼，长满茅草，尺把深。据说，当年是个庄子，李闯王造反时候，从这儿过，把全村人都杀了。后来，墙倒屋塌，成了荒野。茅草丛中，还留些断砖烂瓦，我们在那儿玩时，一不小心，常常会绊倒跌跤。高地一角，埋一座坟。据说，是一个先辈姑奶奶，出阁后被婆家休了，回了娘家，不能再嫁，就老死了。死后当然不能进祖坟，就埋在这片无主的地里。我们在那儿玩时，坟已很小，平塌塌的，像稀面糊蒸出的馍。

四月里，茅草全都出了穗儿，一片浅浅的紫红。南风一刮，茅草一起一伏，远看去像一大块绸缎在那儿抖动。我们又去玩，茅草穗儿在风中一扫一扫，扫得光屁股痒痒的。玩各种只有土名没有学名的游戏。玩"送闺女"，两个男娃各双手交叉再相互拉着，算是组成一顶轿，让一个小妞坐两人的臂间，一闪一闪，在草地上转圈子。这回，狗儿爷和老虎抬轿，小扣儿坐轿。正转圈儿，老虎绊一跟头，就把小扣儿摔了，正好摔到一块烂砖上，鼻子马上出了血。小扣儿扯开嗓子就哭了，狗儿爷忙捋一把茅草穗儿，在手里揉揉，立即塞住小扣儿鼻孔，边塞边说："别哭，没事，一会儿就好了。"就在这时候，老虎说："啊，小扣儿她爹来了！"说罢，慌忙长虫一样钻进茅草丛里，趴下不敢吭声了。狗儿爷笑他："老虎名儿恶，胆比兔子还小。"果然，小扣儿她爹从小路上已经走近茅草地，显然是刚从镇上回来，背一个平常背牛草用的背笼。村人都叫他大掌柜。他有一百多亩地。他弟弟在镇上开杂货行，村人尊为二掌柜。大掌柜有五个儿女，小扣儿是最小的，可亲她。一听见她爹来了，那小妞哭得更响，呜儿呜儿的，可痛。大掌柜看看她鼻子，摸着她头说："茅草穗儿止血，一塞就不流了。哦哦，看看，我妞妞笑了。"小扣儿果然笑了，眼泪挂在睫毛上。大掌柜从背笼里取出一个纸包，打开是芝麻糖，先给小扣儿一根，大家都看，又给狗儿爷一根，我一根，大家都一根。老虎赶紧从茅草里站出来，大掌柜说："哟，那儿还有一个哩。大老虎钻草里不成小绵羊了吗？"就把最后一根给了他。芝麻糖又甜又黏牙，满嘴满心都是甜的，黏牙黏得张不开嘴。

秋后，茅草穗儿成了白的，茅草叶干黄。远看去，那里像插了无数送殡时孝子扛的白幡。当然，我们不再去那里玩，怕尖利的茅草叶扎了腿。

那天,天阴沉,像要压下来。东北风刮得紧,呼呼像牛叫。就在那茅草地里,开大会,附近各村的人都来了,把茅草都踩平了。会后枪毙了五个人,其中有大掌柜。娃娃妞妞们都不敢去看,都害怕,只能在村里玩,玩也玩不起兴头。听到闷闷的枪声,都吓得不敢出气。狗儿爷说:"要枪毙应该枪毙二掌柜。二掌柜穿着呢子马褂,戴着礼帽,手指头上戴着金箍子,回来见了人,头仰着,鹅一样,他才像是地主老财哩。大掌柜穿着旧棉袄,和穷人一样干活,怎么就崩了他哩?"还听说,大掌柜死了两天,他儿子不敢去收尸。后庄的余老五去割了死人的鸡巴,给他儿子治病。他儿子鸡巴有病,成亲三年,媳妇不会生。狗儿爷说:"余老五坏得没屁眼儿,你急着要孙子,咋不把你自己的鸡巴割下来煮了给你娃吃?"

　　从此,我们再也不走近那片茅草地,朝那里看一眼都怵。春天,茅草又开花了,紫莹莹一片。我们再也不去那里玩。一直不去那里玩。

2007 年 6 月 17 日于柳林

那些年，那些事

吊龙挂

七月的一天，傍晚，头顶黄云在飞，像泡满了泥沙的大河在天空奔涌。地上却无风，热极。空气似已热到爆炸点，一粒火星就能点着。人在家中坐，汗水顺着脖颈、脊梁往下流，泅湿短凳、草蒲团。人在路上走，汗珠连成串，咕噜噜滚落，一颗颗掉进尘土，砸起一溜烟。鸡耷着翅膀张着嘴软瘫在地上，狗伸长舌头肚子一凹一凸喘气，知了叫哑了嗓子似要喊出血来，蝴蝶、蜻蜓都敛了翅膀躲进密叶深处。这天热得邪乎。

忽见东南方不太远处，乌云从半空垂下一股，如一滴墨汁滴向地面，如一只手伸向地面，如一把大扫帚扫向地面。那股黑云初似碗口粗，继似水桶粗、牛腰粗、麦秸垛粗、打麦场粗，扭动着，旋转着，在大平原上缓缓向北移动着，发出呜呜的声音，伴随着闷闷的炸雷，刺目的紫色的闪电。

那景象,如今叫龙卷风,村人叫吊龙挂,实属多年一遇。

村庄笼罩在恐怖中。人不知做什么好,只惊骇地看着。鸡乱飞,狗大叫,牛呀驴呀也狂躁不安。知了倒吓得住声儿,不再嘶叫。

村人相信,那是老天爷派龙来地上抓人了,抓那些坏了良心、积了恶行的歹人了。好人只是看着,心里腾腾跳着,盘算着要抓谁了。恶人都会心虚,不禁觳觫不已,恨不得跪下磕头祈求赎罪。

村东五里,有座庙,庙里供奉玉帝、阎王,墙上画着地狱景象。廊庑间还有数十组泥塑。其中一组就是"龙抓熊氏女",表现的是熊氏虐待公婆致死终被龙抓的故事。那庙,乡亲们都去烧过香,那些故事都熟悉,心中的敬畏感无时不在。

还好,吊龙挂绕过我们村朝北去了,只是搅起的狂风刮倒了七棵大树。

第二天听说,邻村一个三十岁的汉子被龙抓了,身上一半皮肤烧成了黑紫色,另一半烧成了炭。缘由是这人怕老婆,不让瞎眼老母吃饱饭,老人一头扎进水缸里溺死了。

记得一个夏夜,我和奶奶睡在大门外车棚里的大车上。近五更,被雨声、风声、雷声惊醒,看见雨像天上的河水往地上倒,闪电似烈火照白天地,马上又熄灭,复又照白。炸雷一个接一个,聒耳朵,仿佛就在身边炸响。我害怕,奶奶搂着我,边轻拍着我脊背,边说:"娃别怕,咱祖祖辈辈积德行善,没对不起谁。没事儿,睡吧。"一会儿,我又在风声雨声雷声中睡着。早晨起来时，是个大晴天，树上、草上挂满露珠儿，闪烁着彩霞。

老鹰叼小鸡

我多次见过老鹰叼小鸡。那一次，看得最真切。

我家大门外，一个颇大的园子，族人呼为南园，长些野树，也有果树。春有花，夏有浓荫，秋有果，冬天则满园坚硬的枝杈挺立在寒风中。我常在那里玩，仿佛童年的周树人在百草园。南园的西面，有一个外姓人的坟园，坟都矮而小，如稀软的黑面蒸成的馍，据说几十年没人祭扫了。坟园长满节巴草，都二三指高，毛茸茸的擎起一根根细茎儿，撑开四五枝穗儿，如破伞。那里，狗偶尔去，猪偶尔去，鸡常去。人，除了拾粪的，都不去。

暮春的午后，我在南园摘麦黄杏吃。杏还没熟透，有点酸，有点涩，吃着直咧嘴。忽见一只老鹰翅膀扇出呼呼风声，从高空斜斜地向坟园冲下。坟园里，邻居七奶奶的一只母鸡领十几只绒疙瘩样的小鸡正在散步，觅食。母鸡顿时仰头紧盯着鹰，立马张开双翅，发出"咯咯咯咯"的叫声，急切地呼唤四处散开的孩子。小鸡们闻声调头奔向母鸡，像十几个小球咕噜噜滚进母鸡翅下、腹下。母鸡下蹲，把双翅抱紧。鹰已飞临头顶。母鸡高高伸头，尖嘴朝上，圆眼射出火光，攒足劲儿要啄鹰。鸡本来胆小，此时却勇敢。雨果说："女人固是脆弱的，而母亲却是坚强的。"人如此，禽畜也如此。正是这时，七奶奶发现了，连呼"嚘啰啰啰啰"，那是吓老鹰、赶老鹰的专用语。鹰并不听，斜刺里下来，唰一声又蹿上去。看老鹰已重回蓝天,母鸡松开翅,鸡雏怵怵地钻出,头一伸一缩继续跟母鸡漫步。七奶奶跑去数数,少了一只。一定是有一只或离妈妈较远,或动作较慢,还没有拱进妈妈身下,就被老鹰叼了。七奶奶脸朝天骂鹰:"你个老舅子……"又朝地骂母鸡:"你这没用货……"

村东三里,河边有几棵标直的大杨树,树顶上有个鹰巢。有一年,大风吹落鹰巢,有人去拉回大半牛车干柴。老鹰就是从那里飞来的。那里的老鹰干扰得附近十几个村庄的小鸡时有损失。

七奶奶有两个儿子。老大被军队拉去当兵,1948年战死。老二于1958年脊梁上生疮,直到疼死。

七奶奶临老是孤身一人。

如今,乡村已无老鹰。乡村的母鸡不再孵小鸡,也没了孵小鸡的本能。农家养的鸡,都是炕房里批量繁殖的"品种鸡",即便土鸡或曰柴鸡,都不是母鸡孵卵带大的。

老鹰叼小鸡的景象已经绝版。

二娘

二娘,娘家姓梅,年长人都叫她梅姑娘。二娘很漂亮,脸像花骨朵儿。二娘很巧,会描云绣花。二娘很贤惠,吃饭时总是给二伯盛头碗,双手端到面前,二伯的衣裳总是洗浆得支支棱棱的。

二娘突然疯了。据说是夜里做个噩梦，大叫一声，醒来就疯了。

二娘是文疯子，从不招惹谁，只是不干活儿，常站大门前半说半唱。说的意思谁也听不懂，好似外国话，唱的调调儿好似地方戏，又好似坠子书。总是天将明说唱一板，近中午说唱一板，黄昏后说唱一板，比时钟还准。说唱罢就躺床上呼呼大睡。村人赶早集，总是听着她的说唱起床。女人们坐一块儿边做针线边拉家常，一个说："哦，该做午饭了。"另一个说："还早，梅姑娘还没出来哩。"

虽是疯子，娃娃妞妞都不怕二娘，常去她家找她儿子黑哥玩。有一次，在她家院里，听着她的说唱，玩"瞎子逮瘸子"。黑哥用平时擦脸擦手的土布手巾蒙上眼当瞎子，猛一跑，一下子磕在捶布石上，额头破个口子，直冒血。二娘听到黑哥哭声，立马停了说唱，回灶屋揭下饭锅，抓下锅底的黑灰，抹黑哥伤口止血，而后，又去门前继续她的营生。黑哥直到老死，额头都留着一个青色的疤痕。

村西有个武疯子，二十几岁，膀大腰圆，正要成亲，发一次高烧，莫名其妙地就疯了，拿棍子打人，掂着切菜刀追人。家人怕他闯祸，用铁链子把他拴床帮上，急得他直骂爹妈是"狗日的"。

村人说，二娘即便疯了仍然贤惠，她的自说自唱越听越觉得不难听，好像如果有一日她不再说唱大家都会不习惯，村里就会少点什么，甚至都不说她是疯了，只是有病了。

二伯决定要给二娘治病。去请医生，医生说，是心里有热，需要泻火，就开了一剂药，仅巴豆就有八钱，芒硝足有二两。哄着她吃了，吃罢就泻了，泻得一塌糊涂，软瘫在床，连哼哼的声音也发不出了。二伯心疼她，喂汤喂水，伺候半个月，二娘又能走动了，会走动就去大门外说唱，一切如旧。

一天，一个走方郎中对二伯说，这病是因为肚里有热，需要吐，把肚里的火吐净，就好了。二伯让开药方，郎中说，有个偏方，不花钱就准能治好，不过，用这方子得下狠心。二伯问啥方子，郎中说，茅缸里的人粪尿，滤去渣滓，灌她一大碗，让她吐，把肚里稀稀稠稠的东西全吐出，再灌半碗蜂蜜，饿一天，可痊愈。二伯送一块银圆酬谢郎中。待到要施行，二伯犹豫了，他不忍。想到能根治疯病，横下心，端出那碗腺臭的水哄二娘喝，二娘坚决不喝。没办法，找几个年轻人摘下门板，把二娘绑门板上，用两头尖的小擀面杖撬开嘴，硬灌，撬掉一颗门牙，终于灌完。解开绳索，二伯哭了。二娘确实吐了，直把肚里的汤汤水水一点不留吐出，最后吐的是满含胆汁的黄水儿……十来天后，二娘又恢复元气，又去门外说说唱唱……

在1960年的那场饥荒中，二伯先死，死后第三天，二娘死了，死前半月，只能躺在灶前的地上轻声念念有词，有气无力了。

拾柴

"清早起来七件事，柴米油盐酱醋茶"。对庄稼人而言，酱醋茶可有可无，并非每日必备——偶尔用酱，是自家晒的酱；偶尔食醋，是自家做的醋；偶尔喝茶，是清明节采的柳叶茶。柴米油盐四项中，油可多可少，没有也能活下去；盐尽管往往不能放足，却不能长期断，不吃盐没力气干活儿，有几年，一斗小麦才换一斤盐；柴和粮食才是大事，是填饱肚子的关键。把柴放在米之前，可见柴更重要，没柴，生米生面不能吃啊。

那些年，粮食少，柴似乎更缺。

烧柴主要用庄稼的秸秆。牛驴吃的也是秸秆，吃剩下才能当柴烧火。所以，一般人家柴火总是不够烧。

于是，就需要拾柴。拾柴是小孩儿的事。

春天，要放牛放驴。夏收、秋收，要帮助干农活儿。秋后，才拾柴。那时候，除了播下的小麦，地里已没庄稼了。没庄稼的地里只留有收获过的庄稼的根。最好的柴是芝麻的根，叫芝麻茬；棉花的根，叫花茬；高粱的根，叫高粱茬。最差的是谷子的根，叫谷疙瘩。豆子的根细小，不到确实没柴可拾，从不拾它。

小伙伴们结成群去拾柴，边拾柴，边玩耍。

为争柴，曾和邻村的娃娃妞妞打过一架。

村南有块地，十几亩，是我们村财主家的，全都种高粱，砍了高粱秆，茬子留好高，犁后种小麦，高粱茬撂一地。我们去拾柴，邻村的孩子也去了。我们说地是我们村的，他们说是你们村的不是你们家的。立马就打起来。我们的娃子头狗儿爷人瘦劲大，泼得很，三五下就把他们都推四仰八叉。他们败了，不敢再来。我们拾了七八天，每半天都拾一大筐。

为拾柴还出过人命。

姐姐小改，很小妈就死了，他爹给她娶了后妈。后妈恶，她脾气拗，常常挨打。她爹怕老婆，她挨了打只能给小伙伴们说。那天，拾柴回去，后妈说拾柴太少，打了她。第二天故意拾得更少，后妈又打了她，不让吃饭。第三天，只玩不拾，干脆掂个空筐回去。后妈气极，骂一大堆臊话，打得更狠，鼻子打出了血，肩膀上打掉一块肉。小改绷着嘴，不说话，也不哭，趁后妈不防，飞快跑出大门，跑到井边，双脚一并跳进去，捞出来就死了，肚子像鼓。小改嘴巧，曾念过一首童谣：

> 白菜白，
> 拾柴。
> 拾一筐，
> 熬米汤。
> 拾一篓，
> 烧黄酒。
> 拾一垛，
> 烙油馍。
> 拾一车，
> 蒸一锅白馍吃半月。

死了的小改没埋进祖茔，只在地角拢一个小坟，不久就消失了。小伙伴们也把她忘了，只偶尔念起她念的儿歌时想到她，她的笑脸,脸上的三角形的酒窝儿。死了连吃不饱的饭也不能吃了,更不要说米汤、黄酒、油馍、白馍了……

到现在我仍不明白,那时候,每个村庄都是一座森林,房前屋后都是树,为什么宁肯拾柴也不砍树烧锅呢?

想不到一个甲子过后,乡村的秸秆竟成了祸害,成了污染源。麦收后,秋收后,成大堆的秸秆没处放,影响夏种、冬播,农民只好烧掉。一时间,四野狼烟,昏天黑地,空气恶劣,呼呼吸吸都呛人。面对如此情景,我只有感慨万千,不知从何说起。如今,乡村少有大树,绝无古树,最多的是可以很快卖钱的速生杨……

2013 年 5 月 8 日毕于南阳豆斋

久违的星星

一

童年的星星很稠，很大，很亮。曾念一首儿歌："青石板，板石青，青石板上钉银钉。"说的就是满天星星。那时的天空真像石板一样碧蓝，星星真像银钉一样明亮。童年时认识许多星星，每颗星星都有故事。那些故事，把遥远的天宇和脚下的土地紧紧联系，星星也就显得近了。我可以对星星说话，星星也时时给我说话，说它们的故事。也曾蓦然出现扫帚星，大人总眉头一皱，我也心里一怵，生怕有坏事发生。

庄稼人对天有一种与生俱来的敬畏。

我的想象力，我的文学启蒙，我对事理的认知，最先都来自星星。

老来久居城市，两三年只偶尔看一次星星。星星已稀疏，灰暗，琐屑。彼此已陌生，我不认识它们，它们也不认识我了。

久违的，并不只是星星。

二

院里一棵老枣树。老得弯了腰，弯成了牛轭形。树皮皲裂，如岁月刻画的皱纹，深藏着历史的沧桑。奶奶说，她嫁来时候，枣树就这么粗，这么老。奶奶老了，老枣树仍然这么粗，这么老，似乎没什么变化。青春不会长久，壮年不会长久，而老却好像可以长久延续的。

七月十五枣红圈，八月十五枣落竿。中秋节一过，枣就熟了，挂一树红灯笼，在秋风里颤巍巍地摇动，闪耀着甜美的亮光，招引我呢。我总是爬树摘枣。弯腰的树干好爬，只是刀刃似的树皮割得肚皮有点疼。杜甫有诗写他年少时爬树摘枣："庭前有枣八月熟，一日上树能千回。"我就是那种情状。每年收枣都有两大草篓。过年，母亲蒸白馍，总包进两个枣，还要把面团弄成一条条长条，裹上三颗枣，用筷子一夹，夹成八宝结状，那叫枣花馍。把五六个枣花馍连在一起成山形蒸熟，那叫"枣山"，要供在灶王爷面前敬神的。

腊八节的腊八粥，除了面条外，还要再放进七样米啦豆啦什么的。有一次，我数数不够八样，母亲说："还有盐哩水哩。"腊八粥除了人吃，还要牛吃、驴吃、猫狗吃，更忘不了让老枣树吃。母亲总是用菜刀在树上砍两刀，砍出口子，算是树张了嘴。我端碗用筷子把腊八粥抿进缝里，抿着还说着："你吃吧，多吃点。"

老枣树和牲畜一样，也是家中一员。吃了腊八粥，它理当结更多的枣……

1958年，"大跃进"中，老枣树被伐。锯倒时，紧贴树干的皮层流出红色的汁液，似血。

三

我家出大门往东，一片空地，长满节巴草。草浅而密，细而韧的叶柄，撑起窄而柔的羽状绿叶。草地中间一条小路，通向大路。父亲担水从那儿过，母亲到池塘边洗衣从那儿过，我去地里拾柴、去沟岸放牛、去土地庙前找小伙伴们玩儿，都从那儿过。想必路上原本也长草，人走的次数多了，成了路；或者说，是草谦恭地为人让出了一条路。

最喜欢草叶上挑的露珠儿，染了彩霞和阳光的露珠儿，从早晨挑起，一直挑到近晌午才坠落，或者被日头晒干。露珠儿真像珍珠，带玛瑙色的珍珠。我只在幺婶插在鬓边的竹簪上见过一颗真的珠子，圆圆的闪闪发光的珠子，映衬得幺婶好漂亮。想，如果草上的露珠儿是真珍珠，我一定穿一串儿送给幺婶，戴她脖子上，她一定会更漂亮。幺婶亲我，有好吃的总先拿给我吃。

我在小路上看露珠儿，露珠儿在路两旁看我。我对露珠儿笑，露珠儿也对我笑。我看见，每颗露珠儿里都有一个笑脸儿，不知道是露珠儿的笑脸儿，还是我的笑脸儿。

邻家小妞找我玩,不从路上走,竟赤脚踩着青草过来,踩碎了万千露珠儿,多可惜哟。我很生气,直想骂她。可看见她的脚红红的,湿湿的,就心疼了。她朝我一笑,两眼弯成初五、六的月牙儿,左脸蛋儿上一个三角形的酒窝儿,比露珠儿的笑脸儿还美,就又喜欢她了。

　　那时,村中空地很多,空地上都长节巴草,都挑着露珠儿。如今啊,空地很少,即便有块空地,也寸草不生,只有肮脏的尘土,满眼白色的、杂色的塑料袋儿。

四

　　我家小院正中,迎堂屋门,一个丝瓜架,几棵丝瓜,还有几棵茶豆,从春梢,到秋末,爬一幅绿茵茵的帘,爬一个绿茵茵的棚。除了瓜豆的出产可以当菜,那一架清凉滋润,使贫寒的日子更平添许多舒贴。

　　从入夏,到伏尽,白天我在棚下玩,夜里我在棚下睡。白天,日头的热烈的强光被瓜棚上的藤蔓枝叶滤成了绿的;晚上,只能透过绿色的缝隙偷看月亮星星。即便下了雨,只听到沙沙雨声,却只有两三个雨点落下。王渔洋题《聊斋志异》,有"豆棚瓜架雨如丝"之句,说的就是这种意味。不过,在丝瓜架下,我没听到鬼狐故事,听的是牛郎织女的传说,七仙女下凡的传说。那些传说像一根又一根长长的绳子,把我的心拉向很远又很近的夜空,想象着那里有一个奇妙的世界。

那时的夏天，不知道热。

如今，丝瓜架只能出现在梦中。

五

父亲养一头牛，是母牛。每年下一个牛犊，养到半大，就卖掉，地里出产的草料只能供一头牛吃。

堂屋正房三间，中间算是客厅，东间、西间是卧室，人住东间，牛住西间。临窗是牛槽，槽头是盛料水的瓦缸。人吃三顿饭，牛吃两顿草，早晚各一次。父亲拌牛草，拌得很均匀。一槽草，两瓢料水。料是豌豆料，有时也有麸子。"有料没料，四角搅到。"一直搅得每根草梗都湿漉漉的，都粘了料。牛吃饱了草，腰间两个三角形的坑成了平的，开始在牛铃的叮咚声中倒沫。父亲总坐在槽前，边抽旱烟，边看牛。牛也边倒沫，边看父亲。久久地你看我，我看你，默默地有一种感情的交流。父亲说过："哑巴牲口，心里啥都明白。"

漫长的冬天，槽头炕一堆草末子火，炕出一种亲切的暖融融的气味。牛舒服，人也舒服。

那是一幅风情画，那是一首乡土诗，那是一支绵绵的关乎庄户人家凡俗日子的温馨的歌谣。

那一切，二十世纪五十年代中期突然消失。父亲直到去世，再也没有养上自己的牛。

六

秋天,雁南飞。春天,雁北飞。秋天的雁阵最整齐。

我和小伙伴们常常在野地里看大雁飞。故乡在南阳盆地中心,大平原一直延展到天际,只西边的地平线上,有一脉远山的淡紫色印痕起伏。天高而蓝,高得可以看见,似乎站在最高的树梢蹿一蹿可以摸着,蓝得水汪汪的,似乎一竹竿上去可以戳下水来。天像一口特大的刚买回的铁锅,严丝合缝地倒扣在地上。有花样百出的白云在飘,在变幻,白得像在水里洗过漂过一样,变幻得一会儿像人,一会儿像狗,一会儿像刚刚收摘的棉花。雁群贴着蓝天、贴着白云飞过,有时排成"一"字,有时排成"人"字——那时不识字,管排成"一"字叫大雁抬扁担,排成"人"字叫大雁抬双扁担。飞着叫着,嘎嘎声断断续续,像鹅的叫声。有时也落村外的麦地过夜。第二天村人起床后,雁们已启程,只留下一坨坨雁屎,给小麦做肥料——饥荒年,雁屎可吃,救过庄稼人的命啊。

小伙伴们仰头看雁,曾发出一串疑问:

"大雁家在哪儿?"

"在南方?"

"在北方?"

"大雁没家吧?"

"它在哪儿生蛋孵小雁?"

没有答案。娃娃妞妞都想象不出南方、北方是什么样子,思绪只能停在大平原上。

　　……几十年前，告别最后的雁阵，再没见过大雁，偶尔见到，也是孤雁。随同雁阵消失的，还有故乡的蓝天白云。

2013 年 5 月 31 日

我的《好的故事》

那是一幅风情画。

那是一首田园诗。

更像一坛酒,窖藏了六十年,而今打开,愈加醇香醉人。

……五月端阳过后的一天,将近黄昏。柿色的彩霞一下子塞满苍穹,村庄罩在金光里,林木草地,茅舍木栅,草垛粪堆,都一时显得辉煌。我正放牛归来。牛犊知道路,吃饱了草自己就往家走。我跟它屁股后,一溜小跑。猛然发现村庄的壮丽,好似第一次看到这般景象,不禁激动,嗷嗷大叫,伸开两臂,一蹿一蹿,想蹿天上去。如果我是童年的骆宾王,一定会唱出一首诗来。

牛犊炝蹶子跑到大门外,径去白桑树下,和拴在那里的老牛亲近。我家的院墙是泥垡子打的,两尺多高,只能挡猪羊,也只需要挡猪羊。用构树皮把细木棍绑成正方形的笆做大门,夜里才关上,也为了挡邻家的猪羊来偷吃东西。我没进院就看见娘在绣花,坐石榴树下低头绣花,穿针引线,神情专注。石榴花正开得热闹炽烈,一朵朵都像嗫着的小嘴巴吐出火苗似的红瓣儿,恰好有一枝伸向娘的头顶,在风中摇曳,摩挲娘乌黑的鬓发。石榴树旁是棵弯腰老枣树。奶奶说,她嫁来时候树就水桶粗。如今还是那么粗。树上有一蓬干树枝搭成的简陋的斑鸠窝,一对鸟夫妻正"咕咕""咕咕"对唱(我常担心枝上的尖刺扎了鸟,好疼的,可看样子从没有扎过,鸟总是很高兴)。娘身边的青色捶布石上,一个柳条儿编的笸箩。笸箩里,放着五色丝线,一绺一绺,码得齐整。捶布石边的破瓦缸里,种两棵指甲花,一开红花,一开白花,骨朵儿挤成疙瘩。此刻,霞光在院里浓浓弥漫,像化了的金子灿烂明艳。空地上,鸡笼上,三块石头支起当桌的石磨上,都洒满金色。喂鸡的瓦盆里,喂猪的石槽里,窗台上的蒜臼里,都盛满金色。寒碜的农家院落,一时间变得超凡脱俗。石榴花、指甲花开在彩霞里,枣树长在彩霞里,斑鸠唱在彩霞里,娘也正坐在彩霞里。娘的头顶、两肩、胳臂,都闪着金光,若一尊观世音菩萨。花很美,树很美,斑鸠的叫声很美,娘更美。

我走近看,见娘怀里一件翠蓝的长衣,上有两朵菜盘子大的花,一朵猩红,一朵鹅黄,三四个柔柔的弧形组成的花瓣错错落落向外舒展,花瓣的轮廓以一个个深色的结连成的线勾勒。花瓣围着花蕊,花蕊伸出花蕊,一姜黄,一米黄,皆有突起感。衬托花朵的是披拂的葱绿、豆绿、果绿的叶,条条叶脉均以苍绿刺就。绿叶掩映里的花像笑吟吟的圆脸儿。花朵上面,有两只蝴蝶。一只鸡冠色,栩栩然正飞呢;另一只,还是白粉画的样儿,娘正用黛青的线绣它的眼圈儿。

我问，这是啥花。娘说，牡丹。娘见过桃花、杏花、迎春花，见过开遍村庄、田间的形形色色野花，想必没见过牡丹花。牡丹是富贵花，庄稼人从不种，也养不起。只听说东村财主孙家的后花园里有一株，外人不能看的。

霞光里，两朵牡丹分外绚丽，绣花的娘分外俊俏娴雅。

我问，这衣裳谁穿。娘说，是戏衣，戏里唱花旦的穿。

果然，麦收前的庙会上，村里的戏班子演出时，相府小姐崔莺莺穿了，带发修行的陈妙常穿了，《打金枝》里娇贵的升平公主穿了。十里八村的乡亲们拥台下看戏，都说，牡丹花比男扮女装的戏子涂脂抹粉的脸漂亮。娘也坐女人群里看戏，婶婶、姑姑们都夸牡丹花绣得好，比崔莺莺、陈妙常还漂亮。娘一脸笑意，心里一定很甜。

娘是村里最巧的女人。全村闺女媳妇都找娘扎鞋帮儿、兜肚儿、女孩儿的布衫儿上描花样儿，浅色布用蘸墨的笔描，深色布用蘸粉的笔描，描后拿回去绣。娘总一再交代，某处用什么彩线，某处用什么针法。娘画的都是兰花、喇叭花、四瓣的菜花、五瓣的梅花、多瓣的莲花、更多瓣的菊花，从没有画过牡丹。牡丹花长在娘心里，牡丹花开在娘心里。家境虽然贫穷，娘的内心高贵。

娘懂艺术。娘是文盲，不是美盲。如果能上学念书，娘会成为艺术家。

……娘已去世多年。老家的旧屋还在，破旧而低矮。院墙坍塌，满院荒草，落叶堆积，朽成了泥。石榴树、老枣树早没了。斑鸠的后代或许还有，只能在别人家树上筑巢了。满院凄凉，我想起就感伤。

那一切，当初鲜活在眼前，而今已如梦如幻，仿佛一篇鲁迅先生的《好的故事》，藏在岁月深处，偶尔闪现，转瞬即无。留下的只有怅惘，只有叹惋……

这些年，乡下的女人不再绣花。带花的衣物都是工业制品，总让人觉得少了许多美。

2010 年 12 月 17 日

1958 年的日记

　　1956 年秋期考上高中，我开始记日记。直到 1966 年 6 月 1 日《人民日报》发表社论《横扫一切牛鬼蛇神》，"无产阶级文化大革命"在我供职的中学掀起高潮，因为害怕，停止记日记。期间，共写了 23 本，最后一本还没写完。6 月中旬，被迫把日记交出。"红卫兵"从中摘出两百多条"三反"(即反党、反社会主义、反毛泽东思想)言论，分门别类，加上按语，断章取义，无限上纲(比如，日记里曾抄了别人的诗"你呀你，你多想驾一叶轻舟漂呀漂，漂向那美丽的海岛"，被认为是"想去台湾，投奔蒋介石")地写成"大字报"，糊满四座教室的山墙。不久，我被揪出，挨批挨斗，受尽凌辱，从深受学生尊敬甚至崇拜的老师，沦为"不齿于人类的狗屎堆"。而后，发配农村劳改，和四类分子(即地主分子、富农分子、反革命分子、坏分子)一块儿干活儿，并随时接受公安员代表贫下中农的训斥。

　　日记惹了祸。我恨日记，恨给我带来灾难的文学。

第二年春,说我是"群众",整我的是"资产阶级反动路线",平反了,发还了日记本。正是这些陆续写了将近十年的不是东西的东西,使我陷入厄运,再放在身边,看着伤心、气愤;若立马销毁,又怕被说做贼心虚,湮灭罪证("文革"的纲领性文件"十六条"中有"群众中揭发出的问题运动后期处理"的提法),就用一条麻绳捆了,一块旧布包了,交给我的学生王明武,让他带回家保管。又过几年,看样子不可能再秋后算账,就又让王明武拿给我。我发现,有的已被鼠咬,有的已经朽霉,还少了几本。保存它,除了勾引苦涩的回忆,再无价值,就决计烧掉。烧前,把一本本都撕开,撕成一沓一沓,一把火,顷刻间化为灰烬。

不知为何,竟有一沓漏网。嗣后多次搬家,竟未丢失,只是残缺了几页。那是写于"大跃进"开始阶段的文字,当时我正读高中二年级。虽然稚嫩、粗糙,却也从一个侧面反映了那个疯狂年代的荒唐生活。五十多年过去,纸页已经发黄,墨迹已经变淡,"红卫兵小将"用红笔留下的圈圈点点和批语依然鲜艳,如今看,好似带脂批的甲戌本《脂砚斋重评石头记》。自认为别人或许有兴趣读一读,就整理出来发表。整理时,只改正几个病句和错别字,删掉从书刊上抄录的一些诗文。其他,一仍其旧,意在存真。

——作者

5月5日　星期一　晴

上午,语文课,魏老师介绍茅盾生平,讲《林家铺子》。

下午,去数里外的水库劳动。水库在潘河南岸。人很多,黑压压一片。水库周围,运土的滑车迅速地工作着,哗哗哗地响。几十个人拉一条滑车的绳,人进进退退,滑车上上下下。更多的人挑土,打夯。为显示干劲大,男男女女都光着上身,有的女人在胸前用红广告色画了花,大姑娘、小媳妇用布衫把乳房勒着。大家喊的口号是"肩磨烂,腿跑断,剩把骨头还要干。"工地上红旗招展,热火朝天。五点半回校。

晚自习后,开辩论会。辩论的题目是:现在是社会主义还是共产主义。我主张是社会主义,根据是我们唱的歌是"社会主义好,社会主义好,右派分子想反也反不了"。辩论的结果是现在是共产主义,因为人民公社是"一大二公"。说社会主义的同学都承认思想落后。团支书靳××说:"周同宾更落后,白专道路,死路一条。"

5月6日　星期二　晴

早上,开全校师生大会,公社周书记宣布逮捕法办判胡风分子庄春弟。胡风反革命集团竟然发展到我们学校,想想可怕。庄春弟是总务处的老师。那次我去领筲帚,他脸笑笑的,原来笑里藏刀。又宣布处理两个反动学生,各判五年徒刑。会后,回教室讨论。

下午到本校浴室洗澡，身上的黑灰搓下足有二两。洗澡不要钱，过去要一角。自习后到北操场翻二遍地。操场也要种庄稼，都开成了地。总共要翻三遍。科学家说，翻三遍，翻三尺深，粮食可以增产三倍。十几个人拉一张犁，不费劲，跑得快。跑着喊着口号："深翻三尺深，亩产过万斤。瘦掉十斤肉，敢把地球翻个透。"工间休息时，看德甫带的《美术》月刊，见有齐白石的几幅画，《灯蛾》最好。我想起小时候的油灯，点芝麻油的灯，"青灯有味似儿时"的灯。现在点煤油灯，玻璃瓶儿配上铁片儿卷的筒儿做的灯，冒黑烟，直往鼻孔里钻。煤油灯没诗意，也上不了画——扯远了，说这些恐怕还是资产阶级或小资产阶级的思想。

5月7日 星期三 阴

因"四害"还没肃清，还有很大一部分余孽未除，后患无穷，若将来子而孙、孙而子地繁殖下去，麻雀、老鼠偷吃粮食，苍蝇、蚊子传播病菌，那还了得？所以，县委决定再掀一个"除四害"高潮。戚老师传达县委号召。今天开始进行战斗，大干两天，彻底消灭，干干净净过共产主义新生活。下午就行动，我们班6名同学去侦察敌情，其余的清除教室后的垃圾等霉烂物。那地方很脏，臭气扑鼻。

中午的面条很稠，还有肉。我盛到两块，一块有火柴盒的一半大，一块是猪尾巴的梢儿，二指长，很香。我喝了两碗，再去盛,没有了。郭××喝四碗。他吃饭快,像灌老鼠洞。

5月8日 星期四 阴

政治课,学习毛主席《关于正确处理人民内部矛盾的问题》的报告,张校长讲。

为了晚上打麻雀,下午和李应龙同学一起受小组委托去侦察。跑遍了骡店街以西的住户、街道,见麻雀很少,证明上次高潮战果辉煌。

看《静静的顿河》(第一部),已看到第三卷了。半月来读这么多,成绩不算大。估计这一星期能读完。我迷上了肖洛霍夫。

报载,作家也要大跃进,中国作家协会订了三十二条计划。田汉和陈其通在今年都要创作十个剧本。叶圣陶在编教科书之余要写六十篇文章。臧克家要写五十首短诗、一首长诗。

晚上,上街打麻雀。我们小组举着用一根木棍绑上烂布蘸了煤油的火把,走半道街,着完就灭了。从骡店街到山货街,只在一家屋檐下的墙洞里掏出一只老麻雀、两个刚出壳的雏儿、三个蛋。大家讨论,窝里应当有两只老麻雀,另一只是上一个高潮里打死了,还是闻讯飞走了? 若是已被打死还好,若是飞跑,就成问题了。在另一家,李应龙手伸进了蝙蝠窝,被咬了,流了血,算是光荣负伤。回到学校,我们小组上报打死麻雀 16 只。有的小组上报 102 只。最后评比,我们组得黑旗。事后,我写了诗:

火把熊熊照天明，

扫除四害狂潮涌。

誓把麻雀消灭净，

保证来年五谷丰。

5月9日　星期五　阴

据天气预报,晚上有六级大风及大雨。下午去试验园地打桩子,绑绳子。每垄小麦两头各揳两个桩子,绑两条草绳,夹住麦棵,以防倒伏。小麦长得很好,黑嘟嘟地秆壮叶宽。应当归功于半月前那次施肥。生物教研组老师研究发明了"施活肥"方法,即人尿直接浇进土壤,发酵后肥效更大。那天早晨,学生们起床后都把尿憋住,排队进入试验园地,依次走进麦垄间,每人管二尺,准确地把尿浇进据麦根二指远的地方。尿前先扒沟,均匀地尿沟里,尿后再扒土盖上。参加的都是男生,女同学没去。张××没憋住,半路上尿了裤裆,没完成任务,团支部让他明天补上。

第九期《中国青年》上,有周振甫《什么叫〈蝶恋花〉》一文,谈了些词牌及词牌知识。这篇文章是介绍毛主席《蝶恋花·赠李淑一》的。说毛主席的这首词,在思想上、艺术上超越古往今来一切《蝶恋花》。还说这个词牌是宋代词人晏殊创制的,并引了一首他的《蝶恋花》:

小曲栏杆依碧树，

杨柳风轻，展进黄金缕。

谁把钿铮移玉柱，

寄帘海燕双飞去。

满眼游丝兼落絮，

红杏开时，一霎清明雨。

浓睡觉来莺乱语，

惊残好梦无觅处。

说，毛主席的《蝶恋花》和晏作比，好比泰山比撮土，宇宙比尘
埃。

5月10日 星期六 雨,大风

雨,淅淅沥沥地从昨晚直下到今天下午。大风自上午刮起,
越来越大,撼动大树,吹飞树叶,搅动乌云像无数的巨龙在空中
飞驰,像泛滥的河水在川原上奔腾。我想起高尔基的《海燕》,天
上却没海燕,连一只小鸟也没。

昨天作文,题目是《勤工俭学的一次活动》,经两个自习写
完,自认为写得很好。我写了去公社面粉厂推磨。那里八盘石
磨,因驴不够,得人推。我们去二十个同学,十六个推,四个筛
面。推两盘磨。两人一班,轮换推。磨杠是新换的枣木棍,粗糙
扎手,都不怕。开始时费劲,高粱成麸子后省力,推着直跑。推一

天，面粉厂给八角五分钱，都交给了学校。作文最后一段，缀了两首诗：

两扇磨，叠成双，
如月亮，如太阳。
推太阳，磨月亮，
推得地球直晃荡。

磨坊更比世界大，
磨道虽短接天涯。
磨出面粉如雪下，
汗水飞溅映彩霞。

下午，和同学们一起上团课，团支部书记靳××讲团省委的《团章讲话》。靳一再批评我是"白专道路""只专不红"，思想落后，我命中注定入不了团，若不去，显得自己更落后。

又读了张良写的《骄傲使我犯了错误》一文。张良，电影《董存瑞》的主演，因为演得好，犯了错误。

骄傲，可恶的东西！你使多少人走入邪途，多少人坠入深渊，多少人因你失去了宝贵的才华，多少人因你葬送了美好的前途。

我反问自己，你骄傲吗？是有一点。我语文好，英语好。但政治进步不行啊！没办法。团课上，靳反复批判"资产阶级成名成家腐朽思想"，时不时地看我一眼，像赵家的狗看鲁迅的狂人一眼一样。我想进步人家不让进步。

5月11日 星期日 雨

历时半月，总算把《静静的顿河》看完了。列一人物关系表，看第二部时可参考。

强悍、勇敢的格利高里，大眼睛的美丽的阿克西妮亚，纷纭复杂的生活。啊！我的心飞向了顿河岸边的鞑靼村。

这部书是写一次世界大战前后顿河边哥萨克的生活，全面地反映了哥萨克各阶层人的精神面貌。他们是武装了的农民，从小就和战争发生了关系，勇敢、善战、有爱国主义精神，但愚蠢、迷信、盲目忠君。

主人公格里高利·麦列霍夫，是个复杂的形象，记得巴人曾分析过。

作家肖洛霍夫（1905—1984），生于顿河涅茨区（即旧顿河军区）的约申斯克部落（即书中所写那个部落）克鲁希林村。1923年开始写《静静的顿河》，1939年四部完成。1930开始写《被开垦的处女地》。其他作品还有《他们为祖国而战》（正创作中）《顿河的故事》等。

写《水利化小唱》一首，寄《南阳日报》。反正寄稿子不贴邮票，糊个信封剪掉一个角，或写上"邮资总付"就行。寄的多了，总能感动编辑。我相信我的作品一定能发表。

5月12日　星期一　阴

考物理,大部分同学错了三题——其实只有这三题。预计大部分要得1分或2分。不料朱老师给分宽,很多同学得了3分。我也是3分。

下午,去镇上参观技术革新展览会。会场在福音堂。展出全公社各行业、机关、学校所创制的新产品、新机械。有铁制的、木制的、铁木合制的。有一台牛拉打麦机,说是一小时能打十亩小麦。一架纺车儿,一个人摇动,能带十个锭子纺线。真是包罗万象,无所不有,令人目不暇接。真的是"大跃进的号角吹开了智慧的百花",报纸上曾有这个大标题。

5月13日　星期二　阴,细雨

技术革命已成风。自昨天参观后,同学们干劲大作,纷纷构思、制作新机械模型。整个下午都干这事,志高气昂,热火朝天。张××要制造一架手摇螺旋桨飞机, 两个人摇可以飞上天。我说:"哟,这不好办吧?"靳××狠狠地斜我一眼:"给群众运动泼冷水,你想阻挡技术革命?"我吓一跳,后悔自己多话。我准备设计一台风力碾米机,让风吹动风扇叶,风扇叶下安一直杠,直杠连着石碾的木框,石碾转动,就能碾米。

借来莫泊桑的《人生》,19万字。

5月14日 星期三 阴

下午,张校长做报告,总结前段"大跃进"取得的成绩和问题。问题中提出,有人思想落后,阻碍运动发展,终究会被时代的巨轮碾得粉碎。特别指出,飞机为啥不能造?火车也能造,轮船也能造,登上月亮的梯子也能造。看来,靳××把我汇报上去了。听着心里直跳。

晚上评助学金,全班发四十元。靳得三元,还有人得五角、一元、二元。我家也困难,因为我思想落后,家庭成分是中农,每次评都没我的份儿。

5月15日 星期四 晴

老天放晴,人心愉快,久日不见的大太阳像火轮一样悬在半空。有几片白云飘过,如海上白帆。教室里亮堂堂的,我能看清黑板上老师写的字。我眼近视,坐第三排阴天看黑板都模糊。团支部的积极分子说是走"白专道路"的结果。

英语课,魏老师教单词 shoe(鞋):"Shoe,shoe,this is a shoe."(鞋,鞋,这是一只鞋)说着,抬起右腿,指着他穿的鞋。他的布鞋沾满污垢灰尘,脚指头处拱出一个窟窿。课后,有同学说,魏老师给新社会抹黑;有同学说,魏老师是党员,是艰苦朴素,勤俭节约。

下午，在校办工厂推石碾，把砖渣轧成面粉状。教化学的老师发明了一种胶水，和砖粉一搅拌，比水泥还硬。这水泥就叫砖粉水泥。镇上扒房子很多，砖头到处都是。有同学运砖，有同学砸砖渣，有同学推碾。一晌，碾了两麻袋砖粉。大家说，有了水泥，可以盖大楼，可以修大桥。我写了一首诗：

> 三盘石碾转如飞，
> 碾碎砖头做水泥。
> 万丈高楼平地起，
> 再建一座登天梯。

5月16日 星期五 晴

争取红军班已成高潮。优秀者发以红旗。上午，学生会检查我班的"六一制"，即每人茶缸、牙刷、牙膏（或牙粉）、口罩、蝇拍各一件，在教室后摆放整齐，茶缸的把儿、牙刷带毛的头儿都朝一个方向。我班成绩好。又检查了自习堂的秩序。我偷看从魏老师处借来的《诗刊》，被发现。又要挨整了，靳××、郭××饶不了我。

下午，在西院参观学校办的厉行节约，反对浪费展览。展品中，有大量不知从哪里发现的图书，多是商务印书馆出版的。我翻看一本朱湘的《番石榴集》，当时就记住了布莱克的《老虎》："老虎，老虎，火一样辉煌，烧穿了黑夜的森林和草莽……"真是好诗。想把这本书偷走，不敢。

晚自习时，因汽灯没点好。王老师端来手罩灯，读报。

5月17日 星期六 阴

下午，在北楼听镇委周书记做报告。讲了国内外形势，以及青年应该持什么态度，检查自己是否符合要求。会后，回班讨论，很多同学检查了自己的"个人主义""资产阶级思想"、"只专不红"。我是重点，还要检查"出人头地""成名成家腐朽思想"。不狠狠检查不行，不会放过我。

晚上，继续检讨。而后，开展了互相帮助——辩论。辩论时不许被辩论者说话，说话就是态度恶劣，只能被积极分子手指着训斥。我被辩了。靳、郭等人的眼睛比狼还凶。说我"对党、团不满"、"反动"。大声呵斥，手指到我鼻子上，唾沫星子喷我脸上，和斗右派一样。高二(乙)班辩论了李少新同学。她长得漂亮，家庭条件好，衣服新，说她是"资产阶级"。

去寝室睡觉，发现和我挨着的刘××把他的稿荐往北挪了一尺远，大概怕我的"资产阶级思想"沾他身上。

5月18日 星期日 阴

昨天本想回家，因开会，没回成。别后数月的故乡啊，你又怎样变了哟！

从冯德珍处借来了《长江文艺》5月号一本。上有话剧《刘介梅》，我校曾演此剧，效果良好，痛哭流涕者不乏其人。王景周送来了《老舍选集》，内有《骆驼祥子》。读完《人生》再读它吧。

心情很糟，不知道下一步的"向党交心"怎么搞。怕我过不了这一关。我心不坏，拥护党、热爱党，对党没意见。不知道他们怎样对我。

读《人生》。一进书里，就被冉妮的命运吸引，忘了辩论我的事。莫泊桑说："人生并不像人们揣想得那么好，也不像那么坏。"我十七岁的人生是好是坏？

5月19日 星期一 阴

不上课了，开展交心运动。

我又被辩论。说我"反对大跃进""反对人民公社"，"反对大炼钢铁"。我低头承认。不承认不行。

为带头交心，组织委员郭××说，他和同村的另一个什么人在磨坊×过本村的一个小妞。我是"反动"，他是卑鄙无耻，流氓下流。他没有被辩论，还是干部。

5月20日 星期二 晴

写检查，写了五十多页。还找出以前写的十几首有资产阶级情调的诗，打算交出。

心乱如麻……

想起普希金的诗:"假如生活欺骗了你,不要哀伤,不要叹气。"

《人生》已读完,没时间做笔记。

5月21日　星期三　晴

我又被辩论,说,交出的都是"芝麻",不是"西瓜"。我不知道"西瓜"是啥,交出啥才是"西瓜"。

共五个同学被辩论。王××是地主成分,交出了"想杀×××,要回分给贫农的土地",才过关。靳说,这才是"西瓜"。我家是中农,土地没有分给贫农,我有啥"西瓜"?

连夜写检查……

5月22日　星期四

贺××上几何课。他是右派分子,因为认罪态度好,留校继续教书,他的几何课讲得确实好。学校规定,不能向他叫老师,上课、下课学生也不能起立,更不能说"老师好"。今天,他进教室时我还想着写检查,走了神,不由自主站起,站了一半,发现别人没站,马上坐下。不知道同学看见没有。心里怦怦直跳。

写检查。担心通不过。

收到报社寄来的报纸,我的一首短诗,在《南阳日报》4月7

日"大跃进民歌大家唱"栏内发表,原题为《唱新歌》,刊用时仅用"周同宾"后面加冒号代之。这事,同学们还不知道,万不可让人知道。"资产阶级成名成家思想"的帽子快把我压死了,知道了后果严重。

5月23日 星期五 晴

下午,学校举行行军歌咏比赛——走军步,唱军歌。我班经过多天的练习,走得还好,两只胳膊甩得有力,摆得整齐,胸脯挺得直,脚步健壮,歌子唱得也不错。

检查已上交,不知道命运如何。

读《老舍选集》里的《骆驼祥子》。

5月24日 星期六 晴

晚上评比,评勤工俭学先进同学。评出四位:王海长、杨玉杰、燕秀云、王培玉。当然没我,虽然我干得比别人还卖力,拉车总驾辕,怕别人说不出力。我思想落后,什么都该落后,不落后也得落后。

又挨辩论了。看那几个人的表情,像要把我吃掉。我承认有成名成家资产阶级思想,不承认反动,不承认不行……心情太坏,以后,不记这事了。

5月26日　星期一　晴

下午,张校长在天井院做报告,总结前段同学们帮老师整风情况,号召下一步给老师的交心运动"献礼"。

晚上,以小组为单位给老师提意见,同学们发言踊跃。给王艾曼、朱广文两位老师献礼的"西瓜"最多。王老师教历史,他说,沙俄和清政府签订的《尼布楚条约》是不平等条约,沙俄割走了中国东北一百万平方公里的土地。他是"挑拨中苏关系"。

5月27日　星期二　晴

继续给老师献礼。

晚上,张校长报告"三夏"工作。后,回教室分组讨论,并制定了个人计划。别人都是要在"三夏"战场上锻炼成长,靳说:"周同宾还要在战斗中改造自己"。

收到《南阳日报》寄来的两元稿费。千万不能让别人知道。知道了罪加一等。

5月28日　星期三　晴

早晨,开全体师生大会,公判庄春弟,判15年徒刑。

下午,把铺盖搬回外婆家。

家祥送来了巴金的《秋》和《人民文学》5月号。《秋》给苏丕山看,《人民文学》给驭华看——估计我不会有时间看它。

5月29日　星期四　晴

草短诗几首。

读高尔基《我的大学》,是从张洪山处借来的。

5月30日　星期五　晴

母亲从潘庄水利工地来外婆家,多天了,因病未愈,今天才回工地。我送她到河南街南边才回来。母亲在工地参加"大跃进",挖土、抬土。她是小脚,一定受了很多苦。母亲瘦了,她说,在工地黑面馍可以随便吃。

读到郭沫若的诗《向地球开战》,开头几句是:

> 卓越的解放军将士们,英雄们!
> 你们是六亿人民中的精华!
> 我们在党的领导下,在毛主席的教导下,
> 把帝国主义、封建主义、官僚资本主义打成个流水落花。

这如果算诗,我一天能写一百首。但我写的不能发表,因为我不是郭沫若。

5月31日　星期六　晴

读完《我的大学》。高尔基著,胡明译,光明书局出版。

开始读《被开垦的处女地》。

6月1日　星期日　阴

黎明下了一场小雨,恐与小麦不利。

晚上应毕云祥之邀,去看戏。南阳县豫剧团本是赊店的剧团,李二凤最有名。可惜她不在家(去南阳开会)。演的是《恩与仇》。

6月2日　星期一　阴

与王书义同学一块给针织厂打线,勤工俭学,是接张明时同学的摊儿。虽收入不多,但活儿却不重。今天是实验,一切从头学起:搓、接、绞。由于老唐同志指点,长进很快。一天打二斤,每斤八分,共一角六。

晚上看戏,坐票。演《斩皇子》。饰陈若琳的演员演技绝妙。

读书。就寝,过子夜。

6月3日　星期二　阴

继续打线。六斤。比昨天有提高。

灯下读何其芳的《关于读诗和写诗》。其中,《写诗的经过》一文叙述作者写诗的复杂经历。重要的是多读多写——这对我是个鞭策。我今后一定要多读书,无论古今中外的书都要读,必要时记笔记。

6月6日　星期五　晴

随美术老师王雷洲和粮店一人,到镇郊红旗公社鉴定小麦,估计亩产六千斤。

下午,到镇政府商量小麦评比制图问题。会议室很大,只我们几个人。聂楚峰老师站在那儿,一言不发。王雷洲讲他的五点意见。我用钢笔记下了他的构图打算。其余几位,自称外行,呆然坐在那里,毫无意见。结果还是王老师的五点意见。

后,买纸、颜料,回校了。

6月7日　星期六　晴

昨晚包场看戏,节目有三:《三岔口》《断桥》《朝阳沟》。
读完《被开垦的处女地》。

6月8日　星期日　晴

　　到粮管所捡红薯干,同去者王书义、刘延奇等六人。在一块儿捡。起初,效率低。上午,捡两千斤,下午四千斤,每千斤五角。红薯干霉了,弄两手黑灰。扒出一窝老鼠。两个大的很肥,是《诗经》里说的硕鼠,古诗里说的"官仓鼠,大如斗",刺溜窜跑了,吓刘延奇一跳。窝里剩九个那对鼠夫妻的儿女,都麻雀蛋儿大,粉红色,没睁眼,没毛。我们都说"除四害"搞的不彻底。

　　晚上,写一首赶五句打油诗,说白天我观察到的老鼠:

　　　　两匹老鼠胖而壮,
　　　　九只小鼠嫩而光。
　　　　若不把它消灭净,
　　　　子孙繁衍日月长,
　　　　个个都吃商品粮。

德甫来访,未见。

6月9日　星期一　阴 小雨

继续在粮库捡红薯干。别无可记。

6月10日 星期二 阴

从今天起,开始宣传八届二中全会提出的总路线:"鼓足干劲,力争上游,多快好省地建设社会主义"。

见《河南日报》号外,报道遂平县火箭社小麦亩产达七千一百零五斤。今后,吃白馍可不成问题了。

记下一首"大跃进"民歌:"社里高粱长得大,长到月宫织女家。织女开窗抬头望,碰了一头高粱花。"真是好诗,真有气派。

读完臧克家的《烙印》。

读《西厢记》(王实甫)。

6月18日 星期三 晴

参加全镇小麦庆丰收大会。豫剧团演出《断桥》。

读完臧克家的《烙印》、何其芳的《预言》。

6月23日 星期一 阴

和王书义一块儿去给兔子拔草。

下午给别人理发。这技术我刚学会。

6 月 27 日　星期五　晴

开展总路线学习,学习刘少奇报告。

下午,去瓷器街口开抗旱誓师大会。

6 月 29 日　星期日　晴　风

开始读《艾芜短篇小说选集》。这是作者 1931—1939 年的小说。读完再说。

小小说之风大盛。

6 月 30 日　星期一　晴　风

准备和李庚辰对段相声,名叫《多快好省》。

借得《诗刊》3 月号。郭沫若真是笔健如椽,诗思旺盛,一下子发表二十多首,看来可读的并不多。《百花齐放》亦如此。

见李大钊遗诗数十首。

7 月 11 日　星期五　阴

批判潘、杨、王。潘复生,河南省委第一书记,中央候补委员;杨珏,省委第二书记;王庭栋,不知是什么。他们结成反党集团,对抗中央,歪曲现实,反动论调有八。省委号召要大力揭发、批判、鸣放。大街上画了漫画,把他们画成"潘阎王",杨珏画成一只长角的羊。

昨天借来《剥削者》,这是我第一次接触巴尔扎克的作品。

那些天，吃饭不要钱……

我有幸赶上一段吃饭不要钱的日子。

1958 年，读高中。学校在古镇上。古镇离家三十里。吃饭就在学校的大伙房。每星期回家一次，用小扁担挑面、米、红薯、芝麻叶、红薯叶、柴火，挑来交给伙房。白面换白面票。高粱面、玉米面、红薯面换杂面票。芝麻叶、红薯叶换菜票。柴火也换菜票，五十斤高粱秆换五角钱，五十斤玉米秆换三角钱。凭票买饭。买一个杂面馍，要二两杂面票加一分菜票。买一碗面条，要一两白面票加二分菜票。买菜只要菜票，半碗素菜三分菜票，荤菜一角。菜票可用钱买。面票只能用面换。我父母在农业社干活儿，每年秋后分红，最多时只分六元钱。我从没吃过荤菜，也没吃过白面馍，家里分的小麦磨的白面仅够我每天喝一次面条。常常不敢吃饱，肚里老是饿。

突然间，来了个"人民公社"运动（同时来的还有"大跃进"运动。这两个运动加上"总路线"在当时和以后的颇长时间里被称为"三面红旗"),十几个村子组成一个公社。同时,各村都办食堂,全村人一口大锅搅稀粥。各家的粮食、米面都上缴,锅灶都扒掉,铁锅、锅铲、火钳一律收走送去炼钢("大跃进"的主要组成部分是"大炼钢铁")。不几天,说是要"跑步进入共产主义",又把许多公社合成大公社。大公社有多大,不知道,我表姑奶家离我家四十八里,在一次全社群众大会上,我父亲曾碰上表姑奶的儿子。我就读的中学所在的古镇和我家所在的村庄,也就属于一个大公社了。

　　大公社一成立,学生也是社员,当即宣布面票菜票都取消,通通吃饭不要钱了。同学们都兴奋不已,嗷嗷大叫,又跳又蹿,一再欢呼"三面红旗万岁"。开饭铃一响,各班的学生都带上碗筷(规定左手拿碗,右手拿筷),排着队(班长吹着哨子,步伐整齐,雄赳赳气昂昂的),唱着歌(最常唱的是"公社是个红太阳,社员都是向阳花"),喜气洋洋去学校的食堂。班长说声"解散",才去拿馍,舀饭,打菜。馍是各种面粉混杂一起蒸的,个儿大,如榔头,高粱面多了发红,玉米面多了发黄,红薯面多了发灰,偶尔也泛白色——显然白面不少。饭往往是玉米糁糊糊,不稠,吃足了馍,喝一碗为了"灌缝"。菜是萝卜、白菜、萝卜缨、红薯叶,几乎没油,盐倒很足(农村人吃菜讲究咸香,只要咸,就有味道)。有一次,公社副食品加工厂送来几筐臭豆腐,每人分火柴盒那么大一块,吃着臭极了又香极了,嘴里心里都受用。可惜太少,班长说:"等几天进入共产主义,想吃几块吃几块。"馍、饭、菜都可以敞开肚皮吃。头一顿,那个结了婚、有了孩子、长了胡髭的同学(那时上学,婚否不限,学生年龄也悬殊),一下子吃三个馍。过去只敢吃一个二两面票的馍,他家里粮食更紧。第三天中午就改善生活(那时说的生活主要是指吃饭,改善生活就是吃顿好饭)。吃的是肉面条。面条少,一碗仅有十几根,还很短。肉更少,一碗仅有两三片,小而薄。满碗都是白菜帮子和面糊糊。却很稠,插上筷子不会倒。据说炊事员擀面条擀不及,只有多和(huó)面。饭舀进碗里不能立即吃,得放地上,等千余名学生都舀毕,管伙食的老师吹一声哨子,一齐端起碗,呼噜噜喝,来不及嚼,伙房前顿时一片呼呼声,气势宏壮,像刮大风。吃着好香,一定是放了很多猪油。都吃了两三碗,动作快的能吃五碗,肚子鼓起像瓮。

吃着不要钱的饭,心中充满共产主义生活的幸福感。

每天都组织学生拿着公社开的条子,下乡拉粮食,拉菜,拉柴。用架子车、牛车拉。架子车两个学生拉一把,牛车十个学生拉一辆。几乎拉遍大公社的各个村庄。我和同学去我家的邻村拉粮食,拉一辆铁轱辘牛车。铁轱辘的边沿已磨损得齁齁牙牙,辐上突起的字是"大清咸丰××年铸"。拉回了一袋没有脱粒的谷,十几嘟噜没有剥掉包皮的玉米棒,拢共不到两百斤。土路凸凸凹凹,轱辘磕磕碰碰,像拉千斤重。都不说累,"大跃进"中没有苦和累。都像牛一样伸长脖子使劲拽,十个人不如一犋牛。我和一个同学去丘陵上的一个小村拉柴,没有好柴,正碰上扒房,说是扒下木料去炼钢工地搭工棚(那时候,男男女女都集体住宿,村里空房很多),就让我们拉了一架子车房上扒下的山草,已经朽成了灰色，长些伞状的覃类植物。

去农村拉东西，我们理直气壮。不独因为手里有公社开的条子，更因为"人民公社是一家"（这句话是当时的口头禅），一家人嘛，不分彼此。人民公社"一大二公"（毛泽东语），大公社的每粒粮食、每根柴草都是共有的。

渐渐地，拉回的粮食减少，最多的是红薯。就每天早晚吃红薯，只中午吃馍。馍是高粱面掺红薯面蒸的，要么捏成盔状的窝头（乡下人管那叫"将军帽儿"），要么团成秤砣样，上有炊事员的没有变形的指印，都死硬，可以砸死狗。但仍不要钱，仍能可着肚子吃，幸福感依旧，常满怀豪情念诵当时的著名诗句"共产主义是天堂，人民公社架桥梁"，以为正走在通往天堂的路上。

还记得一顿饭。

在"大跃进"高潮中，全校师生去一个叫河南街的生产大队深翻土地。老师扶犁，犁辕上绑七八根绳子，七八个学生拉犁，拉起来飞快跑，跑着齐声唱着"团结就是力量，团结就是力量"，也唱豫剧《罗汉钱》《花木兰》里的唱段。我们那组，扶犁的是有点口吃、越急越口吃的王树岑老师。他年龄大，跟不上趟，一再说："慢、慢、慢，慢点，慢、慢点。"我们都认为他干劲不足，不像"大跃进"的样子。那是黄土沙地，犁后很暄腾，跑着好似双脚杵进面团里，确实费力。深翻到中午，大食堂送来了饭，荆条编的大箩筐盛满刚蒸熟的红薯，有的蒸裂了口，个儿不小，又干又面，吃着噎人，伸长脖子才能咽下。还用打水的木桶挑来了灰色的红薯叶菜汤,倒很咸,喝着很舒服。吃饭时,邮递员送来了《人民日报》,第一版登了毛泽东的《送瘟神》二首,二版影印出诗稿的手迹,龙飞凤舞,婉转潇洒,极具动态美。教文学的魏元朴老师(那时语文分为文学、汉语两门课)拿起报纸,昂首向天,用并不纯正的普通话高声朗诵:

> 春风杨柳万千条,
> 六亿神州尽舜尧。
> 红雨随心翻作浪,
> 青山着意化为桥……

这诗显然是歌颂"大跃进"的。我听得几乎痴了,同学们都欢呼雀跃,如癫如狂。

如果不在学校吃饭,可以找管伙食的老师领饭票,凭票在全公社任何食堂都能吃来饭。那饭票,是大公社发的,草纸石印,一分钱纸币那么大,上有"顿票"二字(意即一张票可吃一顿饭),盖有公社的朱红大印(印章大,票上的印迹不到二分之一)。我和一个同学去公社办的"大跃进"展览馆画占满一面墙壁的《钢铁元帅升帐》宣传画,就在公社的机关食堂吃饭。顿票一交,就随便吃。我发现,那里有白面馍,萝卜菜里还有一些肉。可惜,两晌一夜就画完了,只在那里吃四顿饭。"大跃进"高潮中,干什么都是"一天等于二十年",从没磨蹭偷懒的。

常常不在学校吃饭,当然也不再正常上课。学生都被公社派去淘铁沙（就是河里的黑沙，据说可以炼钢），深翻土地（十几个学生拽一把本应由两头牛拽的木犁，一直翻出生土），用黄胶泥脱坯（据说那是修建炼钢炉的耐火材料），推石碾把旧砖头碾成灰做水泥（据说兑进一种化学药品凝结后比水泥还硬），参加消灭麻雀会战（数万人在古镇的街巷院落同时鸣鞭放炮，敲锣打鼓，拿着绑了红布的长竹竿边挥舞边叫喊，一时间麻雀吓得满天飞，直到耗尽气力而坠地。声势之磅礴，场面之壮观，前所未见。据说那一次战役打死麻雀八万多只），去炼钢工地宣传鼓动（我曾在一座麦秸垛状的炼钢炉前一口气写出十首诗，当场朗诵，内有"高炉万丈英雄多，炼出钢水赛黄河"之句，一个正向炉里扔铁打的锄、镰、耙齿、鏊子、门钉锦、纺线锭子的老农笑道："咦，这个学生娃口气还怪大哩。"）……成天忙得热火朝天，兴致勃勃，心情一直激动，一直满怀投身伟大事业的崇高感。反正到处都能吃来饭，又不必为几何、代数伤脑筋（我一直讨厌数学），那一段日子过得快活。劳动之余，我写了几百首"大跃进"民歌（那时候，人人都作诗，诗都是以七字句为主的顺口溜，诗坛上我素来敬重的名诗人也写顺口溜。诗歌也要跃进，每个地方每天做出几万首诗和炼出多少吨钢一样要报告上级），还参加过一次全公社的赛诗会。在那个会上，一个自称"日产千首"的农民诗人（我怀疑他原来是念顺口溜卖老鼠药的），以一首"公社粮囤比天高，一下子撞断玉皇爷的腰"获得头奖，奖品是一朵大红花，连接红花的红布条上画一个卫星（当时，苏联的人造卫星上天不久，"放卫星"表示最先进）。

鏖战月余，放两天假，说是稍作休整，要掀起更大跃进高潮。我和本村的两个同学结伴回家。那两个同学，年龄和我相仿，按辈分，一个该叫爷，一个该叫姑。离校时已经半晌，走十多里，日头正南，肚子就饿了。看见前边那个村庄，村头高地上一片瓦屋，屋后丈余高的烟囱正冒黑而粗的炊烟。那个爷说，咱们去吃饭吧。

那是一座古庙，上翘的檐角挂有铃铛。院里长棵老树，一半枝杈干枯，另一半只有几簇苍黄的针叶。梢头架高音喇叭，正播放《社员都是向阳花》那首当时到处都唱的歌。那是村中唯一的树，别的树都砍掉送进炼钢炉了（这棵树没砍，大概是为了高音喇叭）。庙门的高屋脊上，直竖一根木杆，飘一面红旗，日晒雨淋，色已浅淡，旗上写有字，颜色脱落，笔道模糊，细辨认，为"三面红旗万岁"。院里两座大殿。前殿敬奉的是玉皇大帝。此时，它的头颅肢体已碎成几十块，露出黄泥，扔在殿前的地上，彩绘的黄袍青带依然鲜艳。殿内，玉皇大帝原来坐的地方，后墙上画了巨幅毛主席像。画的不像，远没有我画的好，只下巴上那个瘊儿能表明他是毛主席。画像两旁，还是原来的壁画，画的是八仙，每位仙人脚下都踩着云彩，衣袂飘拂，神采悠然。只不过何仙姑已被领袖的画像盖住，近靠画像的是倒骑驴的张果老和背酒葫芦的铁拐李。这里，大概是社员集会的地方。

食堂在后殿。后殿是阎罗殿。阎王爷的泥胎也被推倒，打烂，片片断断，撂在迎门的树下，头脸还完整，依然狰狞可怕。殿里垒了锅灶。灶口屋门大，一个长着男人相的女人正把成捆的玉米秆往锅下塞，火焰像个簸箕形的巨舌，早把灶台舔成黑黢黢的，浓烟直冲大梁，火星子满屋飞，熄灭后变作羽状的柴灰纷纷落下。锅的直径总有五尺，锅沿向上用红砖砌三尺高。一个赤膊大汉正拿一根枣木棍在锅里搅，可以听到水沸腾的咕咕嘟嘟的响声。旁边还有一口锅，三块石头支着，锅底的地上挖道烧火的沟，一个络腮胡子的矬个子男人正炒菜，掂的锅铲是一把平时用来铲土铲粪的铁锨，翻动时，嚓嚓响，和在干地上铲土铲粪的声音一样。原本属于阎王的神案上，几个荆条编的箩筐里，堆满蒸熟的红薯，热腾腾的冒水汽。

已经有人来等吃饭。三三两两，在地上或坐或躺，表情木然，都不说话，只晒太阳。

食堂里竟没有轰轰烈烈的"大跃进"气氛，只高音喇叭唱着亢奋的歌。

炊事员把红薯抬到当院，像打水一样把菜汤打进木桶提到树下，把炒好的菜铲进两口瓦盆端到廊前。而后，赤膊汉子去敲钟(不是钟，吊在树上的大半个铁轱辘当钟)，声音却洪亮，余韵绵长。很快，大群的社员都进了庙。有的端碗，有的拿瓢，有的提瓦罐。我发现，大多是老人、娃娃和带娃娃的女人。一个老头，面色黧黑，脖子青筋暴起，拿一只竹编的筐箩，一个粗瓷大碗，走着嘟囔着，像是骂谁。一个瞎眼老奶奶，一手拄拐杖，一手提一个带襻的锯掉了把的葫芦，扭着一双小脚，蹒蹒跚跚朝前挪，被阎王的半条胳臂绊了一跤。一个女人一手抱着婴儿，一手端一擦大碗小碗（有两个木碗），后跟一个娃，一个妞；女人蓬头垢面，孩子脸上倒白净。除了这娘儿四个，别人都是单个的，看不出谁和谁是一家。不在一起吃饭，不在一起睡觉，也就没有家庭了。

红薯随意吃，菜汤随意喝，菜则由炊事员用两根细木棍儿只给每人夹一点点。那个黑脸老头边往笸箩里放红薯，边说："顿顿红薯，放屁都是酸的。"炊事员抢白道："想吃馍，你上工地跃进去。杠子馍，想吃几个吃几个，吃饱得连明彻夜干活儿——'眼熬烂，腿跑断，出大力，流大汗，活着拼命死了算'，你能干？"老人又嘟囔一句，倔倔地拗着头去了，抓一个滚圆的红薯，狠狠咬一口，凹陷的腮帮子立即鼓起。瞎眼老奶奶把菜汤舀进葫芦里（舀汤的工具是给牛驴拌草时舀料水的马勺），让把菜也放进葫芦，用拐杖探着路凑到盛红薯的箩筐前，摸一个细长的，就近坐下吃。那红薯又干又面，老人无牙的嘴拙笨地咀嚼许久，抱起葫芦喝口汤才仰面直脖艰难咽下。那女人把裹着尿布的婴儿放地上去舀汤，婴儿立即大哭，哥哥姐姐忙趴下，边轻拍，边大人似的哄："喔，乖，别哭，别哭。"

近百人吃饭，却没有原来农村饭场的说笑声，好像大家都哑了，只树梢的喇叭高唱着"公社是棵长青藤，社员都是藤上的瓜。瓜儿连着藤，藤儿连着瓜"，歌声激昂，音律悠扬。喇叭声停息的片刻，我听到树上有一只知了叫，时令已是晚秋，叫声无力，带着凉意。那应是村中唯——只知了，因为再没别的树，知了无枝可依。

我们三个各掏出一张顿票，交给一个好似干部模样的人。他吩咐炊事员找碗、舀汤、铲菜，还说了句农村人待客时常说的话："没菜啊，随便吃吧。"给我们每人一大一小两个碗，都是灰黑的没釉的陶器，粗糙，也不圆，沾满污渍。大的盛汤，小的盛菜。我们碗里的菜比别人稍多。让我们坐灶前吃，那里有几块土坯。汤里和(huó)红薯面，很稀，下红薯叶，熬成了黑水，放盐少，不咸。菜是红薯梗（即红薯的叶柄），没切断，倒放了足够的棉籽油，炒得有滋味。红薯蒸裂了口，皮上带没洗掉的泥，也许因为太饿，觉得比学校的红薯好吃。正吃时，那位干部或许意识到我们是中学生，不能和本村的老弱病残一样待遇，就从盖着的蒸笼里抓出三个窝头，给我们每人一个，同时看看外面，对我们挤挤眼，意思是"别吭声，吃吧"。那是红薯面窝头，可能兑有十分之一白面，捏得小巧玲珑，闪闪发光，恰似扑克牌里的黑桃A。吃罢饭，殿里的柴烟、蒸汽已经消散，我看清了墙上原有的线描涂色的画，画的是地狱，青面红眼、尖头竖耳的鬼怪正折磨赤条条的人：爬狼牙树，扔滚油锅里炸，头朝下用锯在裆里拉……阴森森的，看着瘆人。我问那位干部："这墙咋不用石灰水刷刷，把画盖住？"他说："都'大跃进'去了，忙得头不是头，脚不是脚，累得正走路都睡着了，谁有时间干这。"

　　饭后，打个饱嗝儿，我们继续赶路。那个爷说："真是进共产主义了，各取所需，到哪儿都有饭吃。"那个姑说："还没进，真到了共产主义，一天还要吃一个苹果哩。"

……过不多久，不要钱的饭食难以为继。又不多久，农村的食堂断炊，大饥荒开始，饿死很多人。这是后话，不提也罢。

2004 年 9 月 29 日初稿

2005 年 3 月 21 日改定

2013 年 4 月 10 日又改

附：

致王剑冰的信

《那些天，吃饭不要钱》原发《山西文学》，《散文选刊》转载后，该刊主编王剑冰先生转我一封河北读者的来信，指出吃大食堂时唱《社员都是向阳花》于事实不符。我的回信如下：

剑冰兄如晤：

所转读者来信收到。他说的是对的。我也知道《社员都是向阳花》确为二十世纪六十年代初传唱。其实，吃食堂时唱的是《社会主义好》。"大跃进"中，到处都是歌声，唱的最多的就是这个。写那篇东西时，曾反复掂量，若说唱《社会主义好》，怕发表出来有点"那个"。社会主义确实好（当然，贫穷不是社会主义），谁也不能否定，而"人民公社"早已被否定。个中衷曲，读者不察，提出批评，良有以也。文学不是史学，在大的历史背景真实的情况下，尚且可有一些虚构，把一首歌提早唱一唱,总是无伤大局吧? 不知我说的对否。

　　来信说,食堂只存在一二年时间,不确。起码,在河南南阳,它一直苟延到 1961 年初,才散伙。记得那年春节,还乡过年,每人从食堂领到 20 个饺子。食堂的历史,前后近四年。

　　我将给这位读者去信,向他说明情况,并致谢意。

　　专此布达,顺祝

大安

同宾

2005 年 8 月 6 日

1959 年的高考

1959 年夏季,我高中毕业,考大学。

参加了将近一年的"大跃进",炼钢铁(学校的小高炉只有一次炼出了红铁汁,流出就凝成了猪崽那么大的黑疙瘩,我们毕业时还在操场一角卧着)、除"四害"(全校师生拍打的苍蝇和从大粪场捡来的蛆虫曾装两大麻袋,绑上红绸,由四个学生抬着,后跟几百师生,排成一队,敲锣打鼓去公社报喜)、抢种抢收(曾冒着绵绵秋雨把近百亩黄豆连根拔下,背回谷场,垛成马头垛,学生成了泥人,第三天黄豆都发了芽)、深翻土地(十几个学生拽一把木犁,跑得飞快,犁后用铁锹把黑土翻一边,再犁,直到犁出碱石为止。黑土下面全是黄褐色的碱石)、斗争右派(斗一位教英语的老师,他死不认罪,弄得校方指派的积极分子学生再无话说,我趁机表现自己,呵斥道:"你不要以为英语教得好就有了反党的资本!"被主持者抓了辫子,说是为右派分子评功摆好,接下来就整了我)、"大跃进"民歌运动(在一个落雪的冬夜，公社召开万人赛诗会，一直赛到天亮，我因为一夜写出百余首，受到表扬，奖一朵碗口大的红纸花。依稀记得诗中有"老天你冷我心热，万首诗歌化冰雪"之句。那是我中学时代唯一一次得意)、"交心"运动（"交心"就是在强大的压力下违心地把自己的"反动思想"说出来，交给党。我就交出了一大堆反对总路线、"大跃进"、人民公社、食堂化、打麻雀、给牛戴口罩、妇女干活时为显示干劲大一律脱光上衣等等"反动思想"，接着就被批斗，把我和几个爱好文学的同学——内中就有后来成为杂文家的李庚辰——打成"反党小集团"，李被开除，我因认罪态度好保留学籍)、批"白专道路"（"白专"是毛泽东提出的"又红又专"的反面，即只顾学习不靠近组织，并且不根据组织的意图积极参与整老师、整学生。我成天读文学书，有空就写诗和作文向外投稿，从没想到要靠近代表组织的团支部，甚至鄙视那些学习马马虎虎整人赤膊上阵的班干部。我还宣扬过丁玲的"一本书主义"，表示过对刘绍棠的歆羡，当然就成了"白专"典型，一再被帮助，帮助就是批判，批判就是痛骂。一位批判者说："你满脑子成名成家思想，最后只能成为资产阶级的巴儿狗。"当时刚学过鲁迅批判梁实秋的那篇杂文，他就用到我身上了)……终于回到教室，复习功课，准备高考。我以为这次是要以考试成绩定优劣，就特别努力。外婆就住学校所在地的小镇上（小镇在清代中叶曾是中原南北交通要塞，有"南船北马，百货总集"之称）。晚上，在她家那间充满霉味的东屋里，忍着肚子饿，读书到天明，墨水瓶儿做的煤油灯一夜要添两次油，擤出的鼻涕都是黑的。眼前却似乎阳光灿烂，依稀觉得正走向美丽的理想。

一个多月时间，我把省教育厅发的政治、文学、汉语（那时文学、汉语分科）、英语、历史、地理的复习提纲几乎全背下来。我数学差，就更狠狠下了功夫，自信可达及格以上。

各高校彩印的招生广告在班里传阅。我大开眼界，看见了高高的教学楼（我只见过两层木楼），古典宫殿式建筑的图书馆（高中的图书室只有三间屋），穿鲜艳运动衫和运动鞋的大学生（我与我的同学大都穿土布裤褂和母亲做的"踢死牛"布鞋），还看见了朱自清《荷塘月色》里写的那个水塘（在我心目中，那是文学的圣地），塔影倒映水中的未名湖（我认定余冠英教授就住在湖边，他把《诗经·关雎》的开头翻译成"水鸟儿呱呱叫嚷，在河心小小洲上。好姑娘苗苗条条，哥儿想和她成双"真是妙极），还看到北京大学在火车站张挂的欢迎新同学的大红横幅，旁边停一辆挂有同样横幅的汽车（我从没见过火车，那种后来叫作"大巴"的汽车见过没坐过，连装货的汽车也没坐过）……

那年是"持续跃进"的一年，据说高校招生人数和高中毕业人数相等。

我的心变得很野，很大。

记得那天黄昏，在学校后的寨墙下，小河边，树林里，我正闭眼背诵《冯谖客孟尝君》，一个弯眉大眼身如白杨的女同学远远叫我，声如黄鹂啼鸣。我看去，她对我微微一笑，眼似初七八的月牙儿，而后，一转身，回校了。她的笑，她眼里的意思，我当即就明白了。在那个年代，这已经是最大胆的爱的表示了。我心里热热的,前所未有的热热的体验。为回应她,大声读了句:"长铗归来乎!"她学习成绩一般,在批判我的会上从没发过言。

考前填报志愿。志愿分三批,每批八个。第一志愿当然是北京那所名校的中文系。第二十四志愿报的是南阳师专(想的是即便上专科也不在本地,在本地上仿佛没读大学。不报南阳师专再没别的学校可报,又不能报不够二十四个,报它只是凑数)。

终生未娶的老舅对我说:"娃,你考到北京,我给你准备五十块钱。舅老了指望跟着你享福咧。"他在古镇的搬运站拉架子车长途运货,去一趟许昌来回十天,挣不了十元钱。

高考前一日,起大早,带上书籍文具和被单,还有从伙房买的高粱面掺红薯面蒸的窝头(同学们管那叫"黑桃A"),从学校所在地的古镇,徒步九十里,去南阳应试。我们这两个班,是南阳县第一届高中毕业生。文教局局长亲自迎接,就安排住文教局的院里。文教局在玄妙观,我们到时,三清殿上翘的飞檐已挑起一抹夕阳,有成群的黑色大鸟在古柏上空起起落落。厨子担来两木桶放有茅草根的开水。喝罢水,同学们都坐老树荫下青砖地上摊开书本学习。我看见不远处廊前有一块支起当桌的缺了一角的长方体石头,旁边还有两个石磴,忙跑去坐下,心想,那个大眼睛女同学也来坐对面才好,马上就打消念头,有犯罪的感觉。发现石上有字,念一念是诗:"安得五彩云,架天做长桥。仙人如爱我,举手来相招。"(那时记性好,不像如今,过目即忘。多年后才知道,那诗是李白的。)

晚上,文教局给每人发一条草席,就睡在长了绿苔的青砖地上，找一块半截砖做枕头。躺下，透过古树稀疏的枝叶，看见银河很亮，就想到鲁迅讽刺赵景深教授的"迢迢牛奶路"。半夜里，还听见道人絮絮的诵经声和悠悠的打钟声。黎明起来，一头露水，头发湿漉漉的。

吃早饭时候，文教局准备了小米汤，虽然稀，却不要钱，可以随便喝。老师说，不能喝多，免得上厕所耽误考试。吃了干粮，排队去考场，走一条夹在城墙、庄稼地、菜地之间的蚰蜒土路（那路，如今成了南阳市最繁华的大街）。大家都不紧张，一路说说笑笑，好似只要一考就都能进入名牌大学。

政治课出的题都在复习大纲上，我全会背。语文课的作文题是《大跃进一日》，以前写过，我那篇，教文学的魏元朴老师批改后曾当范文在班里念。历史、地理一张考卷，题很容易，我不到三十分钟就做完了。英语原本我就喜爱，老师没讲的课文也自学了（教英语的戴季豪老师说过，雪莱的《西风歌》用英语读韵味十足，经郭沫若一翻译，成了白开水。就是这句话，激起了我学英语的兴趣）。考罢数学，和同学对答案，估计至少得85分（满分是100分）。我心里踏实了，完全忘掉了挨整受批判被痛骂时的屈辱和愤懑，自以为好日子即将到来，还想到了读过的《红旗谱》里朱老忠说了多遍的那句话："出水才看两腿泥。"

然而，事情并不简单。

毕竟那是个高度强调"政治挂帅""又红又专"的时代。

二十多天后，开始发录取通知书。同学们每天都去学校大门口的传达室前等邮递员。第一批录取通知书陆续到了，没我的。我们班那个功课远没我好的女同学录入北京某名校的中文系,她是校团委会干部,毕业前入了党,同时和另一学生干部睡大了肚子(入学不久就生了孩子)。这情况,现在也许不算什么,当时可是大问题。因为她"红",就被隐瞒了。第二批通知书来了,还没我的。那个曾对我一笑的女同学考取省城一所大学,也是中文系(几个月后,心里不知从哪儿来了一股劲儿,我给她寄去一封《少年维特之烦恼》式的长信,信中抄有郭沫若抒情诗《炉中煤》中两节,内有"我为我心爱的人儿,燃烧到了这般模样"之句。结果,鱼沉雁杳,断无消息)。第三批来了,仍没我的。看大门的那位右派老师(他原教我们代数,打成右派后态度好,家庭出身又不坏,就没送去劳改,算是开除留用)很同情我,我每次去,总说:"嗐,又没你的。"有一次还说:"是不是弄丢了?"说罢马上纠正:"不会丢,不会丢,邮电局是很负责的。"我灰心,又不死心。不再去等通知书,整天钻外婆家的东屋读那本封面是白底墨绿色字的《郁达夫选集》,越读越感伤。那篇写黄仲则的抒情味很浓的小说《采石矶》,是噙着眼泪读完的,还记得在小说正文前面,作者的题记是杜甫的诗句:"文章憎命达,魑魅喜人过。"

闭门读书的第二天,一个要好的同学气喘吁吁跑外婆家找我:"来了,你的通知书来了。"忙去学校,那位右派老师一脸如释重负的笑,双手把一个信封交给我。拆开一看,竟然是南阳师专,我的最后一个志愿!像有一桶冰冷的水从头浇下,我一下子凉透了心。强忍着没掉泪,迷迷糊糊摸回外婆家,趴床上就痛哭不止。外婆心疼我，说，有学上就不赖，将来教书也不赖。老舅知道后，显然失望至极，脸上像结了冰，一直没说话。他很讲面子，仿佛比我还丢人，隔院邻居那个傻不愣腾、鼻涕常常滴溜嘴上、跟着他妈嫁来的烂眼娃子还考到开封呢。老舅的失望更缘于认定我没出息，将来跟我绝不会享福。

南阳师专在卧龙岗，同学们贬之为"卧大"，岗上有诸葛亮的茅庵，又鄙之曰"庵专"（"庵"读儿化音）。考个那样的学校，真是奇耻大辱。

当时没有复读的事。要么去上学，要么回乡当社员，此外别无选择。何况放弃上学等于不听从党的召唤，甚或对抗党的召唤，事儿就大了。几天后去学校，遇到教文学的魏元朴老师，劝告我："那里再差劲，也有图书馆。你去读二年书吧。路是自己走的，刘绍棠中学没毕业就成作家了，当了作家又去上北大。"（当时刘已打成右派，为了开导我，他顾不得避讳了。）

等到通知书全部发完，我才明白，那次录取主要依据是政治表现，分数顶多只是参考。我们班的团支部书记，学习一塌糊涂，考试常常是 2 分（那时是实行 5 级分制，3 分是及格），可拿到了西北民族学院的入学通知书。我邻座的组织委员英语考试多次得 1 分，可也上了焦作矿院。却原来，录取也是"政治挂帅"，要的是"又红又专"，亦即"只红不专"。我忘记了"交心"运动、批判"白专道路"后，我的"思想政治表现"一直是 3 分（3 分意味着退学警告），我的毕业评语里，赫然写着"思想落后""有严重的不问政治倾向"（毕业证如今还在）。后来才了解到，在毕业生档案里,校方把学生分作五类:可入第一类学校、可入第二类学校、可入第三类学校、酌情录取、不可录取。我大概属"酌情录取"一类。还有比我更惨的,班里五位出身地主、富农的同学全部落榜,其中两位的学习成绩在两个班里绝对拔尖。他们一定是"不可录取"。两个班共毕业近九十名学生,落榜八名,全是"剥削阶级"的子弟。知道了这一情况,我不禁后怕,亏得我家是中农,否则连"卧大"也上不了。

收到通知书到开学只有几天(我怀疑是因为南阳师专报考人数不够,最后扒扒拣拣才凑合着取了我)。告别外婆回家时,老舅给我五元钱,说,南阳路程近,车费一块钱就足够。

古镇距我家三十里,怀着抑郁的心情,迈着沉重的步子,迎着死血一般的落照,走进那个破败的荒村时,听见食堂开饭的钟声(不是钟,敲的是半拉铁轱辘)。听说我考上南阳师专,父母倒很高兴。父亲说:"离家近,回来方便。"母亲说:"毕业后当老师好,工作安生,每个月都有几十块钱,比干啥都强。"父母都是文盲,也没见过世面,不可能理解儿子的远大抱负和无限沮丧。

第三天按通知的要求去报到。头天晚上,母亲从食堂领回半碗玉米面、一碗红薯面,还有几个红薯(那是爹娘两天的伙食,也就是说,两天内他们不能再去食堂领饭)。五更里就起来给我做饭。怕我中午赶不到学校,用大半红薯面少半玉米面掺一起烙饼,让我做干粮(没有鏊子,是用一片圆不圆方不方的黑铁烙的)。又烧一锅稠糊糊的玉米面粥,放很多红薯(没有灶,锅是用土坯支着),还炒了一碗头天下午掐的红薯叶,有盐没油

（炒菜的锅仄歪着支三个礓石，因为半腰有个窟窿）。父亲和我都吃两碗，母亲只吃一碗。我还吃了一块饼。

东天边刚泛白，父亲背上我的行李卷，提了我中学时代积的十几本书和大小不等的日记本，我拿着枣紫色布兜儿装的饼，就上路了。临别，母亲说："别挂家。到那儿写回来个信。"走二十里地，到一个叫平高台的集镇等许昌去南阳的车。直到近晌午，才过来一辆货车改装的客车（当时这叫代客车）。上车前，父亲把他打算买烟叶的二毛钱也给了我。

到汽车站，没见有人迎接。出站看见街边停一辆胶轱辘牛车，装半车大大小小的行李，轱辘上斜靠一小黑板，上写"南阳师专新生接待处"，旁边立十来个学生。上前一说话，他们很亲热，接过我的东西放车上。还说，再等一会儿，装满车一块儿回校。我花两分钱买碗开水，吃了干粮。看他们，都不像我心目中的大学生（实际上，南阳师专从我们这一届起才招收高中毕业生，以前是中专，叫南阳师范，升为专科是大跃进的产物），比如大多数都没穿袜子，有两个连鞋子也没穿，说话时还常常嘴里不干不净地带"屎"字。我心里很不是滋味。

太阳平西，车上行李装成一座小山，用农村刹麦车、豆车的粗绳纵横攀了几道，两个老学生用肩膀抬起车辕前的横木（那物件我家乡叫抬辕），别的老学生拉起麻绳，近百名新学生跟在车后，浩浩荡荡，踏起一路黄尘，朝古柏森森的卧龙岗走去。

2007 年 3 月 19 日毕于南阳豆斋

饥饿中的事情

一

饥饿的滋味,刻骨铭心,终生难忘。

四十年前,高中毕业,我考入一所专科学校。学校在南阳卧龙岗,环境清幽,宜于读书。第一学期,尚能专心上课,听老师讲《离骚》,讲得动情。越明年,饭菜开始定量,量很小,肚里成天饥着,任是李白、杜甫、韩愈、柳宗元,也不能把注意力从腹中引到书上。时时想着吃。吃罢上顿盼下顿。肚里老是发烧,那可真是饥火如焚,老是咕咕叫,那可真是饥肠辘辘,不管饭菜好坏都想吃,那可真是饥不择食。白天长,夜更长,分分秒秒都难过,在书本里看到个"馍"字,也馋涎欲滴。读《红楼梦》读到"史太君两宴大观园"一节,真想代替刘姥姥,把那么多珍馐美味通通啖掉。梦中老是弄到饭,老是还没吃进嘴,就醒了。在地方小报上发表一首小诗,得到二元稿费,立即去黑市上买一斤热红薯,一大一小两个。本想慢慢享用，可很快就吃完了。红薯下肚，如两粒小石子掉进深潭，顷刻无影无踪，不仅不饱，反倒更饿，好似再有几十斤红薯也填不满空洞的肚子……

长期挨饿，造成一种顽固的饥饿意识。吃，不只是生理需要，也是心理需要，即便肚子撑得鼓胀，仍有饥饿感，仍然想吃。饥饿销蚀人的理想，当时的最高志向是，毕业后有了工资，去黑市上饱饱地吃一次热红薯。饥饿销蚀人的尊严，当时曾和一个要好的同学密谋，日暮时溜进一个果园偷桃子，被守园人发现，骂我们是贼，没能得逞，空流了许多口水。饥饿把人变成小人，饥饿使人斯文扫地。

那时，我的父老乡亲也正挨饿。比起他们，我的饿其实算不了什么。我毕竟每顿可得到一个不大的馍，一碗不稠的糊糊。他们啊，正苦苦地挣扎在死亡线上。

二

家，是农村社会最基本的单位。家家做饭，古来如此。有锅有灶，才是家，一口锅里搅稀稠，才是一家人。农家院落的缕缕炊烟，把乡村生活的宁静平和熏染成千古不变的风景，很古典，很诗意。不管饭好饭赖，饭稀饭稠，每人端一碗，慢悠悠吃着，边吃边说些平平淡淡的话，便吃出了温馨，吃出了安适，吃出了长长的滋味，吃出了融融乐乐的亲情。

突然有一天，各家各户不再做饭，也无法做饭。屋里没了米面,连盛粮食的筐篓盆罐都已收走。也没了铁锅,铁锅都被集中,打碎,扔进了炼钢炉,同时扔进炼钢炉的,还有铁饭勺、铁锅铲儿、灶膛里的铁炉齿,以及铁秤砣、门钉锔儿、纺棉线的铁锭子、钉在地上拴羊的铁橛子。土坯黄泥砌成的炼钢炉,烧光了村里的大树小树,家中的箱柜桌椅、板凳木墩。家中只剩四堵墙。全村房屋也都成了公共财产,村干部说谁住哪里,就住哪里。常常换住处,处处是家,处处不是家。除了衣服和饭碗,别无私物。村里办起大食堂。食堂占用村里唯一一座瓦屋。那原是村中唯一一户财主的房产,土改时分给了两户贫农。此时,两户贫农已另住别处。瓦屋里盘了锅灶。大锅直径五尺,锅沿向上又用青砖白灰砌了五尺高。搅锅的工具,原是一根横绑在两棵树间拴牛的枣木棍。炒菜的工具,原是一把用来铲土铲粪的长柄铁锨。烟囱磨盘粗,从房半坡拱出,高高地伸过屋顶,冒烟黑而浓,直冲而上,熏脏好大一片天空,常带着火星子,像能把白云烧着。食堂门口,吊半个铁轱辘,当钟敲。一敲,全村人都集中来,乱哄哄挤一大片。木瓢舀饭,铁铲分菜,窝头、红薯堆在柳条笸箩里,随便取食。那么多人或站或蹲,或就地坐下,形成一个亘古未有的大饭场,喝稀饭一片吸溜声,喝稠饭一片呼噜声,只能吃出热闹,吃不出温馨,只能把肚子填饱,绝对品不出滋味。只在雨天,才准许把饭端回家里,家只是大人领着孩子睡觉的地方,即便家人坐一块儿吃,从大锅饭里也难吃出舒舒服服的家庭味儿。

那些天,说是已经进入共产主义,标志就是吃饭不要钱。不要钱的饭,吃起来却是那么别扭。

三

全村人可着肚子吃，吃了不很久，每人每顿只能分到一个窝头，而且越来越小，一直小到驴粪蛋儿那么大。后来，那么小的窝头也没了。饭倒可随意喝，但越来越稀，一直稀到一锅清水煮一筐榆树叶。清汤不限量，连老太婆也能喝五碗六碗。大肚汉留成，最多时一连喝十二碗，喝得肚子突出，像扣了一口锅，尿几次，就瘪了。再后来，清汤寡水也限量，因为挑水需要力气，挑水的人已经没有那么大力气了。

一场饥荒，正在乡村蔓延。

那年春节，每人分得二十个饺子，一个馍。饺子以黄豆面、玉米面混合做皮，从野地扫回的红薯叶做馅；馍是红薯面、麸皮混合蒸成（因为要过年，才蒸成馍状，若是平日，就捏成窝头了）。紧接着，就断粮了，其实还有，只是太少，不够村干部吃。于是，乡亲们便吃秕糠，吃榆皮，吃田里遗留的已经变坏的红薯。到三月，草木发芽，就吃野菜、树叶。历史上荒年吃过的东西，全都吃了。过去吃，是小锅煮。如今是大锅熬汤，大锅太大，再多的糠菜扔进去也不稠。历史上没吃过的东西也吃了。比如干红薯秧、玉米秆、麦秸，都碾碎，筛下面粉状的东西，取名"淀粉"，可以下锅，可以蒸成刺猬模样的团子。那团子，是当时的最好食品，嚼着有甜味，很好吃，但难消化，人的肠胃毕竟不是牛驴的肠胃。

家家都自己煮野菜。没锅，就用脸盆、铁盒、陶罐代替。麻二爷找不到别的物件儿，就用便壶煮。留二奶信佛，藏一尊铜铸的半尺高佛像，佛像中空，饿急了，竟把它倒吊起当锅，边煮边说"罪过，罪过"。干部眼尖，白天，看见谁家冒烟，夜晚，看见谁家有火光，就去把煮菜的器皿砸碎，还要拉到群众会上批斗。干部也是乡亲。乡亲不顾乡亲，全不念阖族一个祖宗，全不念同村聚居几十年，一拃没有四指近。看见乡亲挨饿，一点儿也不同情。

饥荒中，人心比铁还硬，人情比纸还薄。

人人都学会了偷。当然是偷集体，私人已无东西可偷。一是偷豌豆秧。豌豆秧比刺角芽、毛妮菜、麦楝子好吃。从出苗不久就偷，一直偷到开花、结荚。再是偷红薯。有一窖红薯，本打算做种，开春后育苗的。大家都去偷。干部派人看守，看守人也偷。干部亲自看守，干部也偷。四狗去偷，刚扒出三个手指那么粗的，干部发现，边打他，边拉他去大队部。打他也不丢下手中的吃物，边走，边把粘满泥土的红薯往嘴里填。走到大队部，已经咔咔嚓嚓全部吃光。干部说，全村男女老少都不要脸。其实，他也不要脸，不只不要脸，还不要良心。

饥荒中，道德和脸面已无足轻重。

五爷是个老直杠，从不沾集体的光。一直当饲养组组长。他养的五头牛，个个好膘，在全公社的牲口评比会上，五头牛头上都缠了红彩绸。他每天给别的饲养员发牛料，直接倒进料水缸，防止拿回人吃。后来，他自己就把牛料装进衣袋带回家，拍成饼，放火里烧吃。再后来，牛料没了，牛草也少。他的五头牛和别人的牛一样瘦棱棱的,卧下,须人掀着尾巴才能站起。那天夜里,他竟用镰刀活活地在牛胯上割下一块肉,牛疼得哞哞直叫,一直疼死。干部去时,他已经把那块肉拴在裤带上,藏在裤裆里。问他肉在哪儿,他说,已经生吃了。干部扇他两耳巴,拖走了死牛。他自己溜回家,堵了窗户,拔下房檐上苦的干草,点火烧肉吃。

饥荒中,正直善良的人也变得自私、残忍。

几乎家家都分家。分家不是分家产,而是分开吃饭。弟兄分家,父子分家,两口子也分家。谁弄来吃物谁吃,只顾自己,不顾家人。八怪女人和八怪分家后,带着五岁的女儿。每当从食堂打来饭,八怪总哀求女人给他倒半碗,女人从不给他。那天,每人分一个拳头那么大的菜团子。八怪几口就把自己那个吞下,看女儿手中还有半个,夺过来就吃。女人骂他,女儿骂他,还没骂完,他已全部塞入嘴里。拴娃在麦秸垛底扒出两把麦粒,拿回家,用瓦缸片焙焦。正咯咯嘣嘣嚼,他爹看见了,说:"娃,给我吃点儿,我是你爹哩。"拴娃说:"你是我娃我也不给你。"

饥荒中,亲情已淡得几近于无。

没粮,也没柴。野菜草根煮了才能吃,秕糠树叶蒸了才能填肚子。食堂的灶口屋门那么大,牛腰粗一捆柴塞进去,顷刻就烧光。村里已无大树,连手指粗的小树也砍了当柴,连灌木的榛刺也砍了当柴。大车、木锨、扫帚、拴牛桩也烧掉,人睡的床、床上铺的高粱秆,连同装了草的枕头,通通填进了灶膛。接着就扒房。三间草屋的山草和木料,仅够烧两锅汤。接着就扒墓,扒出棺材烧锅。扒墓都在夜间，晦暗中看不清死者的尸骨、面目，免得害怕。扒墓者每人事先可喝两碗"淀粉"熬的汤。趁着肚里有股热劲儿，刨开坟上土，砸开棺材盖，而后，众人合力叫声"一二"，把棺材抬起倒扣，像脱坯一样，把尸体倒出。草草撂上几锹土，就抬上棺材回村了。全族人的祖坟扒了。因为年代太久，只扒出几块朽了的木板。晚近的坟墓一个个都扒了。扒多了，扒墓成了平常事，好似墓中只有木柴，没有遗体骨骸。往日，动了坟上土，是要打破头的，如今，扒谁家的坟，谁家不仅不拦挡，还积极参与，因为扒前可以喝两碗"淀粉"汤。扒墓的人都是干部指派的，其他人只能在扒自家的坟时才能去。老宽他妈，十年前去世，棺材最好，柏木的，顶部盖的那块板足有一尺厚。干部派十八个人去扒。扒开后，棺材砸不开，砸到天亮，仍如铁罐一样坚固。干部说，谁能砸开，多给一瓢汤，再加一个菜团子。最后，是老宽砸开的，攒足劲，一镢头就把棺材盖劈成了两半。别的棺材，两口能做一顿饭，这口棺材，一口烧了两锅汤。棺材板似浸满油脂，烧着嗞嗞响，煳臭气刺鼻，全村处处都能闻到。烧出的汤里，也有一股尸骨味。但喝时候，想不到墓中的先人。

饥荒中，对祖宗的尊崇，对死去的亲人的眷念，都彻底澌灭。

房子越来越少，每间屋里都住十人八人。生活用品都简单，不过是一条被子，一把铺草，一只粗碗而已，人再多也不拥挤。常常是叔嫂同屋，兄妹同屋，公公媳妇同屋，光棍寡妇同屋，男女混杂，挨身而睡，再没了"男女之大防"，都不知羞耻和避讳。

老庆的儿子去黑头山修水库,老庆和过门刚刚一年的儿媳妇伙盖一条仅有的被子,没人说三道四。群儿的女人原和柱儿相好,他碰上过,打了女人,要和柱儿拼;如今,他两口子就和柱儿住在一间屋子里,各喝各的汤,各睡各的觉,三人之间,好似谁也不认识谁,没恩爱也没仇恨。

饥荒中,祖辈恪守的伦理秩序都不复存在。

长时间的饥饿,饿掉了几千年教化对人的影响,饿掉了人的人性,只剩下动物性,只剩下动物性的一半——食欲,想的只是吃,吃是为了活。吃是自己吃,活是自己活。吃是一切,活是唯一目的。动物性的另一半——色欲,已被饿得衰竭。夫妻不再共枕,更绝无伤风败俗的丑事发生。那年头,没一个女人怀孕,更没人嫁闺女,娶媳妇。

饥饿使人人都变得极端自私。饿死事大,别的都顾不得了。

四

前面这些,都是听说的。我没有和乡亲们一块儿挨饿。

二月底,茅草还没出芽的时候,我回过一次家。一路哀鸿遍野,满目荒凉。进村前,看见乡亲们正在东岗修渠。人人都浮肿,老少都拄拐杖。艰难地铲两锨土,就躺下,喘粗气。都不说话,脸上毫无表情,眼光是死死的。只有不浮肿的干部大声吆喝着豪言壮语。只有两面红旗在春风中十分活泼。村中,没有人影人声,没有牛叫羊叫,鸡叫狗叫。因为没有树,也没有风声。一只鸟儿、一个虫儿也看不见。连风吹起一片羽毛、一根草梗的景象也看不见。没有一个会动的东西。只有东一座西一座没了门窗的破屋,空对着白日蓝天。村庄像沙漠中前朝留下的废墟。夜里,看不见一星灯火,听不到任何声响,只有无边冰冷的死寂……只住一夜,我就回校,因为食堂不给我饭。所谓饭,就是清水煮酒糟,放几片霉了的红薯叶,每人每顿可分一瓢。母亲去哀求,几乎给干部跪下,才多给半瓢。离家前那顿早饭,父母把碗里能捞出的东西都捞给我吃,怕我饿着没劲,走不回学校。父母都只喝了一碗黑黄的寡水……

回校后,我竟写了一组歌颂"人民公社"的诗。当时正盛行民歌体,诗就写成了"赶五句"。其中一首题为《修渠》:

> 战歌声声动云天,
> 社员修渠引清泉。
> 肚里越饿越有劲,
> 誓死建成米粮川,
> ——一天三顿吃干饭!

五句当中,只第三句里那个"饿"字透出一点儿真实,其余全系谎话。这首诗在地方小报发表时,第三句被编辑改为"胸有壮志身有劲",连那一点儿真实也没了("文化大革命"开始后,诗稿被搜出,因为那个"饿"字,几乎把我斗死)。明明看到的是凄凄惨惨,我却仍在唱赞歌,笔下写出的是一片光明。现在想,是因为我饿得轻,如果我和乡亲们饿得同样严重,我就不会胡诌那劳什子了。

五

汤汤水水,糠糠菜菜,也难以为继,食堂常常不冒烟。到临近清明,就开始饿死人。这时候,人们才知道饿死是很容易的事,比病死、老死快得多。饿死是明知不该死又不能不死,是直挺挺地等死,比病死、老死更难受得多。

"大洋马"最先饿死。他个子高,肩膀宽,两条胳膊像屋檩。当年,去财主家当长工,头一顿吃饭,东家给他拿四个馍,他说不够。问他能吃几个,他指着一条长凳说,能吃这一长凳。东家把白面、高粱面各半蒸成的馍在长凳上码了一排。"大洋马"顷刻吃光,还喝了两碗面条。财主一看,大喜,就派他领工。力气吃食换,能吃才能干。他比一头牛还有劲,领着两个长工耕种两顷地,庄稼活做得干净利落,一直干到财主的地被穷人分掉。在生产队干活,他一次能扛两布袋豌豆。去黑头山修水库,他两肩能挑八筐泥土。就这么个人,活活饿死了。死时,食堂还没断炊,一天三瓢稀汤救不了他的命。

五冒是善人,从来不杀生。村人都说,他死后要成仙。饿极时,他却爬水沟边挖土里的蚯蚓吃,挖出青蛙、癞蛤蟆也吃。还捉自己身上的虱子、跳蚤吃。最后,捉屋里的老鼠吃。他屋里老鼠多,都是他的伴儿,相处多年,并不怕他。饥荒中,老鼠也瘦,不能剥皮，剥了皮就没肉了，就将老鼠捏死，放火上烧，烧掉毛，烧成黑黢黢的，连骨头带内脏一并吃了。刚吃几只，满屋老鼠全吓跑。再没东西可吃，五冒就死了。死后，老鼠全部返回，一夜间，吃光了他的肉。

三贵饿得走不动路，躺屋里，由他儿子打饭。一瓢菜汤能盛半个瓦罐，可提到他面前，罐里的稀汤只能盖了罐底。他捧着瓦罐喝罢，又举起，仰脸张嘴，让罐里残留的汤水滴进嘴里，不小心，瓦罐摔破。儿子再也不给他打饭。他的饭儿子全吃了。三贵饿急了，就抠头下枕的土坯吃。一块土坯吃了不到半块，三贵死了，死时肚子上鼓起一个坚硬的大疙瘩。

五奶奶有个闺女。闺女叫小改。小改很孝顺。饥荒开始时，小改从婆家给五奶奶拿回三个窝头，是用玉米芯磨面蒸成的，很耐嚼。那时，五奶奶每顿还能领到一瓢稀糊糊。如今，稀糊糊也没了，闺女反倒不回来。老人家睡门口叫闺女："小改，妈饿呀！小改，妈快饿死啦……"叫了一天，又叫一夜，声音渐渐小了。最后，没了声音，人也死了。

八光子到处找吃的。在村头地角，发现几十片霉成黑色的红薯干，应是头年晒红薯干时掉下的。捡起就吃，吃罢就叫肚疼，边叫边向村中爬。还没爬进村，大叫一声，死了。

九勾子夜里偷偷溜进食堂，把专给干部蒸的红薯面窝头吃了一肚子。天亮时，炊事员发现他死在灶台边。他是撑死的，不算饿死。

二福撕棉被里的旧套子吃，咽不下，噎死了。

六成死前,爬水坑边,喝一肚子污水。

…………

更多的人只是直直饿死,死得简单,没有故事。

我们村没有人吃人的现象。邻村有,听说有人把埋掉的死人扒出来割身上肉煮吃,有人卸下死了的小孩的腿用火烧吃。吃了人肉的人两眼发红,有凶光,谁见了都害怕。还有夫妻俩,三个孩子,两个娃,一个妞,三天没吃东西,都饿得躺地上只剩一口气,两口儿一商量就把小妞捏死,熬汤给两个娃喝。村干部知道了,报告上级,上级并不管。饥荒刚过,那女人就疯了,常常彻夜哭,哭着说要去找小妞,终于用菜刀砍死丈夫,又割断了自己的喉管……

开初饿死人,还有人哭,有人叹息,有人评说死者是好人,不该死,还要用高粱秆织的箔卷了,用白麻披扎一扎,送进祖茔。后来,死了就死了,没人哭丧,没人戴孝,没人送殡,村人和亲人都没了悲伤,甚至没了感觉。谁死了,今天死了几个,也没了关心一下的精力和心情。只村干部派几个人,每人喝一碗"淀粉"汤,把遗体拖到村外,挖一个浅浅的坑,草草埋掉。大桂男人死了,她本想送到坟上,干部说:"你去也不能喝汤。"她就不去了。只在丈夫被拖走时,朝门外看一眼,而后又躺下。老成死了,他儿子竟把他的裤子扒下自己穿,让老人家赤身裸体被拖走……

旷日持久的饥饿中,人的善心、爱心、同情心、恻隐心通通消失殆尽。

我可怜的奶奶也是那时去世的。父亲说，不是饿死，死前一天，食堂还开饭，每人半个菜团子，一碗稀菜汤。奶奶是因为亲眼看着她的棺材被抬到食堂烧掉，精神受了打击，才死的。那桐木棺材，做成已十年。那是她人生的最后唯一需求，死后躺里面才安然。精神打击固然重，可那菜团子稀菜汤确也难以维持衰病老人的生命。奶奶死前，一再叫我乳名。我没能回去见她。父母不让我知道，不只怕我回去没饭吃，更怕我看见奶奶的悲惨结局伤心。老人家一辈子吃苦受累，一辈子积福行善，临了竟是如此下场……

饥荒中，乡亲们一直在村里苦熬，等死，没人外出讨饭，没人聚众造反，也没人想到去粮库抢粮食。他们中没有李铜钟，虽然他们比李铜钟的乡亲日子还苦，连清水煮萝卜也吃不到。

空前的饥饿，也没能把农民的忍耐力饿掉。

六

那年暑假，不许学生返乡，让留在学校，半日学习反右倾文件，半日休息。这样做，不是怕学生回家挨饿，而是怕知道了那些惨象影响思想。其实，饿死人的事学生们都清楚，但都不公开说，一说就要挨整。

秋期开学不久，母亲去看我，因为长时间得不到音讯，不知道我已饿成什么样子。家乡到学校，将近一百里。母亲是用一双小脚，一步步走到学校的，五更上路，黄昏时走上卧龙岗，进了校门。见到我时,她的鞋底已经磨透。本来可以顺路坐五十里汽车,她不,为了少花四角钱。为看我,父母三天当中只喝稀饭,省下六个比墨水瓶稍大的玉米糁窝头,让母亲路上做干粮。那时,饥荒已经减轻,每人每天可分得一个窝头。见到我时,窝头还剩两个。为看我,母亲出发前,偷偷挖出埋在当院捶布石下的黄铜茶壶。那祖传的物件儿已经埋了两年。因为埋了,才没搜走,干部为追出茶壶,多次威逼、训斥父母。母亲用旧衣服把它包严,悄悄出村,走到半路的一个集镇上,作废品卖掉,卖了八角五分钱。路上,母亲连二分钱一碗的开水也没买,把钱全都给了我。为看我,母亲给我准备了一兜儿晒成半干的熟红薯。那红薯,都很小,最大的也没有擀面杖粗,显然是在地里捡拾的。捡拾这些红薯,必须避开干部,干部碰上,不仅收走,还要批斗。蒸熟这些红薯,也要躲过干部的眼睛。晾晒这些红薯,更不能让别人看到。为了积攒那一兜儿红薯,父母一定度过很多个担惊受怕的日日夜夜。母亲解开那个兜了红薯的旧土布包单,对我说:"这东西,不要多吃。吃多了,难消化。"我当即吃了一个,很甜,似乎从没吃过这么甜美的食物。我问村里情况,母亲只凄然一声叹息,不愿多说。她不忍让我知道,我的爷辈、叔辈、同辈的乡邻近半数都在饥荒中死去……

只住一夜,母亲就要回去。她怕多住一天我的饭票就少一天。走时,只带了来时剩下的那两个窝头。两个小小的窝头要支撑她走一百里路。我要用饭票换两个馒头给她,她坚决不,说,走到晌午,到哪村的食堂里都能要来一碗稀饭。我想让她坐五十里汽车,她坚决不,说,能走来,就能走回去。我想送她一程,她也不同意,说,不要耽误上课。她离开学校时,天正下毛毛雨,地上已经有了泥。她淋着雨,顶着风,用那双穿着透了底的布鞋的小脚,一步步走下卧龙岗,走进风雨迷蒙中。临别时,她嘱咐我:"好好上学,别挂家。"我估计,按来时的速度,要摸半夜黑路才能到家。路上,要过一条没有桥的河……

送走母亲,我心乱如麻。回到宿舍,看见那兜儿半干的熟红薯,直想哭,却不敢哭。暗暗想到,参加工作后有了收入,一定要让父母吃顿饱饭,要让母亲有坐汽车的钱。

七

饥荒过后,乡亲们倒常常提起挨饿的事,提起饿死的亲人,提起来总是流泪。当时,已经饿得麻木,心早死了。这时,固有的感情已经复活,哭一千次也难冲淡当初的愧疚。饥荒的阴影,久久地罩在心头,想起来就后怕,仿佛自己这条命是白捡来的。端起饭碗,就想起饿死的亲人,叹惜他们没熬过那段难熬的日子。有一阵儿,时兴忆苦思甜,常常让老贫农回忆旧社会的苦,教育群众,热爱新社会。往往,老贫农一说,不由得就说到吃食堂、饿死人的事儿,哭得泪流巴巴,使组织者十分尴尬。

这些年,吃饱了肚子,当初挨过饿的人不少已老死。仍然活着的也不再提那档子事。偶尔说说,年轻人只当作故事听。即便是撕心裂肝的伤痛,也能被时间抹平。时间造成淡忘。忘了也好,免得想起来伤心。乡亲们受苦太多了,好不容易才吃饱了肚子啊……

我不能忘记那段惨淡的日子,虽然我挨饿的程度远没乡亲们重,虽然我现在的饭食远比乡亲们好。

我想,历史也不能忘记那惨淡的一页。

2000 年 3 月 13 日重写毕于南阳无尘居

附:

答《散文世界》记者问

问:周老师您好!感谢您接受采访。我们知道,这么多年来,您写了很多乡土题材的散文,能谈谈您为什么选择散文这种文体表达您的思想和情感吗?

答:"五四"以后的新文学中,有影响的乡土题材作品大都是小说,如鲁迅的《故乡》、沈从文的《边城》、茅盾的《春蚕》、叶圣陶的《多收了三五斗》、叶紫的《丰收》等等(乡土并不只指农村,老舍的《骆驼祥子》也应当是乡土小说)。散文的名篇似乎只有许地山的《落花生》。1949 年以来,情况也是如此。要写出深刻、丰富和沉重,也只有小说堪当此任。比如贾平凹,他的散文《商州三录》,就远不如同时期的小说《火纸》《浮躁》深沉厚重。这是文体的局限,怪不得作家。我自打学写作,就一直弄散文,不会写小说,就只能用散文反映我眼中和心中的乡村,表达一个农民儿子对故土故人、对曾经熟悉的生活的复杂情感。我只能如此,别无选择。

问:您曾说过:"大地茫茫,农民渺小,那些'大腕'级的作家有谁愿去到荒乡僻野叩开庄户人家的柴扉?"在您心中,"大腕"级的作家和"庄户人家"各自代表着什么?当您选择将普通庄户人家纳入您的写作视野中时,您在自觉地追求什么?

答:我说的是事实。如今,作家都居住在城市,大作家几乎都在大城市,像我这种一般化的作家也早就成了市民。城市化、书斋化、"贵族"化、"精英"化的作家,对当下乡野草民的生存状态、精神状态逐渐淡漠,农村题材的作品已不时髦(你到书店看看,畅销文学书中有几本是写农民的?),写这类东西扬不了大名,赚不了大钱,谁还愿意把笔触伸向乡村?谁还愿意吃苦受累到偏远落后的乡村走走,耐心倾听农夫农妇的心声?也许有这样的人,但肯定不多。多的是闲来去近郊的乡下,做一趟逍遥的旅游,看到的是"农家乐",而不是农家苦。前面说过,我写乡村是别无选择,感情牵系着,不能不写。农民受的苦太多,农村被折腾得太惨。历史的悲剧再也不能重演。我写作是倾衷情,诉肺腑,述说我的所见所闻,所感所思,"唯歌生民病,愿得天子知"(白居易句)——天下知,不忘过去,珍惜今天,创造明天。何况,城市生活我不熟悉,即便熟悉也没兴趣写。我是一个很难适应城市的时尚摩登的"乡巴佬"。还必须说明一点,我对目下的农村也已陌生,所以只能写我记忆中的乡野。

问:上高中时,我曾反复地读过您写的《饥饿中的事情》,几乎每次都潸然泪下,对于没有经历过二十世纪六十年代饥荒的年轻人,您觉得这篇文章要唤醒和记忆什么?

答:那是一段惨痛的历史。历史应当有记录,历史不能被遗忘。历史提供经验和教训,不只是经济生活的经验和教训,还关涉政治的、社会的、人文的、人性的、伦理的等等诸多方面的东西。有饭吃,吃饱饭,是人之为人的基本需求。然而,几千年的乡村历史,几乎是一部饥饿史。"人相食""饿殍载道"之类的瘆人记载史不绝书。1960年的那次饥荒,该是中国农村的最近一次饥荒,想必也该是最后一次饥荒。造成那次饥荒的原因,应当由历史学家去探讨,我只能把我知道的事情写出,写出的只是沧海一粟。所幸自二十世纪八十年代以后,农民终于吃饱了肚子,不再饥肠辘辘,不再面有菜色。这可是亘古未有的事。伟大的改革者邓小平先生功德无量。然而,告别饥饿后,要生活得幸福,惬意,有质量,有尊严,还有不短的一段路要走——这是另一个话题了。

问:周老师,作为一个从小在农村长大的人,您能谈谈为什么有些生活在农村的作者眼中的农村总是田园牧歌式的? 同时,当很多人进入城市,开始用各种眼光打量甚至审察城市所谓的现代化时,为什么又往往形成了一种对立的情绪,即城里人是势利的、市侩的、充满欺诈的、没有同情心的;城市是肮脏的、杂乱的、喧嚣的、不适宜人健康生活等印象?

答:在城市里,易于攫取权力,易于赚得财富,易于一夕成名且大红大紫。为此,要经历许多正当甚或不正当的拼搏、奋斗、竞争、厮杀。那是很累人的,身累,心更累。疲倦中,闲暇时,可能想起故乡的大地、庄稼和草木、星星和月亮、奶奶教的儿歌、与生猛海鲜迥然不同的农家饭的质朴和清香,于是会忽有"不如归去"的念头。但绝不会回老家去,只是想想而已。故乡只是远在天边的"精神家园",偶尔神游尚可,真的返乡,会更不习惯。当然,农村的环境污染远没有城市严重,农村的人际关系也没有城市复杂。但是,优美的田园风光难掩农村的贫穷落后,农民的生存困窘,继续发展的艰难。城市固然有很多问题和弊病,但几乎没人舍得了那些配套的现代化服务设施去乡下"隐居"。相反,好多人都往城市跑,可以说中国的一切精英分子都集中在城市,特别是大城市。日益现代化的城市,为人提供了前所未有的舒适便捷,却日益失去环境的清新,人间的温馨,居住其中,心总是不自在;但回归乡野,久住下去实在不方便,生活质量难以保障。咋办? 有点两难。不用权衡,还是选择城市,尽管城市有那么多不如人意的缺点——我说这些,可能是所答非所问。

问:在您的散文集《豆的系念》里,我们看到很多凄美、清新、浪漫,甚至有一点淡淡的忧伤的充满诗情的关于童年的记事,在您心中,童年的乡村和现在的乡村相比有什么不同?我们现在正收获和丧失着什么?

答:豆的系念其实是乡土的系念。童年在故乡度过,故乡在南阳盆地正中稍稍靠东的偏僻农村。童年的记忆永远深刻,虽远隔岁月的茫茫烟尘,回想起来依然鲜活,依然生动,依然恍如昨日,如永驻心上的一抹朝霞,常响耳畔的一声牧笛。王元化说:"当我回顾自己的童年时,我仍旧像在观赏晨曦中冉冉升起的旭日那样感到陶醉。"(《清园自述·后记》)情况正是如此。那时当然贫穷,能吃一次白面馍,吃几粒货郎担儿卖的糖豆儿,就是乐不可支的享受(那年头似乎也没有别的更高级的享受)。那时的孩子很少得到大人管教,总是一个劲儿疯玩儿野玩儿,即便牧牛、拾柴、割草,干活儿也耽误不了玩儿。那时的村庄是一座森林,村中空地绿草如茵,小河水长流,黛青色脊背的鱼儿活泼泼地逗人去捉。那时的娃娃妞妞是在大自然里长大的,是在农耕文明的慢节奏里长大的,是在质朴自然的民风中,念着祖宗传下的歌谣、做着先辈教会的游戏长大的,成人世界的愁苦还轮不上他们深切感受。所以,每忆及总是诗一般隽永,画一般美丽。"童年是梦中的真,是真中的梦,是回忆时含泪的微笑。"(冰心语)我写出的,只是梦中的真,真中的梦,时空转换,怕是早早改造了当初的印象,就连哀伤似也酝酿出了美。如今的乡村,真是一言难尽。吃饱穿暖了,屋舍翻新了,农民的不满足和牢骚却越来越多了,人精能了,固有的憨厚纯真日渐减少了。同时,村庄逐渐扩大,人烟日益稠密,村中很少大树,绝无古树,雨天满地烂泥,晴天灰尘飞扬,村外土地板结,害虫和益虫同时被农药杀死,大河臭了,小河干了……农民享受到的现代化的好处似乎不比付出的代价多太多。收获了丰衣足食,失去了人与人、人与土地自然的和谐……

问：我注意到，不论是您的《情歌·挽歌》《古典的原野》，还是获得鲁迅文学奖的《皇天后土》，以及您最近出版的《乡关回望》，在这一本本的散文集中，您似乎都力求一种接近真实的，具有历史眼光的，深思乡土现代性的，贴近生活泥土本身的真诚、质朴的表达，当很多作家整天坐在屋子里靠有限的想象从事写作时，您觉得生活的实地体验对于您形成上述表达风格有什么影响？

答：我不知道我的作品是否已有自己的风格（我认为，形成风格是大作家甚或经典作家的标志），如果算有的话，我认为这是土地的赐予，乡亲的赐予，我所熟悉的农村生活的赐予。面对土地和乡亲，不能不真诚；虚虚假假，矫情伪饰，简直是忘本，简直是坏良心。描摹迭经变迁、承载太多苦难的土地，述说一直被贫穷折磨的庄稼人的生活，不能不质朴，不能不老实；如果弄得花里胡哨，辞采绮丽，岂不别扭？岂不亵渎了历史的真实？杜甫的《兵车行》和《丽人行》用的就是两套笔墨。鲁迅的《野草》里，《秋夜》等篇冷峻、奇崛、深沉，可《好的故事》却少见地平和、从容、唯美。写什么影响着怎么写。

问：现在很多人说，散文越来越繁荣了，也有人说散文的天地似乎越来越小了，您觉得真是这样的吗？能说说您欣赏的一些作家及其作品吗？

答："繁荣"一词，原本是说植物的（潘岳《闲居赋》："梅杏郁棣之属,繁荣丽藻之饰。"）。目前,散文确实仍像漫山遍野的草木一样繁荣着,疯长野长,铺天盖地。且不论网络上那些,单每日纸上发表的已经多如恒河沙数。当然,好作品太少,也不可能多。成千上万的人写散文,更有多于此数的人读散文,是好事,是这一文体存在、发展的基础、依据和希望。说不定有朝一日,目下寂寂无闻的作者中会冒出一位、几位领一代风气的大家呢。散文的天地不是越来越小,而是越来越大,从皇帝总统的事儿,到小猫小狗的事儿;从地球那边的事儿,到卧榻之侧的事儿,都有人写。问题在于文中缺少真知真见,真情真意,缺少独有的发现和表现,缺少震撼、感染、浸润人心的力量。同时,语言也太不讲究,满是大路货。语言是思想、情操、境界、艺术的载体。欣赏散文首先是欣赏语言,语言差劲,一切都白搭。对散文的语言要求,再高也不为过。新时期的散文家,我喜欢过贾平凹、周涛、张中行,也曾被巴金的《随想录》感动,为黄永玉的《比我老的老头》倾倒。余秋雨的《文化苦旅》曾让我眼前一亮,像哥伦布发现了新大陆。刘亮程的《一个人的村庄》曾使我心中一惊,想不到乡土的文章能有这么个写法。我最欣赏的还是孙犁。他陆续出版的从《晚华集》到《曲终集》的十本书,我都通读、翻阅多次。虽然书中皆为短章,几乎没写大事件,却巍然耸起一座散文的高峰。单那洗练简洁而又意蕴丰沛的语言,平庸的我辈怕是再活一生也学不到家。10 年前写过一篇《我读孙犁》,这里不再多说。

2010 年 6 月 4 日

奶奶纪略

似乎是毫无缘由地，蓦然想起奶奶。我的妻儿都没有见过奶奶，老家仍然在世的乡亲，见过她的也已不多。我顿时有一种紧迫感，若不为她写若干文字，不太久以后，她就如同没在这个世界上生存过一样。

奶奶没有名字。娘家姓党，村里的长辈人都叫她党姐儿。1954年登记户口，她的姓名被写作"周党氏"。她不认识那三个字，也从未用过那三个字，或许就意识不到自己还会有名字。

爷爷早逝，据说是在地里割豆子，突然吐血，当即死了。爷爷没有遗言，或许，把一腔鲜血洒在自己的土地里本身就是遗言。爷爷留下八亩半地，三间低矮的每隔两年就得苦一层麦秆的草屋。那时，父亲才十来岁，小小年纪就接过了爷爷留下的土地，和有关土地的一切农活儿。

奶奶是小脚，她出生在清朝光绪年间，当然要裹脚，脚也真有三寸那么小。每天早起的第一件事就是坐床头缠脚，用五尺多长、四指多宽的裹脚布狠狠地缠啊缠啊，把脚缠成粽子形。她裹脚或洗脚时，从不让人看见。我见过一次，蜷屈挤压变形得可怕。她说过小时候缠脚的痛苦，开始缠常常哭，下床、出门都要大人抱着或者扶着。她移动脚步走路，像两根木棍在地上捣。雨天，路似刚刚发酵的红薯面，简直是在黏糊糊的烂泥里杵。奶奶身躯在女人中应属高大，却用一双尖尖的脚支撑着，下地掰玉米、掐芝麻叶、起五更薅麦（为了不留麦茬，更为了多收些柴，小麦要连根拔起。"薅"就是拔的意思。《诗经·良耜》里就有"以薅荼蓼"，三千多年来音义未变。故乡的方言里有很多古汉语的子遗）。母亲生于1920年，京城里早就没了皇帝，可硬是被外婆逼着裹了小脚。"大跃进"中，她就是颠着那双小脚在水库工地上，挖土、挑土、抬石头的。母亲到晚年还埋怨过外婆"老思想"。却从没听到奶奶埋怨过谁，好像原本就该如此。

我上中学时，毛泽东在关于"农业合作化"的文章中，把右倾分子比作小脚女人，一下子全国批判"小脚女人"，似乎小脚女人都是最可恶的人。那时候全中国的成年女人大部分是小脚啊。我心里很不是滋味，总是想到奶奶，想到母亲。不能无视她们的艰辛，她们的血泪，更怎忍心把她们和全民痛骂的坏人连在一起作践啊。我只是心里想，绝不敢说出。

奶奶会弹棉花，是全村有名的弹花匠。在方言里，棉花简称为花。她去各家弹花。轧过的皮棉要纺线，必须弹，那时没有弹花机。奶奶的工具是一张弓，洋槐木的，弯作初四初五的月牙儿形，用时勒上细而韧的皮弦，一把弹花槌，枣木的，手握的一端稍细，另一端有棱，弹花时就是用那棱拨动皮弦，在结成团的皮棉上颤动，发出"嘣、嘣、嘣、嘣……"闷闷的漫长的响声，往往，从早饭后，持续到黄昏，如一首单调的乐曲，有一种无尽的沉重感、压抑感。弹三遍，棉花才变成蓬蓬松松白云状的棉絮。给别人弹花，中午管顿饭，工钱是一把花捻儿——纺线前把棉絮用高粱莛儿卷成近一尺长的薄薄的筒状，那叫花捻儿。七斤棉花可织一匹布，弹七斤棉花耗时一整天。

有一幕情景至今不忘，六十余年过去，仿佛犹在眼前。

盛夏的傍晚，满天瓦片云，被落日烧成了火红色，反射着炙人的酷热。黄澄澄的太阳光充塞地面、空中，像熔化了的铁汁子，烫得狗伸着舌头张嘴喘气，南瓜叶蔫蔫地扑塌着，如收起的伞。在门口，我远远地看见奶奶从南庄回来了，一手拿把花捻儿，扶着肩上的弓，一手掂着弹花槌，蹒蹒跚跚走着碎步。宽大的粉蓝土布上衣，老蓝的扎了腿的土布裤子，在强光下显得铅一样惨白。头顶、两肩、衣袖，毛茸茸地沾满棉絮，棉絮上挑着夕阳。走近了，见老人家鼻孔里也钻了棉絮，已被灰尘沾成灰色。布衫后背的汗渍一直洇湿到下摆，水淋淋地贴在身上。从水缸里舀半瓢凉水喝下，奶奶换了衣裳，坐院里捏下湿了的上衣、裤子上面沾的棉絮，终于积成枣儿那么大一团；丝丝缕缕都舍不得糟蹋。

奶奶每天夜里纺线。椿木做的纺车儿，已古旧成了铁灰色，暗红的枣木轴磨得变细。油灯放在锭子旁，灯焰儿只有黄豆大。每年种半亩芝麻，不为吃油，只为点灯和给锭子膏油。冬日夜长，总要再添一次油。坐下纺线前，总要把泡好的芝麻叶搦出拳头大一疙瘩，手巾包了揣怀里，到半夜暖热了吃下充饥。嗡嗡嗡，嗡嗡嗡，纺车声是一支无头无尾的枯燥的歌儿，始终缭绕在我的整个童年。纺车声中，我慢慢长大，奶奶很快变老，满脸深刻的皱纹里，积淀着溢满两颊、额头的艰辛日子。有一天晚上，老人家教我一首歌谣：

> 纺花车儿哼哼，
> 老娘累得腰疼。
> 小娃夜里踢腾，
> 被子蹬个窟窿。
> 大娃裤裆漏风，
> 闹着要打补丁。
> 纺花纺到五更，
> 房檐挂了冰凌。

从纺出线，到织成布，有一个长长的过程，一家老小只能在寒冷中日日夜夜等待。把嗡嗡的纺车声说成"哼哼"，更像呻吟，像叹息，像无言的哭诉。这哼哼声一直延续着，和抽出的线同样长，和庄稼人的苦日子同样长……

还记得一件事。

奶奶有个弟弟，小时候上树掏鸟窝，摔下来断了腿，成了拐子。为和其他几个舅爷区别，向我提起时总称拐子舅爷，简称拐爷。拐爷干不成农活儿，就学会用牛皮做牛套、笼头、牛绳、役使牛干活儿时的皮鞭(据说鞭梢儿的技术含量最高,用一季子也不会断的),是方圆几十里有名的皮匠,在隔日逢集的镇上街边柳荫下摆摊,边做边卖。有一次,我跟父亲去赶集,见了他,马上想到年画《八仙过海》里的铁拐李,他比铁拐李更胖些。把手上的活儿向地上一丢,拍掉身上的碎皮子,斜斜地站起,拐两步去给我买了一笸箩水煎包子(卖水煎包子的平底锅就支在他的皮货摊旁边)。我吃撑了,肚子好大。他说:"别吃了,剩下的拿回去。"说着,伸手折根柳条儿,捋掉叶子,把包子穿成串,又绾成了圈儿,递给我提着。

　　一天,村人赶集回来说,拐爷明天要来我家。我立即想起圆圆的两面焦黄的水煎包子,不禁流口水。次日上午,我正要用梢头抹了椿树胶的长竹竿去粘知了,扭脸看见拐爷从西南角的草滩上一瘸一瘸走来,背的布袋在身后左甩右甩。手里还提着一捆儿用麻扎了的尺把长的金黄的油条,随着脚步前甩后甩。奶奶噔噔噔踩着碎步迎到大门外,接过布袋和油条。拐爷在院里石桌边坐下,奶奶去灶屋打荷包蛋。瓦盆里只剩一个鸡蛋,刚好母鸡叫,又从鸡窝里收一个。按礼法,来了贵客应当打六个荷包蛋。奶奶很遗憾,深感对不起拐爷,絮絮地解释说,一群鸡被黄鼠狼拉走两只,剩下的一入秋就不好好干活儿,攒的鸡蛋前天换盐了……那个年代,养鸡主要为下蛋换盐,农谚说,鸡蛋换盐,两不见钱。拐爷打开他的布袋,里边是十几个熟透的红柿子,在他身后一路摆来摆去,已成了一团糊糊,就让我倒碗里吃,一再交代:"少吃点,吃多了肚疼。"我刚吸溜了小半碗,拐爷把盛荷包蛋的碗递给我,还剩一个:"娃吃,娃吃了长大个儿。"

挨近他，闻见他身上有一股牛皮味，或者说一股臭味（所以有谚语"三个臭皮匠，顶个诸葛亮"的说法），好像仍坐在他的皮货摊边。我对那臭味不恶心，反倒更有一种亲切感。听说拐爷来了，半个村子的男人都来给他打招呼，他们都是他的老主顾。

1958年"大跃进"，全民不得安生。拐爷的皮货摊子被迫收起，干了一辈子的手艺再没用场。"人民公社"派他去修拦河坝，四个人、四根绳拉一百多斤的石夯，拉起一人高，在大坝上狠砸。为了显示"跃进"的气势，还要跟着石夯起落喊口号。瘸了腿的人个子矮，拐爷就得拼命用力。在那个晚霞似血的黄昏，眼看就要收工，一头栽倒，顷刻死了，就在工地附近，草草挖坑埋掉。那年头，死人似乎很正常，口号里就喊道："头可断，血可流，鼓足干劲争上游。"……

没了皮匠这一行，牛笼头、牛套之类坏了就只能以麻绳、草绳凑合。好像没人怀念拐爷，因为牛是集体的，集体的事儿马马虎虎即可。除了奶奶，好像更没有人提起拐爷。奶奶想去拐爷坟前烧几张纸，一百多里路，她不可能走到；即便走到，那坟很可能没了。浅浅一堆土，一场雨过后就会淋平。

拐爷终生未娶。

印象中，奶奶说过很多话，甚至常常唠叨。我记得的只有几句，都是乡谚。

奶奶说："人操好心，神有感荫。"

她认为操好心，神看着；做恶事，天报应。我家是中农，一般年景，粮食够吃，还有剩余。那年春梢，婶子家揭不开锅，提着草筐来借二升高粱。奶奶用瓢给舀了满筐。足有三升多,婶子说用升子量量,奶奶说扛回去先吃,不够了再来。老人家乐于助人。土地改革那阵儿,地主家的老太太趁着夜色,拿一包衣服送我家隐藏,都是土布裤褂,只一件阴丹士林长衫算得上体面。奶奶当即把衣服塞进床下的桐木箱子,而后送老太太到大门外。父亲害怕,一再埋怨,奶奶说,地主咋啦?地主家的东西也不是偷来的,抢来的。

奶奶说:"记仇两天,记恩百年。"

意思是说,别人对不起自己的事儿,睡一夜到第二天就不必再计较了。别人对自己做一件好事,应当记一辈子。不记得奶奶和谁有过嫌隙,她不会对不起任何人。只记得奶奶一再提到,爷爷死后,父亲年幼,挑不动水,她每天用瓦罐去井上打水。一个夏天,连阴多日,村路上泥浆尺把深,奶奶双脚插进泥里拔不出来,没走两步,摔倒地上,沾一身泥水,瓦罐也摔破。老成爷看见,连说"可怜,可怜",把奶奶扶进家。一会儿,挑来两桶水,赤着脚,裤子卷到膝盖上,半截腿都是泥。倒进瓦缸,扭头就走。那年隆冬,一天夜里,老成爷家灶屋失火——老成奶做黄酒,把酒坛放在灶膛边,为加温,挨酒坛抠了草末子,谁知草末子燃着了柴,灶屋立即起火。老成爷把棉被塞水缸蘸了水,盖在正房的房坡,才保住正房。老成爷喊救火时,父亲起床去了,什么也没救出,米面都烧光了。第二天早晨,奶奶说,囫囵籽儿粮食咋吃?湿被子夜里咋盖?不一会儿,我看见母亲抱两条棉被,奶奶用柳条筐提了半筐苞谷糁,里面放了一瓢小米,朝老成爷家走去,橘色的霞光洒满她俩头上身上。老成爷死后，奶奶仍不忘他的恩德，多次述说担水的事儿，和他的家人关系仍然热火。

奶奶说："椿头菜绺纂儿，老婆饿成黄脸儿。"

这是说的荒春。椿树发芽晚，直到四月里，枝头才吐露出拢成纂儿状的青紫色的雏叶，那就叫椿头菜。这是麦熟前最难熬的一段日子。大部分人家吃食都紧，常常挨饿。奶奶对饥饿的印象特别深，多次提起民国十八年（1929年）的饥荒，人吃人，小妮头上插根草在集镇上卖，一升苞谷就能买走。还说到民国三十一年（1942年）的饥荒，先是涝，后是旱，接着是蝗灾，蚂蚱飞过来把日头都挡了，满天都是黄的，落地里一片喇喇声，瘆人，一会儿就吃光庄稼，再去另一块地。蝗虫过后连一把草也没收，只土里的还没长成的红薯保住了。从秋后到次年麦收前，日子越来越难，饿死人没有数。

奶奶熬过了那两场饥荒。

衣裳破了，缝缝补补还能穿。没了吃食，不到七天就要死。奶奶最怕挨饿。

老人家还说过一首儿歌：

地里活，家里活，
忙坏老头和老婆。
拿根长绳拴日头，
你想落，不得落，
——一天能干两天活。

这应是"长绳系日"典故的农家版。庄稼人一年四季忙，冬天也不闲。父亲伺候牛驴，出粪，拉末子(即垫牛圈积肥的土)，丢了笆子掂扫帚。母亲织布，缝补衣裳。奶奶除了外出弹棉花，就是纺线、缠线、络线，为织布做准备。奶奶没看过戏，听过艺人说书，没去东邻西舍串过门，来了人，招呼坐下，就边纺线边拉家常，两不误。奶奶曾有一个比喻：庄稼人啊，就像牛，受苦受累、使死使活伸长脖子曳一辈子，直到走不动。人比牛强些，牛老死剥皮吃肉，人老死躺到坟里歇息。

奶奶终生没走出过方圆十里。

1959年秋期，我去卧龙岗上的一所专科学校上学，吃的当然是商品粮，每顿饭一个白面馍。1960年春节放假前几天，忍着饿每天省下半个馍，最后攒了三个馍，早饭后装进书包步行回家。离家70里，走到下午饿得迈不开步，吃了一个，下好大决心不吃，还是吃了。日落前到家，见奶奶睡在堂屋东间靠山墙的地上，铺的是麦草，一块坯上垫着旧衣做枕头，脸没血色、苍白，头发蓬乱。我拿出馍，给奶奶一个，给父母一个。母亲掰开，让我吃了半个，另半个又掰开，给父亲一半。奶奶大口大口吃，一会儿就吃完了，唇上沾的碎屑也舔进嘴里。而后，切切地看着我，混浊的泪顺眼角流下，滴湿土坯上的旧衣。我看见她的手指细而尖，瘦干的胳膊上条条青筋好似死了的蚯蚓。我后悔路上吃掉了一个馍……那是个惨淡的春节，没有馒头，更没有肉菜，只吃了一碗红薯面包红薯叶的饺子。一天后父母就让我回校，母亲恳求管食堂的大队干部，几乎跪下，给我要了一个红薯面掺糠蒸成的馍，路上做干粮。

大概我走了不多久，每人每天还能从大食堂领到两瓢稀汤时，奶奶就去世。下葬没有棺木（她的棺材十年前就已备好，"大跃进"中拉走，劈开，扔进了炼钢炉）。父亲最后悔的是，没把灶屋的门取下，挡在墓坑上，不让泥土砸了奶奶的脸，每提起总叹气，愧疚不已。庄稼人称棺材为"老屋"，奶奶死后没有屋住啊。令父亲稍感宽慰的是，在食堂断粮前，早已没柴烧火，就趁着夜色去扒故去的先辈的坟，扒出棺木当柴烧，煮红薯叶、叶柄和秧子，而奶奶死后，却没受折腾，没被掘墓动尸。

奶奶死时父母没告诉我，大概一来没法捎信儿，二来怕我回去没饭吃。直到暑假结束前几天（暑假期间校方不准学生离开），我才回家，在爷爷奶奶合葬墓前叩头烧纸。我想象不出奶奶死前的情状，父母从未说过。我只强烈感觉到，老人家躺地下，黑土重重挤压着，一定很不舒服，怎好歇息？

记得，我小时候一个夏天，一个算命先生一手拿木杖探路，一手提一面上带小槌的小锣锣时时叮叮敲着（叮叮声是招揽生意的广告），从我家门前经过。突然下了暴雨，奶奶正在石榴树下纺线，立即去把瞎子领回家避雨。锥子雨下了两天，算命先生在我家住了三天，夜里睡磨坊，白天坐堂屋说闲话，说他的年轻时候的苦难经历，奶奶感动得唏嘘不已。先生还掐着指头，仰着空洞无物的眼，念念有词地认认真真地给全家四口算了命。那几天，除了早饭，顿顿炒菜。第四天，地上没了泥才送他上路。给父母算命的结果我已模糊，只记得，瞎子预言我将来要当大官，奶奶大半辈子受苦，临老要享福。

看来，被乡民尊为"小诸葛"的先生绝对是算错了。我直到范进中举的年纪，才混个副科级，奶奶最终却是那样……

1987年春，进城跟我们同住的母亲说，爷奶的坟本来已小，被承包那块地的村民犁耙得更小了，必须立块碑挡住。碑上要刻名字，问爷爷叫啥，母亲不知道，特地回老家遍询村中高寿老人，皆无印象。墓碑上的爷爷只好以"周公"二字代之（又过数年，我才在一本民国初年手抄族谱的最后一页，找到爷爷的名字"周金波"）……

2013年4月10日

魂断黄叶村

来日尚多,事业正忙,仿佛还不到回首当年的时候。不知怎地,却常常想起那段岁月,那些人,那些事。

……铁锨把儿插进行李卷儿,背上。两个"红卫兵"押解我,离开那所乡村中学。二人颇似董超、薛霸,只是没掂水火棍,臂上戴有红袖章,见人就介绍我的罪行,成段背诵我的"毒草文章"和"反动日记",并详加批注。我一直低着头,好像脸上刺了黑字。行五里,过一条河。渡口的接脚石如一串儿省略号。水面反射晚霞,死血一样的颜色。上岸,就到了那个村子。已是暮秋时节,树叶正黄,间或有几片脱离枝头,无声地飘落。

在大队部那个颇大的院子里,我向隅而立,闭上眼,想心事。想也无用,命运在人家手里攥着。直到天晚,才有人带上我,走进村头的泥墙小院。靠近正房,一间茅屋,低而小。那人说:"你和二憨一块儿住。"随即,一个年轻人端来了灯,小药瓶儿做的煤油灯,进屋点着,招呼我:"进来吧,房檐低,别碰着头。"声音憨憨的。我躬身进屋。他,眼小,鼻塌,嘴大,一副丑陋模样儿,正对我笑,笑得嘴角流下长长的口水;虽是傻笑,却笑得善良。我心里热热的。多天了,从没人对我笑。土坯垒的床,铺着高粱秆,蒲草织的席。他的被子是一团烂套子,黢黑,发出脚臭味。我刚放下行李,进来个年轻女人,扎着羊角辫,眉眼儿还算漂亮,却一脸凶气,朝我训斥道:"你住这儿,不准乱说乱动,不准进我家堂屋,不准进我家厨房……"说罢去了。二憨愤愤地发出一声"哼",同时将嘴噘得老长,长得盖住了鼻孔,朝那女人的背影,狠狠地拱几下。他说,那是他嫂子,叫王大莲,刚当上"红卫兵"头儿,正积极哩,炮子儿一样。还说,他哥是"肉头"(肉头即"戴绿帽子"),怕老婆。接着念了一首民谣:

> 怕老婆,顶灯台,
> 顶到半夜想起来。
> 老婆一见脾气发,
> 一脚蹬他个仰八叉!

　　念罢就笑,笑声粗粗的,沙沙的,笑得好得意……他打个哈欠,困了,要睡。床不到三尺宽。便把他的被子铺下,盖我的被子;我们俩,抵足而眠。他说:"我好打呼噜,聒你了,你拧我屁股。"起风了,满树呼呼声。我听见几片树叶掉到茅屋门前。听了通宵风声,风声直响到梦里。
　　第二天,就开始劳动改造,修大寨田。不准和革命群众一块儿干活儿,只能和当地的三个阶级敌人一块儿。那三个分别是地主分子、富农分子、坏分子。我算黑帮分子。两类人之间,有一段距离。正在铲土,二憨跑来,夺去我的铁锹,把他的铁锹换给我。我的工具太钝,铲着费力,把也涩,握着磨手。他的真好使。

村人都叫他二憨。只有我叫他老二,他听着很美。村人都叫我"黑帮",只有他叫我老师,不过把"老师"叫成了"老稀",我听着感到欣慰。在外边没人理我,回到小屋他向我说不完的话。虽都是傻话,我却觉着有味、有趣、有情、有意。

那天收工回来,日头还有一竿高。他说:"老稀,咱去摸泥鳅。"我说:"老二,我不敢乱动。"他说:"她,那骚女人回娘家了。娘家爹栽粪池里了,总是沁死了。"说"她"的时候,两个食指伸在脑后,做羊角状。我仍不愿去。他顿时恼了:"老稀,你不去我是老鳖——芝麻牙,绿豆眼儿,鳖子脊背蒲扇爪儿。"说着,俯下身子,两臂平伸,头向前突出,学鳖的样子。我不禁笑了。只在这小屋,在他面前,我才会笑。我说:"我去,不去我是老鳖。"他笑了,嘴张好大,露出排列不整齐的牙。

他家屋后,就是河汊。水很少,晾出大片烂泥。我提着瓦罐站岸边。他甩掉鞋,跳进泥里伸手就摸出一条,顺手扔到岸上。那泥鳅又光又滑,在草间乱动,好不容易我才把它捉进瓦罐。我问:"你咋知道哪儿有泥鳅?"他头一仰:"咱,睁眼就能瞅见。泥巴上有个窟窿儿,下头就有泥鳅。"说罢,自豪地笑了,傻乎乎地笑。不一会儿,摸了十几条,卜卜溜溜半罐子。他说:"够了。"就上来看那泥鳅,挑出四条,说:"这大肚子、短胡子的是母泥鳅,

魂断黄叶村　　163

会生娃哩。摸走了，明年沟里就没泥鳅了。"随即把那四条扔回河汊。顷刻间，它们都头一扎，尾巴一摆一摆钻进了青泥。看着，他又笑了，两只眼笑成了初二三的月牙儿。

二憨去水边涮脚。我站岸上看风景。多天来第一次有兴致看风景。看满村黄叶，染上夕照，有一种辉煌感。看河岸金色的柳丝，水边枯了的芦苇，残了的荷叶，竟发现此地古画一般的美丽。就想到，这一带景致虽好，水土却坏，家家都有傻子，男的不识十个数儿，女的解手不躲人；或许，水里含有有害物质？正走神，忽见王大莲过了河，正大步赶来，袖章映着落日，红得刺眼。我忙低头做老实认罪状。她到我面前呵斥道："跑出来干啥？请假没有？"我好惶恐，没法辩解。二憨忽一声蹿过来，光着脚，鞋掂在手里，冲着她答道："是我叫老稀来的，帮我摸泥鳅。"说罢，气得直咬牙。待那女人又说番恶话，高仰着头去了，二憨吐噜一声褪了裤子，凹着腰，两手叉腰上，朝她的背影突出肚子做猥亵的动作，同时骂着："臊破鞋，我日你亲妈……"

回到家，二憨用稠泥糊了泥鳅，塞进灶里。晚饭后，我坐床边叹气，他用铁锨端来个干泥巴疙瘩，腾一声撂地上。用铁锨拍破，里面的泥鳅全熟了，冒出肉的香味，泥的腥味。他捏起一条肥肥大大的，递到我脸前："你吃，你吃。"我不吃。他说："这泥鳅都是给你摸的。你到各家吃饭，都不给你做好饭。你瘦了。"我听了鼻子直酸。傻人对我一片真心。我吃了两条，泥鳅只脊梁上一根刺，肉又细又嫩，有清醇的泥土味。剩下的他全吃了。吃得更香，嚼着发出卜咂卜咂的响声。

顶上门两人睡了。忽听王大莲骂男人,嘴比刀子还利,男人则没吭声。

我问二憨:"老二,你怕你嫂子吗?"

他忽隆坐起:"怕个尿,她能把我的鸡巴咬了?她,怕我哩。她不要脸,我碰上啦。她不叫我说。"

我说:"你也该娶媳妇了。"

他嘻嘻一笑:"可想,老是做梦。不管长得好赖,是女人就中。等我娶媳妇就请你来。叫你坐上岗子(即首席),叫你喝好酒。"

那一夜,傻子失眠了,一会儿一翻身,把床上的高粱秆砸得吱吱响……

细雨绵绵,一直下。一天黑云,压在村庄上空。万物都没光彩。地上的黄叶沾满泥渍,有的被踩进泥里。坐在小屋里百无聊赖。二憨说:"老稀,咱玩'狼背猪'。"我不会。他说:"我教你。"便用手把地上的灰土扒到一边,又趴地上吹净,用指甲横竖各画三道,组成四个方格。搬一块土坯,让我坐下,他自己蹲着,各据一方。用泥巴蛋儿当猪,草梗儿当狼,在方格上纵横捭阖。不一会儿,我就出师了。可是,我的狼总是背不了他的猪,光输。他说,换换。换换也不行,我的猪总被他的狼背了。玩十盘,我输八盘。我说:"你比我强。"他笑了,骄傲地大笑,笑得天真烂漫,那丑陋的笑脸儿,好逗人,我也被引得笑了,笑得忘记了我是什么人儿……猛可里,从正房传来王大莲的吼叫:"笑啥哩,老实点!"我马上噤了声儿。二憨却索性站起来,迎着正房门口,可着嗓子大笑:"哈哈,嘻嘻,嘿嘿,呵呵呵呵……"笑得疯了似的。笑罢,对我说:"骚女人是假积极。她是想当大队干部哩,想当公家人儿哩。到那一天,她屁股一拍就把我哥甩了。"傻人虽蠢,却分析得有理。想那王大莲,论模样,论聪明,在全村是人尖儿。她男人,长得像个倭瓜,竟然娶了她,真不般配。那里面一定有故事。我没打听,也不敢打听。

夜里,雨点拍打树叶,唰唰声叫人心烦。一上床,二憨就说想娶媳妇。我没法安慰他,只连连叹气表示理解和同情。

他突然问:"老稀,你想媳妇吗?"

我说:"我没媳妇,也不想。"

"想妈吗?"

"想。"

"家在哪儿?我去替你看看,送个信儿。"

"太远。你找不到。"

"那……"

他也连连叹气,对我表示理解和同情。我忽然想到,应当写封家信,让二憨送到邮局寄走,宽慰远在天边的双亲。

第二天,二憨放哨,我偷偷写了信。把寄信的方法、过程给他交代多遍,并让他复述一遍,又给他二角钱,说,剩下的钱买成糖块儿。还交代:"这事儿,可不能给别人说。"他脚一跺:"我要是说了我是老鳖!"说着,两手的拇指和食指圈成一个圆圈儿,举到我面前。而后,把信塞进裤腰里,紧紧腰带,踏着泥水去了。时间不长,回来了,一头汗,两腿泥。进屋就笑,笑得嘴角咧到耳根上。笑罢,凑我耳朵上说,信塞进那个绿箱子里了。而后,从腰里摸出十二块水果糖,数了两遍才数出数儿。我说:"糖是给你的。"他好高兴,头摇得拨浪鼓似的。立即剥下糖纸,填嘴里一块儿,哧溜哧溜嘬着,嘴角淌下长长的口水。他从没吃过糖,吃着光说甜。十二块糖还没吃完,王大莲发现了地上的糖纸,探头进屋,看二憨嘴在动,就问:"谁给你买的糖?"我忙招认:"我。"她立即命令二憨:"吐出来,不能吃!"二憨当即火了,两手胯上一拍,一蹦老高,噗一声一口唾沫吐那女人脸上。那女人气得脸发紫、眼发红,咬牙说道:"好啊,你要翻天!"我知道这个"你"指的是我,忙站起垂手低头:"我有罪……"她鼻孔里狠狠地发出一声"哼",悻悻地去了。

当晚,月黑风高。高音喇叭响了,王大莲的声音,又尖又亮,火气十足,说是革命群众都到大队部开会,批斗黑帮分子。我坐屋里等,心想,农村的批斗会将是什么程序?二憨一听,就扯着喉咙骂,骂他嫂子,还骂另一个人,"公狗""母狗"怎么的。等了好长时间,等得直急,才来人带我去大队部。路上有泥有水,泥水里是踩进去的落叶。跌了一跤,跌进沟里,沟里有树叶尺把厚,没摔伤。两间会议室,灯火昏暗。十多个人,除了王大莲,都是男人,或蹲或立,散散漫漫。看样子傻子不开会,来的都是聪明的。我站中间,弯腰低头。冷场片刻。王大莲先发言,念一篇批判稿,上挂下联,上纲上线,揭发批判黑帮分子"腐蚀贫下中农,抗拒劳动改造"的"滔天罪行"。平心而论,她的发言是有水平的,几条"语录"都用得恰当。她念罢又冷场。她就指名发言。

指到谁，谁就走到我面前骂几句，骂的都是"黑帮分子，你算啥屎人儿！""王八蛋，老实点儿！"没有新鲜话。指够一遍，骂够一遍，又冷场。王大莲就启发道："咱干一年，一分钱也不使；这家伙劳动改造，没干啥活儿，一个月领几十块！"这才调动众人感情，立即围着我，争先恐后大骂"啥屎人儿""王八蛋"，一时间，群情激愤，声震屋瓦。不知是谁说了声"给他个栗子尝尝！"霎时间，十几个拳头伸出来。我闭上眼，准备挨打。当第一个拳头刚刚触及我的后腰，门外忽一声蹿进一个人。我吓一跳，睁眼看是二憨。那傻人憨声憨气骂道："日你们祖奶奶，手痒了上你妈那屁股上蹭去！"两个拳头攥得像铁疙瘩，眼里冒着火，腾一声，先把王大莲杵了个仰八叉，又挥着胳膊在人群中乱打，打着叫着："我是老天爷，我是阎王爷，我比你们恶……"人们都慌了："啊呀，二憨疯了！"一个个猫着腰溜了……

　　回到小屋，二憨一个劲儿骂王大莲，把他掌握的臊词儿、脏词儿全使上了。不解恨，又褪掉裤子，两手叉腰，朝正房门口，一再做那个猥亵的动作。

　　次日傍晚，鸡上窝时候，黑五(也是傻子，二憨的朋友)约二憨去河滩看羊抵架。刚走，来两个戴红袖章的人，带我转移去另一个村子。那村也临河，离这儿十里。临走没见二憨一面。我偷偷回头看，只见枝头的黄叶，仅剩下三片五片，正在风中抖。晚霞似烈火，仿佛把村庄也烧着了……

　　我一直没再见二憨。

　　那傻人，今年该四十多岁了，不知道娶媳妇没有。也没有再见王大莲,只听说,她终于吃了公家粮,同时甩掉了那个窝囊丈夫;如今,尚在某处当一个不大不小的官儿。

1992 年 2 月 23 日夜

1973 年的一次下乡

　　想起近四十年前那次下乡，仿佛是上一辈子的事。当年的事，如今的年轻人或许不会相信，认为滑稽、荒唐。然而，却是真的。

　　公款吃喝固然不该，但本文说的不是这个话题。我要说的是，往事不可忘记。罗素有言："人类唯一的历史教训就是忘记历史教训。"

　　那时，我在县革委文卫组当差。照理说，这个组管全县的文化、教育、卫生。其实，什么也管不了，也无从管起。

　　一日，组长老张带上老李和我，要跑几个公社，看"教育革命"。当时正宣传毛泽东主席的"五七指示"，即"学生不但学文，也要学工、学农、学军，也要批判资产阶级……资产阶级知识分子统治我们学校的现象再也不能继续下去了"。老张是老干部，人好，却不得县革委领导信任，以为他右倾。老李是支部委员（人称李委员），上面有根儿，一言一行都透出无产阶级革命派的架势。我跟上是要写典型材料,上报,或送报纸发表。

　　三人都骑自行车。他们俩骑公家的自行车,我的是自己的。刚出县城,老李的车子链子断了,我的车轱辘气不足了。推到一条河边的桥头,杨树上挂几个自行车的旧胎,那是招牌,一老人守住扳手、钳子、打气筒之类等活儿。老李接了链子,要三角;我打了两个轱辘的气,要一角。老李让开票,按规矩,公家的车修车费可以报销。老张说,都是下乡办公,写一块儿吧。老李斜我一眼,眼光流露的一半是鄙夷,一半是自傲,意味着我这是公家的车,你那是自己的,自己的不能报销。我当即掏出一枚一角硬币扔给老人:"这一毛不要票。"

　　中午,到了一个公社。和革委会主任接了头。而后,领我们去食堂换饭票,吃饭。四两粮票,五角菜票,一个白面黑面各占一半的馒头,一碗玉米糁稀饭,大半碗萝卜丝炒豆腐,豆腐仅三两片。干部们都蹲食堂门外的树下吃饭。主任吩咐通讯员找来三个小凳,让我们坐下,他也端上碗和我们凑一起,刚蹲下,又回屋拿来一个玻璃瓶,内装酱豆豉,用筷子给我们每人剜一坨儿,算是尽了主人待客之谊。

　　下午,公社教办室汇报教育革命,说,全社共请了五十余位老贫农兼职教师,办了十几个校办工厂。老张问:"老贫农都教啥?"答:"教学工、学农嘛。"老李问:"为啥不教文化课?"答:"他们都不识字。"老李批驳道:"不识字就没文化、没知识? 识字多的知识分子才最没文化、最没知识。"汇报的人一时傻了,大张嘴,无话说。

晚上，宿公社招待室。招待室没床，只在两间屋里用砖坯垒了六个长方体的台子，上铺麦秆编的稿荐，酷似医院的太平间。没被褥，通讯员去街上赁来六条，每人铺一条，盖一条。在梁上吊的十五瓦电灯泡底下看，那被子黑不黑、花不花的，一摸，又潮又腻，好似剃头匠的挡刀布。睡下就感到有小动物在身上的各个部位爬动，很容易就能够摸到一只，是虱子。而且立即就开始咬了，下口狠，是饿了多日的虱子。老张瞌睡大，盖上被子就打呼噜，鼾声如雷，又有节奏感。老李一再掀起被子，站床边又是拍，又是抖，嘟囔着："他妈，他妈的。这么多。这个公社的卫生革命真成问题。"我翻来覆去睡不着，摸一只，又摸一只，摸出就扔远远的。全身处处都痒，搔也搔不及。挨到五更里，才蒙蒙眬眬入眠。第二天起床，每人都一身指头肚儿大的红点点，前胸后背都像沾满了梅花瓣儿。

上午去看学校，先看学工，校办工厂在一间教室里，其实是个木工作坊。一个老木匠，干瘦，驼背，不住咳嗽，不住擤鼻涕，擤罢就抿在鞋帮上。我们到来，他似乎并不欢迎，只顾锯一块木板，让一个学生拉下锯。十几个学生在一旁看。老张让他讲讲做木工活儿的经验，也就是从理论上给学生阐述一番。老木匠脖颈一直，一扭："有啥说的，三年斧子五年锛，十年刨子学不真。木匠这碗饭不是好吃的。"老李问："你是贫下中农吗？"老人白老李一眼："咋不是老贫农？祖宗八代老贫农。旧社会，地没一分。全靠手艺，养活一大家子人。做三间房的屋架，八斗小麦。打一口棺材，两斗小麦。哪像这些年，干一天八个工分，值不了两毛钱。"老李说："你这个贫农觉悟不高啊。"老人当即停下活儿，指着老李："你撅的高，一个月不给你几十块钱，你还愿意下来走走转转，跑跑看看？"

离开校办工厂，老李说："这个贫农是假贫农。给学校说说，换他。"老张说："农民嘛，说话直。"

又去看学农。一个老师领我们到一块刚刚犁了一半的地，一个老农也赶着两头牛用拖车拉一架木犁进了地，后跟十几个学生。老农先犁一来回，算是示范。牛都没膘，走得慢。老人的鞭子光在牛头上空挥舞，并不打牛，只是一个劲儿骂牛："我日你奶奶，走着踩死蚂蚁啦。""打你个老舅子，一步挪四指远。"牛呼呼喘气，显然已尽了力。老人狠按犁杖，额头出了汗。他身后，新翻开的泥垡子如均匀的波浪，反射着阳光。而后，教学生学犁地。女学生没一个往前站。老师指定一个高个子男生先学。他接过鞭子，手扶犁把。老农交代："弯下腰，使劲按。记住，说'嗒嗒'，是叫牛往外走，说'唰唰'，是叫牛往里走。"学生挥鞭，牛就是不走。老农说："你骂它呀，你骂它呀。"学生不会骂。老农就教那两句骂牛的话。老师让学生们都记住"我日你奶奶""打你个老舅子"。一骂，牛果然走了。看样子，在牛听来，那话不是骂它，而是命令它前进的信号，多日形成的条件反射。牛走了，可犁铧一直插不进土里，只顺着犁沟蹭。好不容易插进土里，又揽得太宽，牛拉不动。老农感叹道："你们啊，上学是学字的，学这干啥。上学学成，上去了，用不着犁地；学不成，回家种庄稼，自然就会了。"老李不满地瞪老农一眼，扭头指示那位老师："你犁一趟。"老师也犁不成。老李说："看看，资产阶级知识分子有啥能耐？脱离实际，脱离劳动，能教出革命事业接班人？"老师羞惭地低下头，满脸通红。老张说："算了，到这儿吧。"回校的路上，老李说："教育革命的任务艰巨呀。真应该把这些教师都赶下讲台，请贫下中农去上课。"老张无言。我更不敢插嘴。

第二天，去另一个公社。骑车走到一片还没收获的玉米地边，老张说："身上太痒，停下来捉捉虱子吧。"太阳很暖和，无风。我们钻进庄稼棵，脱下衣服捉虱子，捉住就用两个大拇指的指甲盖挤死。连裤子也脱了。藏进衣缝里的，用牙咬，咬得恨恨的。忽听路上有人说话："这仨干部钻玉米地里干啥？偷玉米棒哩？"另一个窃窃地笑，可能是看见了我们赤身裸体的模样。赶紧穿了衣服，边系扣子边往外走。我们真像做了贼似的骑上车子匆匆离开，两个年轻人在后面大笑，似乎刚看了一出有趣的好戏。

去一所中学听文化课。这是戴帽高中，即初中也办高中班。校领导安排我们听高中班的数学课。教室是两间低矮的茅屋，无门，窗子是个正方形的窟窿。课桌是土坯支起的木板，凳子高低不一，可能是学生自己带来的。最后一排，摆放三把椅子，是特意为我们准备的。我们落座，学生都向后看，很新奇的样子。学生面前没课本，有的放几张纸，有的是卷了角的笔记本。钟声响了（其实不是钟，是挂在校革委会主任门前檐下的一块三角形的铁板），老师走进教室。是位面容清癯的老教师，穿着颇似农民，气质显然是知识分子。他拿有教本，也写有教案。讲的是二元一次方程。我上高中时，数学不好，听着似懂非懂。他们二位好像更糊涂。老张低着头，似乎在想别的事。老李趴木板上，似乎困了。老师把两道例题抄黑板上，他的粉笔字绝对一流，有颜体的风格。在读例题时候，老李立即直起了头，警觉地两眼放光。例题是，鸡兔同笼，头共多少，脚共多少，求：鸡几只，兔几只。蜗牛爬杆，日上几厘米，夜下几厘米，杆长几厘米，求：几日爬到杆顶。许是发现了老李异样的目光，老教师显得紧张，说话声音有点颤抖，语言也没了原有的逻辑性。老李严峻的目光和神情，一直持续到下课，老教师的紧张和惶恐也一直持续到下课。

随后，到办公室开会，学校的四位领导班子成员参加。老张还没说话，老李就急不可耐发难："这个老师家庭是啥成分？"校革委会主任说："成分高，是地主。不过，表现还可以。"老李当即一脸义愤："典型的没有改造好的资产阶级知识分子，啥子'鸡兔同笼''蜗牛爬杆'，鸡和兔子装一个笼子里干啥？蜗牛爬杆爬上爬下有啥意思？到什么年代了，还讲这些封、资、修的东西！不能叫他再上课，要组织学生批判。毛主席说，资产阶级统治我们学校的现象再也不能继续下去了。"主任说："缺老师，全校会教代数、几何的，只他一个。"老李发火了："你是政治挂帅还是业务挂帅？"冷场有顷，老张慢腾腾地说道："对这类老知识分子，还是要团结、教育、改造，利用一技之长，为教育革命服务。教材嘛，老的不能用了，要发动革命师生编新的。比如，不说鸡呀兔呀蜗牛呀，说生产队的人呀牛呀行不行？说拖拉机、汽车行不行?"老李鼻孔里哼一声,斜老张一眼,不再说话。老张毕竟是组长。

晚上,住集镇上供销社办的旅社。三间石棉瓦盖顶的平房,有床铺,供应开水,每人每晚三角钱。我们进去时,已有四五个住宿者。有一个劁猪匠,一个卖老鼠药的,一个卖瓦盆瓦罐的,还有两个从安徽来的补锅匠。老张说:"哟,人还不少哩。"老李咕哝道:"都是搞资本主义的。"因为闷热,都脱了上衣,赤着脚,坐床头说闲话。屋里,脚臭味很浓,直呛人。老张说:"还早,出去走走吧。"

街上没行人,两旁的住户只几家门开着,煤油灯昏黄的灯光摇曳。月色透过薄云洒在铺一层尘土、垃圾的路上。街很短,很快走到街外,街外是农村(其实,街道两旁的住户也是农民),人家聚聚散散,村路呈叶脉状。忽听有器乐伴奏中的歌唱声,古筝、三弦弹奏的曲调是地方曲艺大调曲子里的《鼓子尾》。老张说:"这里的文娱活动搞得还不错哩。去看看。"寻声前往,绕了许多弯,终于看见村头的空地上,一棵柳树的横枝下,吊一盏便壶装柴油以蘸做捻儿的冒黑烟的灯。一位老艺人手拿八角鼓,不时用手指敲击着。乐器奏的是《鼓子头》。显然,刚才那段已经结束,又重新开始。他面前坐的站的观众百余人,小媳妇抱娃娃,老太太摇蒲扇,光了上身的汉子旱烟袋明明灭灭。乐器噔的一声止住,老艺人开始唱,嗓音高亢却略带女人腔:

谯楼上打罢了三更锣，

小二姐翻来覆去睡不着。

埋怨一声爹妈错，

咋不找媒婆来把媒说。

二十多岁还不叫我出阁，

难道说黄花女要熬成老太婆？

哎哟哟我的命真薄……

这一段叫《小二姐做梦》，说的是少女思春的故事。那唱词，那曲调，都有乡土味，我听着很受用。老李却突地吼道："'四旧'，'四旧'，现在还演这封资修的东西！停了，停了！谁是干部？"艺人一愣，住了声。观众都回头看老李，乱嚷嚷："你是啥尿人，碍你啥尿事啦？""俺们每家兑二毛钱请来的，为啥不叫演？""你是县长、省长？闲操心，管的太宽。""有本事你来唱个不是'四旧'的。"一个中年人走到老李面前，说话很冲："我是干部。你啥意思？想撤你把我撤了，我正不想干哩。接着演，我看你能把我的尿咬了！"几个年轻人也蹿到老李身边，握着拳头，满脸怒气，显然要揍他。老张拉上老李："走吧，先别管这事儿。"我们仨急急离开，我不禁回头看，生怕那几个人追上来。四外很静，可以清晰地听到演唱在继续，小二姐已经入梦，媒婆来说媒，将一直唱到出嫁，拜天地，入洞房，而后，冷不防被打更的锣声把美梦惊醒……

　　回县城的路上，我问材料怎么写，老张说，没发现典型就不写。李委员说："教育黑线回潮、文艺黑线回潮这么严重,没正面典型有反面典型,就写个批判黑线回潮的文章。写好写不好,就看你的路线觉悟高不高了。"组长没发话,我当然一直没写。

2012 年 7 月 25 日

饭事杂忆

那些年,年年向农村派工作队,每次都有我,前后下乡五年。每日三餐,吃的都是"派饭"。千百次到农家就餐,主人有热有冷,饭食有好有差,种种遭遇,至今难忘。曾做过一篇《饭事三忆》,其实,可忆之事,还多着呢。

一

一个汉子领我去他家吃饭。进院,他的两个孩子,一个娃,一个妞,笑笑地迎着我。进屋,两个孩子仍并排站我身边,笑笑地看我。没有桌子,就把和面的瓦盆放地上,上边再放上高粱莛儿做的锅盖当桌子。没有椅子,只有一个短腿的小凳,让我坐上;汉子则拿一把沾满泥土的笤帚垫屁股下,坐我对面。女人端来两碗菜,一碗是生调青辣椒,一碗是煎豆腐;端来两碗饭,在我和汉子面前各放一碗,饭是红薯面糊糊儿,内有稀疏的小米;

最后，用高粱莛儿编的笸箩，端来四个馍，两个是白面馍，另两个是红薯面窝头。汉子说："别客气，吃吧。"随即拿一个白面馍给我，他自己抓起一个黑得发亮的窝头，一嘴就啃了个豁子。两个孩子仍在我身边站着，看我，看白面馍。我当即把手中的白面馍递给小妞，又把笸箩儿里的另一个拿给小娃，自己拿起另一个红薯面窝头。两个小家伙拿着白面馍就流出了口水儿，很想吃，似又不敢吃。正犹豫，女主人大步进屋，闪电般地把白面馍从孩子手中夺出，又放进笸箩，同时，瞪着冒火的眼，厉声呵斥着，把小兄妹俩扯了出去。我看见，两个孩子眼里都噙着泪……汉子一再把白面馍拿给我，我始终没吃，只吃一个窝头。汉子一再让我吃豆腐，我只夹了两片，想把这些都留给孩子。

吃罢饭，汉子送我出大门，走不多远，听见院里女人打孩子，听见孩子的哭声……

二

已经午后两点，我和另一个驻队干部才被一个小娃娃叫到一家吃饭。那家，院中长棵老枣树，树梢升一面大红旗，旗上有"××战斗队"字样。进屋，饭菜已放桌上，芝麻叶面条儿、蒸红薯、辣椒、豆豉。真是饿极了，坐下就吃。突然，进屋一个姑娘，圆脸，大眼，扎羊角辫(这是当时最时髦的发式)，穿旧军装，臂上戴崭新的红袖章(这是当时最时髦的衣着)，看见我们已开始吃饭，气极，几乎是义愤填膺，脸上的表情和眼中的强光，都十分怕人，以尖亮的高嗓门命令道："站起来，做'三忠于'！"我俩立即放下筷子，站起，擦嘴，掏出《语录》本，面朝领袖像肃立。姑娘则站我们前面靠左，充当这个仪式的主持者。我们都手捧红宝书放在胸前。先唱《东方红》，姑娘唱的曲调、节拍都不准，声音却大，硬硬地，有力度，我俩只是轻声跟着溜了一遍。接着，挥舞红宝书，祝"万寿无疆"和"永远健康"，各说三遍。再后，高举红宝书，向领袖像宣誓："无限忠于……无限忠于……无限忠于……"最后，姑娘领读了三条"语录"，其中一条是"反对贫农就是反对革命"……仪式毕，姑娘鄙夷地看我俩一眼，冷冷地说："你们吃吧。"而后，进了厨房。我俩都已满头大汗，满身满心都不自在，而且怕，怕那女将再来。又坐饭桌前，再也无食欲，只把那碗稀溜溜的面条儿喝了，各留下二角钱四两粮票，匆匆离开。

三

　　我们五个工作队员，到另一个村子开会。开到日头偏西，不能再回本村吃饭，当地干部就把午饭派到村头一家。这家门前有道泥沟，从渠道里跑出的水顺沟流，腾起黄色的波浪。有鸭子在沟里凫，不时撅起屁股，带蹼的爪向上扒着，头狠狠扎水找食儿。我们进院，饭还没做好，就坐树下等着。做饭的是个大高个子男人，正擀面条儿，边擀边埋怨他女人："早不回娘家，晚不回娘家，偏偏今天回娘家。一回娘家，就一下子来一群人吃饭……"擀罢面条儿，从蒜辫子上扯下十几枚蒜头，放面案上用刀啪啪拍碎，剥掉皮儿，而后把屋檐下的石蒜臼抱起来，吹了吹里面的灰尘，搁在面案上，把蒜放进去，又从屋檐下拿起一个椭圆形的长石头，用手把上面的泥土擦掉，朝蒜臼里捣，只几下，就捣成了糊糊儿，抱起石蒜臼，倒进小瓦盆里，没倒净，又用指头刮进盆里。而后，去水沟里舀一瓢水，倒进瓦盆，又掂出油罐，朝盆里倒油。油又黄又稠，想必是生棉籽油。用筷子在盆里搅了几下，就去烧火了。灶膛里塞柴太多，烟囱直冒黑烟，火星子蹿老高。水烧开，面条儿丢进锅里，面条儿太多，水直往外溢。又烧两把火，自言自语道："熟了。"掂起水桶，去沟里打大半桶水，把面条儿全部捞桶里，用擀面杖在桶里搅了搅，用筷子捞出，放进碗里，每碗浇半勺蒜汁。而后，招呼我们："领导们，吃饭啦。天热，咱吃凉面条儿。"我们每人端了一碗，主人也端了一碗。碗很大，面条儿堆得很高，搅一下，往下掉。面条儿粗而硬，像盛了一碗僵死的蚯蚓。实在难吃，又不得不吃。我们都勉强吃了一碗，主人吃了两碗。

下午，我们五个都拉肚子。

四

在那个小村，已住了一年。到各家吃饭，吃了十几遍，各家的狗都认识了我。那时的规矩，派饭不能派到"四类分子"家（地主分子、富农分子、反革命分子、坏分子，合称"四类分子"，简称"分子"），内中原因似乎不是怕阶级敌人在饭里下毒，害死驻队干部,而是显示一种政治待遇,同时,管三顿饭,除可收下粮票和钱外,还能得到生产队补助的一斤小麦。在驻队即将结束时,我对那个规矩做了修正:"四类分子"家只要"分子"已经死去,也可以派饭,理由是他们的子女不是敌人,而是群众。于是,我第一次去王虎家吃饭。他父亲是地主分子,去年死了。为他的名字,他父亲挨过多次斗,原因是老虎吃人,想让地主羔子吃贫下中农。我走进院,王虎全家迎着,显然十分兴奋。堂屋扫得很净,小桌小椅都用湿毛巾抹过。我坐下,王虎端来两盘菜,一盘炒丝瓜,一盘凉拌水萝卜,又端来刚烙好的玉米面饼子(一看就知道,玉米面里起码掺了三分之一白面),最后,给我端来一碗绿豆面条儿,很稠,他自己也端一碗,陪我吃,他的饭,倒很稀。一再让我吃菜,吃饼馍。那份热情,着实感人。他女人带两个孩子坐院里的丝瓜架下吃饭,饭很稀,馍是红薯面窝头。我那碗面条儿吃到最后,发现碗里埋两个荷包蛋。我悄悄吃了。事后没敢告诉别人,因为当时有条纪律,不准吃群众的鸡蛋(鸡蛋是农民的经济命脉,食盐、灯油全靠鸡蛋换,俗称"鸡屁股银行")。王虎也绝不会告诉别人;如果别人知道,他就是"腐蚀拉拢驻队干部",是要挨批的。

五

那是在一个集镇上驻队。那天,饭派到一个光棍家。光棍外号"杂毛",好吃懒做,常在街上逛,倒腾些买卖,弄了钱,买酒喝。挣工分就很少,分的粮食总不够吃。因为是贫农,不能让饿着,就常常救济他。他到大队部叫我去吃饭,见面就说:"我是一根马尾巴上的毛绑到胡琴上——独弦。自己吃饱,全家不饿,自己饿着,全家心慌。回家自己跟自己说话,出门毛主席看家(指屋里挂有毛泽东画像)。"他领着我走,踏着铺满尘土、烂叶、鸡毛、蒜皮和牛驴粪的街道,一直走到街外,走进庄稼地边的一间草屋。屋小而低,进门时特意交代我:"小心别碰了头。"我弯腰九十度,才入内。屋里并不暗,因为房顶上有个窟窿,漏进了阳光。地上灰土很厚,人走过,留下指把深的脚印。屋里有绳绑的床,泥糊的灶。墙角放两个瓦罐,一个瓦盆。没有坐具,他把一个木墩迎门放下,让我坐。而后,揭开锅盖,用好大一个粗瓷碗给我盛一碗小米干饭,又拿双已经变作灰黑色的筷子,用手捋了捋,递给我。他自己,则用瓢盛了饭,在柴堆里找了根高粱莛儿,一折两段做筷子,坐一块土坯上陪我吃。小米干饭很咸,咸得蜇嘴。掺有菜,是老白菜帮子。还有肉,块很大,尖不尖、方不方的,不知是啥肉,反正嚼不烂。当着他的面,不好吐掉,只能囫囵吞下。他自己则吃得很香,又吃得很快,吃了两瓢,最后,连锅巴也铲出来吃……

饭后回到大队部,大队会计问我吃的啥饭。我一说他就笑,笑够了,才揭了底儿:"你没见供销社收购的那些牛皮吗?摊街上晒,撒了盐,撒了盐仍臭气熏人,苍蝇乱飞。人踩车轧,可脏。牛皮上,有些地方没剥净,还剩些肉。你吃的肉就是杂毛从牛皮上弄下来的。他那盐也是牛皮上扫的……"我的天!

六

那些年,时兴忆苦思甜。忆苦,就是忆旧社会的苦,忆苦的惯用办法是开忆苦会,请老贫农讲当年的苦日子。高水平的忆苦者,往往一开讲就进入角色,呼天抢地,悲痛欲绝,眼泪流满面,鼻涕吊老长。听讲者也都面有苦色,对万恶的旧社会呈切齿痛恨状。为配合忆苦会,不断要吃忆苦饭。标准的忆苦饭是用野菜、谷糠及高粱面或红薯面做成,稀得照见人影儿,不放油盐。忆苦饭都是公家做的,在大队部吃。因为人多,都只能象征性地吃半碗。吃忆苦饭不为充饥,只为受教育。吃时,不能嬉笑,须严肃认真,做回忆思考状。不能吃得太快,太快就缩短了受教育的过程;也不能吃得太慢,太慢就是不愿吃,受了资产阶级思想侵蚀,忘了本。

却说有一次,在一个颇大的村里,忆苦会的组织者别出心裁,搞了个新花样,在贫下中农家吃忆苦饭的同时,为了通过对比,激发阶级感情,也为地主、富农做了肉菜,蒸了白馍。肉菜白馍摆在会场正中的八仙桌上,四边放了黑漆木椅,让地主、富农穿上长袍、大褂、皮袄(那些服装不知是从哪里弄来的),坐八仙桌边。贫下中农则蹲在四周。我们几个工作队队员也蹲在贫下中农当中。地主、富农不敢去坐,民兵就强令他们去坐。贫下中农端起了忆苦饭,却都盯着八仙桌上的肉菜白馍。地主、富农都勾着头坐着,看也不敢看桌上的食物。民兵强令他们拿起筷子,却不敢夹菜,也不敢拿馍。威逼再三,才有两个"分子"颤抖着举起筷子去夹菜。刚刚夹到,还没送进嘴里,贫下中农忽地都站起,叫着骂着蹿上去,把地主、富农们推倒在地,拳打脚踢,同时把肉菜白馍抢吃净光。混乱中,一个刚出校门的工作队队员也跟着贫下中农去抢吃了一个白馍,贫下中农对他很不满意,说他抢了革命群众的斗争果实。当晚,工作队开会批判他,并汇报到县里。县领导说他是没改造好的知识分子,一直让他在农村改造,直到1979年才回机关工作。

1997 年春

读字典

二十世纪七十年代初，黄叶飘零时，我奉命在一个山村"驻队"。白天，去修"大寨田"。夜晚，没事可干，十分难熬，不禁想起了书。下乡时带的一本小说已经看了两遍，没兴趣再读。再有本书读读，该多美！可是没有。

北风一刮，天就阴了。阴了半晌，就下雨了。一下雨，我只好困守室内。那是生产队的会计室，一间山黄草苫顶的矮房。雨下到第二天，雨水开始从山墙顶部往下浸，浸成长长短短的水印。那叫屋漏痕，古代的书法家，曾由此得到运笔的启发。我就读那些屋漏痕，读半天，读不出名堂。第三天，屋顶也开始漏雨，滴滴答答，叫人心烦。我把一摞茶碗放地上接水。忽发现，茶碗的排列，像一串省略号。书中的省略号，能使人联想到省略去的意思。这串省略号呢？百思不得其解……这屋里，实在没什么可读了。看天似黑锅，雨如乱麻，听风从山头掠过，发出刺耳的尖叫，心里像塞进一块坯，闷闷的，沉沉的。想想明日、后日，白天、黑夜,可怎么过?

正难受,生产队会计披着蓑衣来送开水。我问:"你家有书没有?"他寻思有顷,答道:"有,有本字典。"我忙说:"那就好,拿来我看看。"

那是本《新华字典》,已无封皮,玉米糁糊糊儿粘了牛皮纸做封皮(那纸原是磷肥袋子,还残留半个"磷"字)。字典也是书。我像得到了宝贝,激动着,正襟危坐,心诚意专,双手捧着读起来,依 A、B、C、D……首序,逐字、逐条、逐页读,读得忘掉了雨声风声,忘掉了长长的白天、长长的夜晚。识字多年,此刻才发现每个字都是活的,都以自己不同的形、音、义,切切地和我亲近。特别是那些我不认识,虽认识而读音不准、释义不确的字,好似颇有几分嗔怪地抱怨我,不该冷落了它们,误解了它们。每个字,都向我说话,都在活泼泼地表现自己的不同性格。我读得快活,干涸的心田,似流进一缕清泉,好滋润,好舒贴。不敢读得太快,怕读完了再没有别的书读,就把那些不认识的字、读音不准、释义不确的字,一一抄在笔记本上,注明音义。过去对不起它们,现在要优待它们。全书所收单字,凡 11150 个。这是汉字的基本队伍。经史子集,世界名著,清辞丽句,锦绣文章,都是它们变幻组合结构而成。想到这,心中便更添一份温馨。分外令我惊喜的是,很多农村口语中的俗词,原以为有音无字,其实字典里都有。秋雨连绵,七天七夜。七天七夜,我把字典读了两遍,变无聊为有趣,变空虚为充实。读时,曾吟成一首绝句:

黑云如盖雨如织，
忧思无端共雨丝。
幸有书中一万字，
殷殷慰我凄惶时。

1992 年 12 月 5 日

两本旧书

"文革"前，我积书数百册。每本书都是心肝宝贝，每本书都反复读过（不像现在，满屋子都是书，认真读过的却很少）。想不到"横扫一切牛鬼蛇神"一开始，因为爱文学，因为写文章，我就被扫进"牛棚"，挨批挨斗，批成了"落水狗"，斗成了"不齿于人类的狗屎堆"（两个有关狗的比喻皆为"红卫兵"常常引用的伟人语）。我的住室被一再抄检。书也受累，免不了被抢、被偷、被撕、被烧。等我又可以回到住室时，但见满屋狼藉，遍地衣物纸片，比狗窝还凌乱。扒扒捡捡，竟还有五本书依然囫囵，虽然踏上了脚印，沾满了尘土……

嗣后，尽管多次搬家，家当由一卷行李，一个木箱，到能装两部卡车，那劫余的五本书始终在我身边，不离不弃，珍爱有加。尔来四十年矣，当初正值青春，而今两鬓飞雪。

不久前，又一次迁入新居，头一件事就是安插那十架藏书，禁不住又拿起那五本，摩挲良久，翻阅多时。蓦地意识到，本本都有故事,都有一些话可说。

在这儿,只说两本。

《预言》

《预言》,何其芳著,文化生活出版社,1945年2月年印行。1958年6月10日购于赊旗镇(传说两千年前,汉光武帝起事时,曾在此地向一刘姓店主赊过一面旗子,由此得名。1965年建县时,改名社旗)。早年,每买到书,总要在扉页写上买书的时间、地点,并钤上印章。有时,还要写几句题记。如今,老而懒,那些都免了。

当时正读高中。学校错对门,老槐树下,有家旧货店,卖旧家具,也卖旧书。店主是山西人。据说原本很富有,到这时已经穷困潦倒,颇似孔乙己。人很精能,看到他乌亮的小眼,我总想到老鼠的眼。我常去店里看书。那次,见到《预言》,翻开一读,很是喜欢,想买,看看定价,"金圆五角"。问他要多少钱,他说一毛。我口袋里连一毛钱也没有。问他要菜票不。他说,菜票得三张。一张菜票值五分,可以买半碗缺油少盐的萝卜或白菜。为这本书,我三顿没吃菜。

这是何其芳的第一本诗集,大部分是爱情诗。当时还没参加革命,正在苦闷彷徨着。或许正是他的"刻意追求形式、意境的美妙,表现青春易逝的哀愁和带点颓伤的缥缈的幽思"(周扬语),最合我当时的志趣和心境,读起来就格外投入,格外动情——我因埋头读书,被视为"白专道路""思想落后",一再被"帮助"。"帮助"就是凌辱。那些号称"红专"的积极分子用最凶的目光和最毒的言辞,把我整成"资产阶级的孝子贤孙"(我家祖祖辈辈都是土里刨食的庄稼人,忽然成了资产阶级的孝子贤孙,心里越想越糊涂)。此后,一直灰溜溜的,抬不起头。何其芳在第一本散文集《画梦录》里说:"我遗弃了人群而又感到被人群遗弃的悲哀。"我当时就是这种情状。

每到周末,回到镇上的外婆家,在墨水瓶做的煤油灯下读书,我才心神安宁。灯焰黄豆大,黑烟粗而长。我却感到眼前明亮,浑身清爽。

这本《预言》,不知读过几遍,字句旁,满是圈圈点点,直线曲线,还在空白处写下密密麻麻的感想,有文有诗(这次重翻,发现有三处用黑墨覆盖,字迹已无。那是在"文革"爆发后,我被"揪出"前,做贼心虚,怕被抓住,自己用毛笔涂抹的。那三处可能更"反动")。比如读了那首《欢乐》,我写道:"借一连串奇绝的比喻,赋无形的'欢乐'以可感的声色,却始终没说'欢乐'究为何物。乃因自己从未享受过欢乐,虽作联想,总难言明。正如结尾所说:'对于欢乐,我的心灵是盲人的目。'"再如,在那首《脚步》下,我写道:"恋人的脚步声都是熟悉的,可见爱之深,情之切。随脚步声而来的当是会心的笑,脉脉的目光,和像小溪流水似的喁喁私语。然而,没有听到脚步声……"在诗的结尾句"那第一夜你知道我写诗"后,我写了两首七言诗:

风冷月没夜已阑，

小楼疏窗一灯寒。

几度凝神对素笺，

往事如梦倍流连。

曾经春花红似锦，

又见秋叶落纷纷。

夜深不寐沉吟久，

多少相思皆为君。

诗当然幼稚，且情调消沉，更不合平仄。但借他人酒杯，浇自己块垒，确实把我的心事也写进去了……

这本书前几页，有水浸的渍印，我写下的字已漫漶不清。暑假回家途中，突然遇雨，就脱下母亲做的花格土布上衣，把带回的几本书包严，夹在腋下，光着脊背赶路。到家，淋成了落汤鸡，裤子滴水，地上洇了一片。两本书已泡透，《预言》湿了几页。心里难受，想哭。

《读随园诗话札记》

《读随园诗话札记》，郭沫若著，作家出版社出版，定价0.32元，1962年11月11日购于赊旗镇。那时，刚参加工作，月薪

37.50元。除去伙食费，所剩无多。书钱是硬挤出来的。宁肯俩月理次发，半年不洗澡，也要多买一本书。想当年，我一定十分邋遢埋汰。

对郭沫若，我原本非常崇拜。上中学时，读过能见到的他的一切文学作品，连《历史人物》《青铜时代》之类的学术著作，也傻乎乎地硬啃。很喜欢他的《女神》，曾摇头晃脑高声诵读书中的诗句："我是一条天狗呀！我把月来吞了，我把日来吞了……"惹得同学讪笑。更喜欢他的收了42首爱情诗的《瓶》，到现在依然记得"我已成疯狂的海洋，你却是冷静的月光"，"北冰洋，北冰洋，有多少冒险的惊魂，死在你的心上！"然而，大概从1958年开始，读他发表在报刊上的大量诗作，我却非常失望，甚至有点鄙视，如"箩筐、扁担、铁锹铲，拦腰正把山劈断""五年实现全五化，十年准定超英国""大渠一道水库四，土石之方一百万"等句（均见《遍地皆诗写不赢》，收入郭著《骆驼集》），简直不是东西，想，这如果算诗，我一天能写一百首，水平也比他的高。从此，一代文坛巨擘，在一个中学生的心目中，一下子失去了分量。

因为特别欣赏袁枚的《随园诗话》（此前，只读过一册雕版印刷的线装本，是在同学家见到的，不知共有多少册，想再读，没有了，好遗憾），就买了郭的《札记》。翻开一读才发现，全书77篇中除一篇说袁枚"这几句话说得很不错"外，其余都是吹毛求疵，强词夺理，铆足劲儿骂袁枚的。不禁愤愤不平，就犯上了，气不打一处来，拿起笔从头至尾一一批驳，段间行间，随手写下无数"未必""谬论""不服人""不讲理""穿凿附会""武断之极",书眉页脚更是写满成段的批语。比如,袁枚说:"家常语入诗最妙。陈古渔布衣《咏牡丹》云:'楼高自有红云护,好花何须绿叶扶?'"郭说:"这两句诗,用意非常恶劣。上句所表现的是奴才巴结精神:只顾往上爬,自然有上层保护。下句所表现的是个人英雄主义:只要自己好,哪怕做光杆牡丹。这两者是孪生兄弟,正好成双作对,合二为一……其实'牡丹虽好,要靠绿叶扶持',是经过提炼的极有教育意义的谚语。用今天的话来说,是表现了民主集中精神……袁也,陈也,均所谓'教师爷'之流也。"我的批语是:"陈之诗,郭故意曲解,以'精神''主义'之标签贴之,甚为荒唐。动辄扣上大帽子,乃郭之惯用伎俩。'民主'云云,简直是给古人上政治课。诬陈、袁为'教师爷',不啻狗血喷头;反用于己,庶几近之。"再如,关于王安石,袁写道:"王荆公诗无一句自在,故其为人拗强乖张。"郭抓住就上纲上线:"地主阶级之遗忿,七百年后犹荟萃于袁枚之笔端。"我的批语是:"袁论荆公虽较刻薄,究系一家之言。与'地主阶级'何干?王安石其为'贫农阶级'乎?"……还有一些更不客气的,不再抄录。一个毛头小子,竟敢和一位泰斗级的大人物抬杠,如今想想,真是不自量力。又想,被查抄时,亏得"红卫兵"没翻看这本书;要不,我就又多几条罪,多挨几次斗。

现在看来,我批的那些文字,其实不无偏激,硬是执意要和郭老闹别扭。

这本书,可作为我青涩时代的一份纪念。当初的狂傲、傻大胆、少年意气、不知天高地厚、初生牛犊不怕虎,早被岁月的风雨销蚀殆尽,应当是蛮可惜的。如今,人已迟暮,心也苍老,昔日的朝气荡然无存。想到这,怅惋不已……

2009 年 4 月 17 日

关于父亲（二题）

关于父亲

父亲是农民，除了会侍弄庄稼，饲养牛驴，没别的能耐。父亲是文盲，连自己的名字也不认识。父亲的经历十分简单，他若填写履历表，只需四个字："终生务农。"父亲很平凡，如村中一棵树，路边一棵草，平凡得几乎没有故事。父亲一辈子受苦，受苦多了，习惯了，好像就不觉其苦，也就没有想到过享福。

这些年，常常想起父亲。

当我坐在豪华餐厅，高档酒吧，吃珍馐美味，饮名酒佳酿的时候，总想，假若父亲能来尝一尝，该多好。父亲从未见识过这种筵席，更断乎想象不出筵席上肴的精细，酒的醇香。父亲只吃过庄户人家待客的饭菜。农民管赴宴叫吃桌。早年，吃桌归来，村人总问：咸不咸？若咸，便是好席。那时候，二斗小麦一斤盐，种田人难得吃一次放足了盐的饭菜。后来，吃桌归来，村人总问:肥不肥?若肥,便是好席。肥就是肉多,特别是肥肉多。吃一顿肥肉,就是最高的满足。平时,年不年,节不节,谁也舍不得花钱买肉吃。父亲吃惯了粗食淡饭,饿了,啃两个窝头就好,渴了,喝一瓢凉水就行;吃一顿白面馍,是改善生活,配半碗生萝卜丝,就吃得有滋有味。

当我乘坐火车、轮船、飞机,充分享受现代交通工具舒适便捷的时候,总想,假若父亲也能坐一坐,该多好。父亲压根儿就没见过火车、轮船;见过飞机,飞机在天上,鸟儿那么大,看不真切。父亲到县城看我,一来一回,坐过两次公共汽车,一辈子只坐过这两次汽车。他说:"跑得太快,还没坐够哩,就到地方了。"在县城的大街上,父亲见了小轿车,说:"屎壳郎那么大,坐里头不憋气?"他不可能知道小轿车里的舒服。父亲连自行车也不会骑,曾说过,有钱了买辆自行车,旧的就中,也只是说说而已。父亲只会赶牛车,赶车的技术全村有名。空车时,在车帮上坐一会儿,拉了庄稼或粪土,绝不坐,怕累了牛。父亲行路,只靠两条腿。赶早集,瞧亲戚,总是一口气跑到,再一口气跑回。村里村外那不多的几条土路,雨天一路烂泥,晴天一路黄尘,父亲走了几十年,自己就把自己的脚印踩得粉碎。

当我出差到大城市,住进十几层、几十层高的大楼,享受一切现代化服务的时候,总想,假若父亲也来乘一乘电梯,到楼顶望一望,住一宿,该多好。父亲根本就不会想到,甚至绝不相信房子可以盖那么高,上下那么方便,住下那么舒坦。早年,父亲曾远远地看过邻村财主家的两层木楼,一再说,真高,二里外就能看见。那楼,五十年代被扒掉,砖瓦木料分给了穷人,父亲惋惜不已。后来,在我工作的县城,父亲见过四层楼,那是城里唯一一座高楼,看了许久,感叹道:"噫!噫!"父亲一辈子住草房,草房又小又矮。打从二十世纪五十年代起,父亲就想盖瓦屋,陆续买了一些砖木。但是,一次又一次,砖木还没有凑够,就碰上"大跃进"、大饥荒、"文化大革命",被人拉去派了别的用场。那境况,颇似李顺大造屋。

当我登名山,临胜水,济沧海,走大漠,饱览人间美景的时候,总想,假若父亲能来游一游,看一看,该多好。父亲一辈子没有走出故乡方圆百里,没见过大山,没见过大河,从不知道世上还有很多景致值得赏一赏。除了干活睡觉,除了吃饭穿衣,他怎么也想不到人还需要去千百里外游一游。他根本就不可能有"旅游"这个概念。那次,他来县城时,我要领他去卧龙岗看看诸葛亮的茅庵。他说:"看看有啥用,不当吃,不当喝。"终于没去。只有一次,别人提到京城里的金銮殿,父亲说,金銮殿是真龙天子坐的地方,金砖铺地,柱子都是玉石的,梁上镶着夜明珠;小百姓福小命小,往那儿一站就头晕,折寿。如果父亲能去北京故宫走一走,站一站,他将会说啥?

父亲实在可怜。但父亲不知道自己可怜。

父亲已经去世。

父亲最喜欢种庄稼,最盼望在自己的一块土地上种庄稼。近三十年的时间里,他没有自己的一块土地。就在分配责任田的那一年的早春,又能得到一块属于自己的土地的时候,父亲去世了。一瞑之后，万事皆休了。

1997 年 4 月 13 日

热天，想起了父亲

那个夏天，热到登峰造极，热得毫无道理。人人都说天太热，人人都骂老天爷。有电扇的，电扇昼夜转；有空调的，空调昼夜开。虽如此，仍然热得人难受。

在热的熬煎中，我想起了父亲。

父亲是农民。在我的印象中，父亲从没有抱怨过天热。岂止不抱怨，还特别喜欢热天，越热越高兴。六月里，早晨起来，先抬头看天，见天无纤云，树梢不动，狗已伸出舌头，鸡已乡开翅膀，父亲总满意地赞叹道："嗬，又是一个响晴天!"顶着日头，下地锄草，庄稼地里似蒸笼，锄把晒得直烫手，地皮烙脚，像火烧着的鏊子，父亲倒越热干得越有劲。他有个说法，叫"趁热锄地"。正晌午，天上像下火，热气烤焦人，更不忍歇息一会儿，总要干到日偏西。他的理由很简单："天热，草锄掉就晒死了；凉快时候，锄掉还会活。"一心想着草，却忘了自己，能晒死草的日头也在晒人啊!想想父亲，直觉着"锄禾日当午，汗滴禾下土"那些名句也显得太平淡、太肤浅了，那只是诗人站路边看一眼，"悯"一下农民而已。难道父亲就感受不到天热吗?正午时，鸟雀还要躲进林荫，烈日下，蚂蚁也不外出觅食，父亲是人啊，他更能时时感受到天热得厉害。看看他的脊背，日复一日，年复一年，骄阳下不知晒掉了几层皮，终于晒成一片黑紫，一如凝固了的血。看看他满头满身的汗，不是向下滴，而是向下流，肩膀上搭的那条又苦又咸的毛巾，擦擦脸，拧一把，汗水向下倾泻。田里二尺厚的黑土啊，是父亲的汗水、父亲的父亲的汗水、祖宗八代的汗水浸染黑的，随便抓一把，都能闻到汗味。

暑假，为逃避炎热，我的儿女返乡了。乡下同样热，甚至更热。一到家，儿女就受不了，一遍又一遍嚷叫天热。父亲没多少道理安慰他们，只能一遍又一遍引用那句俗话："不冷不热，五谷不结。"只住一天，儿女便要回城。父亲无奈，感叹道："你们啊，生就的享福的命啊！"儿女想不到冷热与收成有关，虽然他们天天吃饭。父亲则认定，为了不饿肚子，就应该受冷受热。

我不记得父亲扇过扇子。从田里回来，还得干家里的活儿、场里的活儿，一双手没闲过。他从没见过电扇，更没听说过"空调"。

父亲已经去世，埋在汗水浸润过的黑土里。酷热中，不期想起了他。想到他，直想哭。

1995 年 4 月 19 日

失去的独山玉

庄稼人地位卑下，与金尊玉贵无缘，那时候，却家家都有几件玉器。就连邻村那个拉着儿子讨饭的麻脸寡妇，棉帽正中也缀着一块半寸见方的白玉，棉帽脏旧，玉却洁净，时时闪着银色的光。她儿子细瘦的脖子上，挂一只长命锁，豆绿色，玉制的，扁扁的似打火的火镰儿；系长命锁的红绳儿已被泥污汗渍弄成乌黑，那玉仍明明地透出翠色。

玉不当饥寒，也少实用价值。但，贫穷之人也有玉，除了温饱，似乎也有别的需求。在庄稼人心里，玉身上或许还有许多意思，甚至意义，不会言说，却朦胧感知。玉也参与农夫农妇的漫漫人生，在苦咸酸辣的凡俗日子里浸泡，在时代和生活不可预知的动荡拨弄中，失去或破碎，仿佛连念想也没留下。

我家也曾有玉。

奶奶有一柄玉簪。其实是黄铜做的簪子，只手拿的大头镶一粒比蚕豆稍小的碧玉，沉甸甸的，晶莹而美丽。老人家只在赶庙会或走亲戚时,才从抽屉取出,梳罢头,绾好髻,一手握发,一手细心插入。我印象最深的是,奶奶那次回娘家(这是六十多年前的事了),缠脚、扎腿、梳头一毕,穿上蓝靛染过两遍的老蓝土布裤褂,去灶屋门外弯腰对着水缸,以水为镜,插上簪后,头左摆右摆,看是否周正,而后,提起小包袱,登着三块石头支起的捶布石,跨上父亲鞴好的驴。奶奶骑驴顺着夹在草丛的村道去了。我看见,驴尾巴左右甩得很活泼,那玉簪在早霞里闪闪烁烁,像一只小巧的彩蝶儿追着飞。

奶奶头发日渐稀疏,日渐苍白,终于绾不成髻,只能用头绳儿扎个纂儿,最后,那纂儿没有墨水瓶大,就再也插不上簪了。那簪还在,老人家交代,死后入殓时放头下。那是奶奶的陪嫁物,带着青春的记忆,想必要把那记忆带到人生的终点,或许还要带往来世。然而,奶奶死于大饥荒开始时那个春天,死在堂屋东间铺了一把柴草的干地上,头枕一块坯。闭眼前不再说饿,只要簪子。那时,家里只有四堵墙,家具全无,哪里还有玉簪啊。老人家带着大大的遗憾去了……

母亲有一只玉镯,乳白色,带几丝绯红的晕。原是外婆的。外婆说,是她外婆传下的。她外婆是财主,花三斗小麦买的。母亲并不戴,整日干农活,做家务,不免磕磕碰碰,很容易打碎的。只是珍藏在箱底,珍藏着先辈留下的一脉圣洁温润,一脉对美和高贵的隐隐追求。也偶尔拿出来看看,摸摸,戴腕上试试。母亲皮肤白皙,戴上很相称。如果生活在富家,她很配戴这漂亮的玉镯。我也要拿手里摸摸,母亲一再叮嘱"招呼着,招呼着",才给我。那物件儿硬硬的，又柔柔的，凉凉的，又温温的，滑滑的，又腻腻的，摸着好受用。

"大跃进"的火热日子里，母亲被派往一个叫小郭庄的地方修水库。家已不像家，玉镯无处藏，就从里屋的墙缝取出，带上去工地。当然不能更不敢戴腕上，只能装内衣的口袋儿里。母亲挖砂，担土，抬石头，干男人的活儿。那时的口号是"超英压美赶苏联，不怕少活二十年"，都得拼命干。母亲也是小脚（她幼小时紫禁城里已没了皇帝，孙中山下令放脚，外婆思想老旧，硬逼着缠脚。后来母亲多次埋怨外婆，却也晚了），就要吃更多苦。两脚不是在地上走，而是在地上捣啊。一次"会战"，母亲在坝上搬石头，狠狠跌了一跤，碰破了额头，同时摔碎了玉镯。那一刻，她一定很伤心，不为出了血，是为毁了玉。母亲没闺女，原准备把它传给未来的儿媳妇的；碎了玉，也碎了心。那以后，母亲一定很怅惘……

父亲吸旱烟，烟袋秆是竹制的，年深月久，已使成了褐色。上端嘴噙的哨儿（也叫烟嘴儿），是玉的，姜黄色，兼有几点茄花色。下端的烟锅儿是红铜的，左右两旁，被粗糙的手捏得光亮。再配以拴在烟袋秆上的烟布袋儿、火镰儿、火石、纸煤儿，和一根系于烟布袋儿上用于挖烟锅里积存的烟灰烟油、下端呈勺状的细铁丝，就是全套吸烟工具。爷爷早死，父亲十二岁就学会种地，同时学会吸烟。庄稼汉都吸旱烟，只那个一身婆娘气的小五爷不吸烟，都说他不是男人。来了邻人、客人，总先拿出旱烟袋，手握哨儿擦一擦，双手递上。只几个穷极的男人烟袋秆上没哨儿，庙会上买个最短最赖的玉石哨儿，要花二升高粱的钱呢。父亲的烟袋哨儿是爷爷的。爷爷去世后，除留下四亩半地、两间漏雨的草屋，最有价值的东西就是这个玉制的烟袋哨儿了。富户老三爷，是三里五村的名人，吃得开，面子大架子也大。他的紫竹烟袋秆比擀面杖还长，烟锅儿亚赛小瓢，玉哨儿足有一拃长，淡青色，洒雪花状斑点，似夏日的蓝天上飘着白云。他掂着烟袋或把烟袋半截插入脑后长衫的领内，在村里大摇大摆走，烟袋哨儿跳跃着耀眼的闪光，很是气派，令乡亲们羡煞。他的旱烟袋很少让人吸，偶尔有人吸过，会炫耀几天："嗨嗨，三掌柜叫我吸袋烟……"据说，财主的老太爷吸水烟，水烟袋是白铜的，镶着玉环。土改后分给一个好吃懒做的贫农。贫农吸不惯，卖给了收荒的，换的钱买二斤烧酒，回到家两天喝光。

在家里，父亲早晚喂牛时吸烟。不吸时，烟袋挂堂屋前墙檐下搌的枣木橛子上。那些年，父亲庄稼种得好，奶奶、母亲纺线织布，家里有吃有穿。而且共产党来了，天下太平，不必再跑土匪。日子就过得安适、滋润、圆满。父亲蹲在院里的枣树根上，或坐在牛槽前的木墩上吸烟，有一种幸福感，甚至陶醉感。忙时候，挂在墙上的烟袋，那黄的哨儿，褐的杆儿，红的烟锅儿，和盛开的榴花、满树玛瑙似的枣、树上挂的金色的玉米棒，磨扇做的石桌上破瓦盆里的指甲花，加上从大门里出出进进的鸡、狗、猪、羊，恰好构成一幅堪称《农家乐》的斑斓的画。我牧牛、割草归来，进大门就看见父亲的烟袋；一看见，就有一种踏实感。不太久，来了"统购统销"，一再强逼父亲把所剩无多的粮食再次卖掉。紧接着，来了"合作化"，土地、牛驴、大车犁耙都入公。父亲不愿下地干活，一直给生产队喂牛。他说："都不出力，看着气人。人哄地皮，地哄肚皮；吃不饱，活该。"那些年，他吸烟更多，吸的是闷烟。他心里的苦，无处倾诉。

大概在我还穿开裆裤时候（农村娃娃煞裆晚），一个金色的黄昏，父亲说，玉石出在独山。南阳府有很多玉铺，卖镯子啊、簪子啊、耳坠儿啊、烟袋哨儿啊，都是独山的玉石做的。我问独山在哪儿，他向西一指："那儿，离咱这儿六十里。"我直头看去，夕阳落照里，地平线上鼓鼓地拱出一弧碧蓝，像一个倒扣的瓦碗。想，那里漫山遍野的石头一定都五颜六色地闪光，像奶奶的簪子，娘的镯子，爹的烟袋哨儿，不禁对那山心驰神往。长大后，才知道，玉藏在独山肚里，开掘出来，十分不易。从毛石成器，到商贾流转，到进入我家，到渐次失灭，每一件，都仿佛带着一篇《史记》……

前次还乡，又一次去看残破的旧屋，不期发现檐下那个枣木橛子竟然还在，却没了父亲的旱烟袋，连同那个姜黄色洒紫点的玉哨儿。那物件儿早已不知所终。父亲三十年前已过世，就在正要分田到户的那个春天不甘心地猝然离去。这个把土地当成性命的庄稼汉，终于没种上自己的地。他的后半生活得惨淡，只有旱烟袋相伴。

庄稼人失去了玉，不只失去了玉……

如今，乡亲们丰衣足食。新媳妇可能有一两件金银首饰，从没听说有玉器。男人们都吸纸烟。带玉哨儿的旱烟袋几乎绝迹。

玉兮归来。

2011年4月29日

老屋

　　深秋，带儿女还乡。扫墓毕，在远房侄儿家吃饭。饭后，儿女要回自己家看看。过一条新修的路，绕两座院落，一片疏林，就到了我们自己的家。家已空，算不上家，只能说是旧居。黑土和草根打成的院墙，早被二十年风雨侵蚀倾圮，只看见礓石砌就的墙基，上面积了蚯蚓拱出的土粒，蜗牛爬过留下的白印。老屋犹在，门落锁，锁已锈。十三格的木窗，木质已成铁灰色，蜘蛛密密结网，织成一层纱。门口的地上，无人的足迹，有干了的绿苔，枯了的野草。

　　儿女年轻，却也感伤。他们生在城里，满周岁，次第回来跟着爷爷奶奶，待上学，才返城。在这里，有他们早已消逝的童年。那时是娃娃妞妞，如今已长大成人。他们都没说话，只默默满院察看，似要寻觅当初的遗留。好像找不到，一切都被岁月消解遮掩。他们的爷爷奶奶，已先后魂归村外的黑土地；人去了，昔日的生活也去了。家只剩下外壳，凭回忆怎能把它填满？愈是回忆,家愈虚空,旧时的景象愈是遥远。一番回忆,只引出长长的叹惋。

我也无言,久久在老屋前后彳亍,步履蹒跚。儿女们或许不知道我心里更苍凉。我在这里落生,胞衣就埋在院里的石榴树下——石榴树早已不存。在这里,我度过虽贫寒却快乐的童年,步入虽苦涩却亢奋的青春。这旧屋,这小院,一直是我精神的归宿。多少次在文章里,描绘过儿时的生活,笔端流下亲切的情感,倾吐对家的思念,那思念剪不断理还乱。到如今真正到家一看,却原来,那些都是想象,都是虚幻;万千思念并没有最终的着落,像漂泊的船,缆绳已无桩可拴。失去的,永远失去了,失去的不仅仅是飘入高空的炊烟、放了豇豆的小米饭的香味、鸡和狗、母亲的织布声、父亲饲养的牛驴,是整个儿农家生活的温馨和艰辛,还是一种文化,还是我得以安心立命做人作文的原初依据。

最早,我家只三间草屋,茅檐低而黢,土坯墙挡不住钻进的北风。打二十世纪五十年代起,父亲就准备盖瓦房,一次又一次省下钱买砖买瓦,一次又一次碰上“合作化”、“公社化”、“大跃进”、大饥荒,砖瓦被拉去充公。直到六十年代后期,才终于建成三间苫了蓝瓦的新房(为了省钱,仍是土坯垒墙,只用青砖包了墙皮,乡下人管那叫“里生外熟”)。那过程,艰难而漫长,一如李顺大造屋。如今,瓦垄已凌乱,墙也裂了缝,檐卜有明显的雨漏痕。老屋真的老了,在周围一座座钢筋水泥建成的楼房的对比中,越发显得寒碜。

我家的宅基地超过半亩，原有杂树大大小小百余棵，组成一片林子，枝叶扶疏，绿阴如翠盖。我小时候，曾在林中摘构桃，捋榆钱，扫树叶。儿女小时候，曾在林中捉知了，扑蝴蝶，藏猫猫。每棵树都和我们两辈人的童年有关。如今，那么多的树大都不知去向，我数数，还剩九棵，南一棵、北一棵，孤零零的不成林。树下拴着别人家的牛，跑着别人家的鸡鸭。可能是羊，啃掉了榆树的皮；可能是猪，拱出了楝树的根。没了主人，树也活得不自在。那棵构树，干更加弯曲，枝大半干枯，身上被虫子蛀出窟窿，浸殷红的津液，酷似行将死去的驼背老翁。那棵桑树，已经中空，而且皲裂，木缝里长了野生的木耳，还有一坨坨蕈类植物。屋角那棵椿树，女儿在家时，只有茶杯粗，曾猴儿似的爬上爬下玩；而今，已长成水桶粗，结一树带翅膀的椿谷谷。猛看见另一棵椿树上有鸟巢，像是斑鸠的窝。忽想起我小时候树上就有斑鸠窝，不知道这斑鸠是那斑鸠的几代子孙。主人离去，鸟儿还守着故园，替我看家。忙去那树下看，见有蚂蚁排着长队沿主干蜿蜒行进。它们一定是我儿时的蚂蚁的后裔。这卑微的小生灵永远不离故土。

　　我家世代务农，自列祖列宗到我父亲母亲，辈辈都是庄稼人。从我这一代起，居然离土离乡了。虽然住进城市，我总自认为仍是乡下人，常以草民百姓的视角，看茫茫尘世间的事事物物。其实，在乡下，我没一寸可耕的田地，也无须拼尽力气土里刨食，早已不是地道的乡下人。我和土地、庄稼、农事活动，已无任何联系。我和故乡的牵连，只剩下一座老屋，九棵老树，还有一颗老迈的心。进而想到,我的儿女对老家或许还会留些印象,那印象将渐渐淡去;我儿女的儿女就不可能再承认这里曾是家了。

有乡亲劝我重新修葺老屋,我说,不必了。有乡亲劝我索性卖掉,我说,更不成。就让它这样存在下去,衰败下去,起码可以作为家的象征,作为早已破碎的旧梦的见证,总能为我的余生留下一个想头。

临别,起一阵风,枝头残留的黄叶纷纷飘落,簌簌有声,像是叹息,像是叮咛,像是切切嘱咐我,这里毕竟是根,是人生旅程的起点站,即便走到天涯,也不要断了一丝记挂。

2004 年 2 月 4 日

作者附记:

癸巳岁清明节前,我又还乡,见老屋后房坡已凹陷,怕是夏天一到,一场大雨就会淋塌。是该修缮了,祖宗的遗产在我手里毁掉,于心不忍。所幸墙壁仍然完好坚固,当即决定,卸下瓦,更换不能再用的檩、梁、椽子,再苫上旧瓦。动工日,数十位乡亲都来帮忙,不二日即完工。我要给他们钱,回说:"拿钱是打俺脸。"无奈,只好以好烟好酒招待,筵席一直持续到半夜。乡亲们醉而归,我心稍安。

2013 年 4 月 20 日

瓦之思

　　童年家贫,只有三间草屋。草已朽成铁灰色,鸡找食儿飞上一挠,就漏雨。常常用麦草补。年深月久,新草旧草,不新不旧的草,组成斑驳的百衲衣,看不出美,只能显出寒碜。

　　一个秋天,我生"痄腮"(这病医书上的名字叫腮腺炎)。有偏方可治,捉一只癞蛤蟆,在瓦上焙焦,捣碎,拌香油,糊三日即愈。寻寻觅觅,找不来瓦。最终,在地主家屋后墙角边的一堆断砖中扒出一片,缺了一个角。全村只一户地主家盖了瓦屋。父亲曾一次次用艳羡的目光看那高大的瓦屋,屋顶上的过风脊,脊上石灰塑的鸟兽。父亲一再感叹:"能住上瓦屋,才不算白活一辈子。"其实,每个有出息的农民都有一个瓦屋梦。父亲准备了四十年,直到进入老境,才盖起瓦屋。那过程,比高晓声的李顺大造屋还艰难十倍,陆续积存的每片灰瓦都浸透血汗。

　　瓦屋落成时,我早已在城里工作。那年夏天,还乡小住,适逢连阴雨。日夜听雨声,听得我百感交集,几乎想做一首歌行体的长诗。原来住草屋,雨落房坡,声响有时凄厉,有时沉闷,似哀号,似啜泣,似无奈的叹息。而瓦上的雨声,无论疏密轻重,皆如音乐,像亿万颗银做的豆豆儿,打击陶瓷的器皿,时而急促,时而舒缓,时而空出了休止符,奏一阕音韵和谐的长长的歌,宛若贝多芬的第六交响曲《田园》。顺瓦檐而下的雨水,或点点滴滴均匀而坠,或丝丝缕缕连绵而降,落入门前一排砸出的水坑儿,或如大珠小珠落玉盘,或如锦瑟无端五十弦。我在雨声中读赵景深所著《中国文学小史》,依稀觉得,唐诗宋词都有雨落瓦屋的韵味,或者说,瓦屋雨声有唐诗宋词的节律。好的诗词也许都是在雨中的瓦屋所做(似乎只有杜甫的茅屋被秋风卷去三重茅草,才卷出了一首千古绝唱)。"文革"时,北大教授傅鹰挨斗的间歇,下意识地吟了一联李商隐的"一春梦雨常飘瓦,尽日灵风不满旗",立马遭到一场新的批判。批者和被批者都不知道批的理由。雨中的瓦哟,成了中国知识分子不灭的文化记忆,无意中就会流露出来。

当然,还有美丽的琉璃瓦。它们是瓦中的贵族,只能盖在帝王的宫殿,绝不会为草民百姓遮风挡雨。琉璃瓦下写不出好诗,如乾隆皇帝……

我家的新房建成前后,乡邻大都次第盖了瓦屋。这些年,又都扒掉瓦屋,建成了钢筋水泥结构的二层平顶小楼。只我家瓦屋依旧,却早已无人居住。清明节返乡扫墓,见瓦已老旧成了黛色,瓦垄已扭斜,瓦缝间干枯的狗尾草在风中摇曳。在村里,我家的房屋最低矮残破,是建筑群中的洼地。我决定长久保留它,直到成为"周同宾故居"。有朝一日物化,我的灵魂也要回家,乘着夜色,依依地绕屋三匝,切切地亲近那些瓦。当年找来为我焙药治病的那片缺角的瓦,怕早在岁月深处破碎,化为颗粒,化为细屑,回归泥土,影踪全无了。

晚年,蜗居高楼。楼顶阔大,却无片瓦。瓦已被现代化的建筑材料通通驱逐。单元楼里听雨声,听不出丝毫诗意。每念及此,总是怅然。

前不久,迷蒙秋雨中,在一家以瓦为装修主题的茶社喝茶。茶虽好,无心品,只亲亲地看周遭的瓦,看窗外潺潺的雨。瓦引我回到往昔,雨丝牵扯情思,一下子有很多话想说。于是乎,就有了这篇文章。

2011 年 11 月 6 日

陶

一

朋友送我一只汉墓中出土的陶钵,竖高 8 厘米,横宽 12 厘米,平底,阔肚,口稍收,铅灰色,灰得深厚,像沉积着两千年的时间,粘有泥渍,宛如黄昏将尽时的几丝残霞。置于架上,久久凝神看它,企望解读出几许来自往昔的信息,却不能,倒一再想起我的父老乡亲使用过的诸多陶器。

据说,11700 年前,新石器时代的先民就烧制出了陶器。那是人类第一次用天然物,按照自己的意志创造的新东西,在文明进化史上具有重要意义。一次次社会嬗变,一次次朝代更迭,直到我来到这个世界上,我的乡亲依然使用陶制的器皿。陶器有灰陶、黑陶、红陶、白陶、彩陶、釉陶等等多种,乡亲们使用的只是灰陶。灰陶质地最差,也最便宜。

陶很质朴,如质朴的庄稼人。陶很粗糙,如粗糙的农家生活。陶的颜色,像千百年的农耕岁月一样灰暗,难见璀璨。陶制品易碎,像乡村的平静很容易就被兵荒马乱横征暴敛打破一样。陶是黄土制成,这倒和土里生土里长、活着土里刨食、死后入土为安的农民般配。

陶器参与乡村的庸常生活,和农民的柴米油盐、劳作休憩、生老病死有丝丝缕缕关联。因此,就产生了许多故事。不知为何,牵涉陶器的故事大都沉重,有或浓或淡的悲剧意味。陶器里,满盛着生活的艰难,日子的辛酸,命运的悲苦,和世世代代毫无变化的无奈与尴尬。

二

陶,是文词儿,乡亲们不会说,全以瓦代之,管那些器物叫瓦盆、瓦罐、瓦缸、瓦坛、瓦瓮、瓦碗、瓦壶……陶器说成瓦器,就显得更寒碜,更世俗,更带底层生活的苦辣酸甜。

瓦器的多少,象征着财富的多少。农民的家产主要是粮食。打下的粮食,以及磨成的面、碾出的米、磨一遍舍不得去皮的玉米糁、喂猪的粗糠、喂牛的豌豆料、喂鸡的秕谷烂豆,都放在瓦缸、瓦罐、瓦盆里。东庄孙家,是财主,乡亲们常提起:"孙员外家有十八个瓦瓮盛粮食,盖儿一盖,两块土坯一压,虫不咬,鸡不叨,老鼠不糟蹋。啧啧,噫噫……"说着眼里放光,艳羡不已。媒婆来给西院二姑说婆家,介绍男方,特别指出:"人家屋里一拉溜摆七八口瓦缸,盛的粮食都陈了多年了。"显然这家富有,很快就成了婚事。柱儿叔弟兄俩请老舅来分家（请老舅，是规矩，因为他和外甥一般远近，不会偏向谁），所有财物——包括半布袋淋了雨出了牙又晒干的大麦，一草筐棉壳，一葫芦倭瓜子，一团滥套子——都平分均匀后，还有一个和面的小号瓦盆，弟兄俩都想要，一下子争起来，眼看会打架。老舅掂起瓦盆，一摔稀碎。两人都不争了，都说老舅分得公平。

数量最多的是瓦碗，各家都有一摞两摞，搁在灶台靠墙的一边，或者切菜的案板上。那碗，使久了，水浸盐渍，都沉甸甸的，黑黝黝的，好似铁铸，而且，无数次用手和嘴摩擦摩挲，也变得光滑，不再涩涩地糙手糙嘴。那种碗，盛上放了红薯疙瘩的玉米糁糊糊，或者搅了高粱面的芝麻叶绿豆面条，很相称，吃起来应当有古典的感觉和乡土的风味。乡民却不会有那种感觉，也吃不出那种风味。他们只知道，祖祖辈辈就用这种碗吃饭，祖祖辈辈都吃这种饭。粗劣的餐具盛粗劣的饭食，养活一代代人，从小到大，从老到死。平平常常中，延续着一代代庄稼人的平平凡凡。

多数人家没有盛菜盘子，平时也不炒菜，为配饭捣碎的辣椒，凉调的萝卜丝，自己做的豆豉和自己晒的面酱，都盛在碗里，或者瓢里。来客了，炒的菜也放在碗里（所以，走亲戚回来，村人常问："做几碗菜？"从不问做几盘菜）。来了贵客，比如第一次走丈人家的女婿，第一次走闺女家的亲家，才借盘子。财主家有八个磁盘，细而白，描金边，都不敢去借，怕弄破赔不起。七奶奶家也有，粗瓷的，画了大红大绿的花草，其中几个已有裂纹，钉了黄铜的疤。七奶奶人好,谁借都给;用罢还盘子时,都把为客人烙的饼馍给她送两张。如果娶媳妇大待客,办酒席,就要租赁盘、碟、碗、匙、酒杯和筷子。东庄有一家专门出租这些餐具,租一桌用一天二升玉米。餐具里必有一套半大的瓦碗,那是用来蒸条子肉的。最肥的大肉切成一指宽的条状,码进碗里,放上佐料,蒸半个时辰揭开蒸笼端上桌,冒着肉香的热气直冲人。食客拿筷子夹起来一闪一闪,吃进口香得噎嗓子,满嘴满肚子都是香的。那东西最解馋,可每人只能吃一条,想再吃,碗里仅剩衬底的干菜了。因为吸收了肉油,那干菜也香。瓦碗一次一次蒸大肉,浸透了肥油,凝固出一层厚厚的油渍,摸着沾手。租赁餐具时,看见瓦碗是新的,或者还没浸出油,就觉得要吃亏,因为自家的油浸进了别人的碗。杠子二伯娶儿媳待客,厨子做条子肉时,大肉不够了,就把萝卜切成条状,码进碗里蒸,多蒸了半个时辰,结果那萝卜吃着也有条子肉味。杠子二伯暗自高兴,因为沾了别人的光。

乡亲们吃饭的瓦碗永远不会透出香气,只有馊味、霉味、泔水味。那是浸入的饭汤年深月久沤出的滋味,很难闻,败胃口。可都习惯了,早就感觉不到有什么味了。乡下人吃饭本来就不讲究味道,缺油少盐的,哪来味道;本来就没有品咂味道的习惯,吃饭就是为了填饱肚子不饿。

其实,瓦碗里透出的是穷日子的苦味。苦久了,就不觉其苦。

三

过苦日子,一天也离不开瓦盆瓦罐。农家生活的交响曲,全靠瓦器演奏。乐曲是平淡的。平淡中,有三分自得,七分凄惶。

七奶奶的和面盆,四号的,在瓦盆中最小。用这盆和绿豆面擀面条,从当小媳妇,到当老奶奶,和了四十年,擀了四十年,满头青丝变成稀疏白发,桃花儿似的一脸红润变成桃核儿似的满面褶皱。人老了,瓦盆依旧。她擀的面条,金丝儿一般细长,盛碗里筷子一挑,颤悠悠的,卜溜溜吃进嘴,特别耐嚼。她的面条全村有名。套子大伯会扎筶帚,用脱了粒的高粱穗扎成的筶帚,既有样,又好使。七奶奶请他给闺女扎几把,管他吃一顿面条,吃罢,逢人就夸七奶奶的面条好,一辈子没吃过那么好的面条。七奶奶说,不是面条好,是面和得好,面和得好是因为和面的盆好。那瓦盆,用了几十年,外边沾满面疙痂,里边却又瓷又光,和了面手抓面团一擦,干干净净,再反复揉,越揉面越筋道。想不到邻家三嫂借去和面做锅饼,一用力,底掉了。赔一个新盆,七奶奶再和面,别扭得很,不是面多,就是面少,不是太硬,就是太软,越揉,盆里沾面越多。老人家懊丧不已,再也擀不出好吃耐嚼的面条了。

老广弟兄三个都是大肚汉,他们家的饭碗就特别大。村里有个说法,说"四大":"柱子家的屁股狗子家的脸,老匡家的烟锅老广家的碗。"——柱子女人屁股大,像扣了个筛面的笸箩,据说屁股大的媳妇生娃多,可她一个也没生,男人骂她是"劁货";狗子女人脸大,而且又圆又黑,像使了十年的锅盖,嘴、眼都小,像用指甲掐上的,据说脸大是富态,可她穷得麻绳束腰;老匡家烟锅大,小瓢似的,爷儿三个烟瘾都毒,抓一把老烟叶按进烟锅,点着后你一锅我一锅轮着吸,屋里狼烟滚滚,像用干牛粪熏黄鼠狼;老广家的碗赛似小盆子,不管饭稀稠,都喝三四碗,不然,楦不起肚子,一碗碗喝下去,像灌老鼠洞。那种碗,土名"咯喽",平时没人卖,是在庙会上买的。老广哥儿仨,都活到1960年,饥荒中,一齐饿死。

顺子爷的房子,山黄草苫的顶,多年没翻修,已朽成薄薄一层,长了一坨坨苔藓,一棵棵黄瘦的草。公鸡领着母鸡飞上找食儿吃,一抓一挠,扒出了窟窿。夜里,睡床上能看见星星。一下雨,就漏了,雨水点点滴滴向下掉。他就把瓦缸瓦盆瓦罐瓦碗都摆床上地上接水,连尿壶、断了襻儿的茶壶也都使上。水珠儿落下,叮叮咚咚响。顺子爷是趣人儿,不会发愁,站在屋里,听着水声,竟拍着胯骨,有板有眼地唱曲子戏:

王宝钏坐寒窑思思想想,
想起了平贵夫泪流两行……

其实,他的草屋还不如王宝钏的寒窑哩。寒窑再破,也不漏雨。王宝钏再穷,还有盼头,盼薛平贵归来。他一个光棍儿汉,盼啥?

老旺奶家那口瓦缸,牛腰粗,半人高,沾满陈年的污垢,是家中的重要物件,且有历史价值和纪念价值。说是四十年前,她过门后,崔二蛋的杆子正厉害,常掂着土枪、三眼铳进村,抢东西,糟蹋女人。穷人家没珍贵财产,顶多抢走粮食、被褥。但稍有眉眼的媳妇、闺女必须提防,听说杆子要来,或者跑出村钻进庄稼地(紧急中,女人家往往跑不动,跑慢了还会被追上),或者连忙手伸灶里抓把锅底的黑灰,抹脸抹脖子,抹得黑而丑。老旺奶当年漂亮,脸皮细白,像鸡蛋的二层皮儿,眉毛窄窄的、弯弯的,像初二三的月牙儿。那次,杆子到了大门外,听到村里的锣声才知道。慌忙中,老旺爷让她蹲进那口大缸,顺手把两筐淋雨发霉的红薯干倒进去,刚好盖严头顶。杆子进屋,看看没东西可拿,只骂一声,掂走了梁上吊的一块腊肉。多年后,老旺爷提起这事还说老旺奶:"要不是这缸,崔二蛋早把你拉去当上压寨夫人了。"老旺奶一死,那缸也平白无故破了,破成一堆碎瓦片。乡亲们说,老人家把瓦缸带走了。

厮守着瓦器一辈子,临死也不想离开。民谚说:"金窝银窝,不如自家的穷窝;金碗银碗,不如自家的瓦碗。"敝帚自珍,安于现状,似乎从来就没想到过变革,这就更加可悲可怜。

四

想不到一件瓦器也能要一个人的命。瓦器贱,草木之人的命也不值钱。这些事,说起来只能叫人叹息唏嘘。

龙大奶家,28亩地,有牛,还有拉磨的驴,算是富户。可也只有当家的老爷子吃饭使瓷碗。那碗,青白色,勾一圈靛蓝的边,出在古代烧制钧瓷的禹州。入腊月,才有人推独轮车叫卖,很贵,一升玉米换一个。别人都使瓦碗。大年初一清早,放罢鞭炮敬罢神,全家人吃饺子。小儿子的童养媳端碗出灶屋,不小心绊了拦门杠(过年时怕野鬼进屋,门口都放一根木棍,那叫拦门杠),摔一跟头,摔破了碗,饺子掉一地。皇年大节破了财,大不吉利。全家人都训斥她,还没拜堂的丈夫抄起拦门杠就要打。她哭着跑了,跑出大门,跑到村边,一头扎进菜园里的辘轳井,淹死了。捞出来后,冻成了硬邦邦的冰人儿。当时,大雪下得正猛,不一会儿,就遮盖了她瘦弱的身体,也掩埋了无处诉说的委屈。交新年,她才刚刚13岁。打碎一个瓦碗,同时也残酷地了结了一个小女子的短短人生。那种碗,出在18里外的汪家窑,卖瓦盆瓦罐的用上翘的扁担挑着,经常来叫卖,一升玉米能换四个。

冒五爷的便壶,使了30年,从能扛百多斤豌豆的壮年,到脊背弯成一张弓的老翁,一直使,越老越离不了。那东西,刚买来时是瓦蓝色,渐渐变灰,变黑,最后变成了酽酽的荸荠色,里面结了厚厚的白霜,襻儿上手掐的地方磨得明亮。夜里,放床下,伸手就能提进被窝,不费力,不受冻。他说,没女人也得有便壶,女人能给你暖脚,不会替你撒尿。白天,搁院墙上特意留的洞里,睡觉前最重要的事情就是拿尿壶。去闺女家,打算住几天,也切切地用蓝布单子包了提上。有个偏方,说尿壶里的凝结物能治女人不会生孩子。有人买个新壶想换,他不换,说,这便壶是汪家窑的老窑匠烧的,活儿好,麦秸火烧三天三夜,熄火后焖三天三夜,出窑前井水泼三遍,再洇三天三夜。出了窑看着像熟铁打的,敲着有铜音儿。结实,使到老死也不会漏。老窑匠早死了,如今年轻人做的窑货,都像是纸糊的,不耐用。谁知,突然有一日,临睡前去提,好端端地竟破了,破成了八瓣儿——据说,是他孙子去邻家看娶媳妇,拾一个大炮,回来放,点着丢进尿壶,听到一声闷响,就把冒五爷的宝贝崩烂了。这恶作剧,没人敢告诉老人——那一夜,老爷子通宵无眠,越是没了便壶,越想撒尿,一次次起床,就冻出了病。每个夜晚都难熬,心里的煎熬比身上的病还重。想再买一个,可儿子去黑头山修水库,多天不回来,又不好给媳妇说,终于一病不起,痛苦地死了,死时,带着一个好大的遗憾。

记得,一个莲花落艺人唱过一段词儿:

庄稼人,是瓦缸,
缸里装的秕谷糠。
庄稼人,是瓦罐,
罐里装的红薯面。
庄稼人,是瓦碗,
碗里的稀饭照见脸……
饥饥荒荒度春秋,
老盆一摔万事休。

人一生使破好多好多瓦器。我记得,龙大奶家的院子大,总有亩把地,长几棵弯腰的老枣树,干上生了瘿状疙瘩的老槐树。院墙

陶　　223

是泥垛子打的,墙头扣满瓦缸、瓦盆、瓦罐、瓦碗的碎片,雨冲风扫,十分干净,露出了陶制品本来的颜色,蜗牛在上面爬了银色的印儿,纵纵横横、蜿蜒曲折。那些碎片应是几十年来陆续扣上去的。陶片挡雨,泥巴墙几十年不倒。作为老盆的那个不大的瓦盆,是人一辈子消耗的最后一件瓦器。不过,不是本人使破的,是别人摔碎的,而且越碎越好。摔老盆,是乡村葬礼中的大事。外地,是孝子摔,摔老盆象征着财产继承的完成。我故乡,是孝子的老舅摔,如果没有老舅,则由族中的最年长者摔,摔老盆意味着宣告死者的一辈子已经结束,永远告别了使用终生的瓦器和瓦器一样的人生。

五

1958 年,成立"人民公社"后,经过"大跃进""食堂化",农民家里没了锅灶,没了床,没了桌椅箱柜,甚至连屋门也摘去送进了炼钢炉。私人物品就只剩身上穿的衣裳,和随身带的打饭吃饭的瓦罐瓦碗。瓦盆、瓦缸、瓦瓮等等,因为没了用处,更因为主人成天在外"大炼钢铁""兴修水利""深翻改土",集体食宿,久不回家,成了无主物,就渐渐没了影踪。没了人,没了家具器皿,更没了米面柴草,农家四壁空空,没了人间的烟火味和持续千年的生活气息。

办起食堂后,乡亲们确实吃过几天饱饭。玉米面、高粱面掺和一起蒸的杠子馍,每人每顿一个,蒸熟的红薯堆在箩筐里,抬到当院里,尽管随意吃,白菜帮子、芝麻叶做成的咸汤,想喝几碗喝几碗。老广弟兄仨,那一段最高兴,肚子吃得鼓鼓的,像扣上一口二号瓦盆。每日三餐,一敲钟(不是钟,是吊在墙上的生铁铸的半个车轱辘),男女老少就掂上瓦罐,拿上瓦碗,从四面八方走向食堂,吃罢,手背把嘴一擦,继续去"跃进"。当时,有一首"大跃进民歌",虽不是佳作,却流传甚广:

> 公社办起大食堂,
> 大锅做饭分外香。
> 大米干饭浇鱼汤,
> 筷子一挑嘴一张。

"大跃进民歌"的特点是太夸张,或者说吹牛皮。我们村的食堂从未做过大米饭,乡亲们的瓦碗也从未在食堂沾过鱼的腥气。只有一次,死了一头老掉牙的瘦牛,熬一大锅汤,幸运者在瓦碗里可以捞出一片两片百嚼不烂的肉。

不久,就不能敞开肚皮吃了。馍饭都定量,红薯论秤称。而且,馍越来越小,饭越来越稀,红薯终于吃光。后来,只能清水煮野菜。最后,烟囱不再冒烟……

1960年早春,在一座曾以出产做石磨的赭红色石头著名的小山前,我见识了一次万人大食堂的开饭场面。食堂办在山神庙里,并不宽大的大殿四周,支十几口大锅。没有烟囱,只在墙上挖个窟窿出烟。白的蒸汽和黑的炊烟搅和一起,模糊了庙宇的青砖碧瓦和五脊六兽。吃饭先排队，不是人排队，是瓦罐排队。据说，为了杜绝炊事员偏向自己的亲人和熟人，多打饭或打稠饭，才想出这个办法。但见庙前的开阔地上，瓦罐摆了几十行，每行都有几百个。我发现，能干活的男女劳力的瓦罐摆在开阔地的东部，老人、儿童的，则在西部，中间隔一条牛车路。我平生唯一一次见到这么多瓦罐，大大小小，形形色色，有的碰了豁口，有的掉了穿提绳的鼻儿，有的破了后用绳子缀紧了裂纹。炊事员用木桶担来了午饭，用瓢舀进罐里。路东边的，每罐两瓢；路西边的，每罐一瓢。饭是黑黄色的汤，或许是黑豆面掺玉米面做的，不稠，下有从地里扫来的干红薯叶，不多。这顿午饭，只有这两瓢或一瓢稀汤，没别的。待所有的瓦罐里都舀进了汤，大殿屋脊上的大喇叭里传出一个操男人腔的女人的声音："开饭喽！"人们走近各自的瓦罐，急急地捧起就喝。顿时，开阔地上一片呼呼噜噜的响声。很快，都把瓦罐喝个底朝天，且久久举空中，等罐底的汤水点点滴进嘴，而后，手伸罐内，刮罐壁上沾的残余，再嘬嘴里。吃罢饭散去，都步履蹒跚……看着这般情景，我心里直酸，想哭，虽然大喇叭里正唱着激昂的歌。

嗣后，那无数个摆成长队的瓦罐常常在我脑海浮现，又仿佛变成了一块块沉沉的砖头，重重压在心上。

六

陶，一个古色古香的词儿。但一具体为我的父老乡亲所用的那些器皿,就立马显得粗陋、寒酸。陶器伴随的是穷困,是粗茶淡饭,是清汤寡水,是食不果腹。

乡下人使用陶器的历史,是一部伤心史。

这部伤心史延续的时间太长。

正在写这篇文章时候,有客自故乡来,我问:"汪家窑是不是还烧窑货?"答:"去年熄火了。当然,各家都还有几个瓦盆瓦罐。等使烂,就没了。四猴家因为超生两胎,罚成了穷光蛋,娃子一大群,使还是瓦碗,咱那儿叫黑尿泥碗,快成文物了。四猴就是冒五爷的孙子嘛。冒五爷就是当年那个提着便壶走亲戚的倔老头嘛。"

我的乡亲们终于即将告别"陶器时代"。这是个好消息。

2009 年 2 月 21 日写毕

再读齐白石

　　1994年9月,写过一组《读齐白石》。其实,我常常读齐白石。累了,烦了,就翻开老人家的画册。一进入画,就回到土地,回到自然,回到儿时的农村,几十年堆积的庸俗、卑劣,通通留在画外,我依然是一个稚气未脱的娃娃,牧牛、拾柴、割草之余,只知道玩耍。看画是精神还乡,是重拾早已消失的旧梦,是回到我生命的出发地做一次短暂逗留;一番盘桓,身心都舒服。

　　读齐白石,曾想起我爷爷。白石老人和我爷爷都是农民,都当过木匠。所不同者,齐白石终成大画家,我爷爷则种一辈子庄稼,从未摸过纸笔,而且是一个手艺很差的木匠,只会做粗笨的小板凳和七根横撑的木床。还有,齐白石长寿,我读中学时,他仍健在;我爷爷早死,我出生时,他坟头的荒草已经青青黄黄了二十次。读齐白石,还想起我父亲。父亲农活做得好,能用犁耧锄耙在黑土地上画出美丽的画,却连自己的名字也不认识。父亲和齐白石倒有一点关联——1954年(那时还没有农业合作化），突地来个"统购统销"，要农民把余粮卖给国家，甚至连口粮也必得卖掉。卖粮只给一部分钱，另给一些杂货，其中有一个搪瓷盆（那时管搪瓷叫洋瓷），它的价值相当于一斗小麦。父亲认为实在不划算，不要又不行，这个洋瓷盆比几十个瓦盆还贵。有史以来，家里和面、洗脸、淘菜、晒酱、做豆豉，都用瓦盆。洋瓷盆是我家唯一的奢侈品，平时不用，只有来了贵客，才取出盛水让客人洗手擦脸。盆底画有五只虾，写有"白石老人"四个字，还有一方红印，印文"齐大"（那个篆书的"齐"字，当时我不认识，只记住了模样，后来才知道）。盆里有了水，那虾格外生动，父亲看见了，说："画的跟活的一样。"那似乎是父亲一生中仅有的一句艺术评论。赞美了画，他并不知道齐白石是谁。有一次，鸡飞上神台（那里已不敬神，换上了毛主席像），蹬翻搪瓷盆，摔在铡刀上，碰掉一片瓷，全家人都心疼。1958年"大跃进"，为支援"钢铁元帅升帐"，农民家一切铁制品都被村干部搜去炼钢。母亲把搪瓷盆藏在灶房的碎柴里，也被翻出，砸扁，带走，充其量它只有半斤铁。从此，我家和齐白石的唯一联系没了。

那五只虾一直活在我心里。那是我读齐白石的开始。

《桑叶昆虫》

老桑树斜斜垂下一枝，枝又分权。枝枝权权都遒劲，瘦硬中透出绵柔。多数枝头空了，仅三处共留七片叶，上面两簇，两片，三片，下面两片一正一偏，不相挨却相顾相呼。这是蚕事已毕剩余的叶子。蚕已老,或许早结茧成蛹,正静静等待生命轮回。这七片叶没缘分变成丝,被织进绸缎,只好长老,长出丝一样的脉络,在西风里呈现斑斓,把逐渐浓重的秋色装扮,点染。

立即就想起我家的老桑树。它长在大门外的粪坑边,干粗皮裂,虫蛀出许多洞洞,流红水儿,似血,枝叶却繁茂,一树浓荫,日头晒不透。上搭三个乌鸦窝,一高两低像品字。还有别的鸟窝,都小,遮掩在阔叶间。是棵白桑,桑葚嫩白,熟时稍稍发黄,忒甜,不像紫桑葚,太酸,吃后还会把嘴唇染乌。恰恰有一枝,特特伸向大门口,弯弯的,几乎蹭了地。那枝上的桑葚总是最先被我摘光。疑心画家描绘的正是那枝。每年,母亲养蚕一席,为了缫丝绣花。仅接近地面的桑叶就能让蚕吃到大眠。母亲采桑叶,从不掐光,总留一些守住枝头。那一枝上,或许有一年就正好留了七片。我采蚕叶往往腰束一条绳,绳上系竹篮,一蹿一蹿爬树,爬越高越得意。一上树就惊动鸟,乌鸦齐声鸣哇,聒得耳朵直麻,连黄鹂的叫声也没了平时的婉转,而变得尖利粗暴。不管鸟们一同骂我,只顾看黄鹂巢里青白色的有褐色斑点的蛋,从老鸟下蛋一直看到小鸟出窝。我是一半儿好奇,一半儿关心,鸟儿却不理解。

"大炼钢铁"运动中,老桑树被伐,锯成一段一段,扔进"土高炉"。树没了,鸟没了,桑葚没了,叶没了,蚕没了,五彩丝线绣成的花花草草,也从娃娃妞妞的兜肚儿和大姑娘小媳妇的鞋帮儿上黯然消失。老桑树真老,奶奶说,她做小媳妇时就是那么粗。还说,李闯王造反时从村里过,在树上拴过马,马啃掉一块树皮,留的疤她还见过。活了几百年的树,顷刻间就化灰化烟化为无,一丝半点影响也没留……如今才发现,那一枝还在,活在齐白石的画里,幸存的七片叶犹是旧时颜色。陪伴这一枝的,还有一只蝉,伏于丫杈,一只蚱蜢,趴于地面,一只蝴蝶和一只蜻蜓,在空中面向桑枝翩跹,皆为我故乡常见之虫儿,我童年常想亲近又不易亲近的玩伴。乍重逢,心里一热一热,阔别半个世纪,它们依然如故。我虽两鬓皤然,却一下子找回了光屁股时代的感觉。蓦地又想起父亲。父亲当然也常见这些虫儿,总是熟视无睹,从不会把它们当作审美对象。父亲太忙、太累、太苦,缺乏艺术素养更没有闲情逸致。土里刨食的农民不只是物质贫困。

四只虫儿飞进画,爬进画,恰恰停在那么合适的位置,整幅画就活跃着一汪丰盈的宁静,隽永的生动,天造地设的无边和谐。眼看画,心入画,无意间,城市的龌龊落于身上的积尘,刻于心上的伤痕,仿佛渐渐消散,浅淡。我一向尊崇的画家吴冠中先生,写过很多好文章,却说了一句错话:"一百个齐白石也抵不上一个鲁迅。"我们需要鲁迅,也需要齐白石(当然还需要将国画和西画杂交出新气象的吴冠中)。普通百姓似乎更需要齐白石,需要到他老人家那里去休息、去愉悦,舒缓被生活折腾得疲惫的身心。声言并坚持"我是要战斗,到死才完了"的鲁迅,只有一位可矣。作家王蒙有言:"文坛上有一个鲁迅是非常伟大的事。如果有五十个鲁迅,我的天!"我理解王蒙何以惊悚。如果有五十个齐白石呢?我相信王蒙不会怕得呼天叫地。

《柴筢》

竖幅的画面上,立一柄竹筢子,应是斜倚星塘老屋门外的泥巴墙上。只是暂时休息,使用的人不一定休息,或许牧牛去了。柴筢已老旧,老出了历史感,旧出了沧桑感。七根筢齿虽仍呈钩状,早没了竹的光鲜,岁月把它销蚀得灰暗。长长的筢把梢头微翘,搂起柴来,既适合孩子的身高,又和地面造成恰当的夹角,设计者也算匠心独运;微翘处被儿童的手一日日磨得滑溜,仿佛闪光。柴米油盐柴居首,可见烧火做饭的柴草殊为重要。谷物的秸秆要喂牛驴,灶下的燃料就必须去拾去搂。搂柴就要用筢子。少年齐白石(当然那时没有齐白石,只有农家子阿芝),常干这活儿。题画诗道:

> 似爪不似龙与鹰,
>
> 枝枯筢烂七钱轻。
>
> 入山不取丝毫碧,
>
> 过草如梳鬓发青。
>
> 遍地松针衡岳路,
>
> 半林枫叶麓山亭。
>
> 儿童相聚常嬉戏,
>
> 并欲争骑竹马行。

搂柴入诗,这应是中国诗歌史上的第一次(竹筢入画似也是美术史上第一次）。搂柴竟也搂出诗意。草木葱茏,诗也葱茏。童心亦即诗心,对山间一切都付与拳拳真情。诗中有注:"余小时买筢于东邻,七齿者需钱七文。"诗里画里的竹筢,正是那七文钱买的。买时尚在髫龄,画时已成老翁。当初用它搂松针,而今只能用它梳理绵绵长长的纷纷乡思,越梳越乱,越梳越牵绊,撩拨得一颗心早飞回八千里外的杏子坞、星斗塘、借山吟馆。枫叶又红,松针又落,纵然有筢,再也搂不得……

　　少时我也搂柴,柴筢也是七齿,乃祖母拿一升高粱换的(那时早不用铜钱,纸币如同废纸,乡村的交易皆以物易物),筢把也微翘,却是枣木的。湖南不出枣,不知道齐家柴筢的长把是何种木头所制,光溜溜的感觉应和我的柴筢一样。我老家只有中原的杂树楝、杨、榆、槐等等,搂的是阔叶,没有松针。北方地寒,搂柴时草木已枯,青碧不再,搂出的只有萧索。往往,一夜北风,黄叶飘零,林中地上遍铺厚厚一层,还时不时地有三片五片迟迟辞别枝头,翻飞旋转,悠悠地翩然而下。孩子们都去搂树叶,边搂边玩,最常玩的游戏是将筢把夹两腿间趸圈子跑,一手掌柴筢,一手做打马状,嘴里一遍遍叫着:"嘚儿,嘚儿,驾。"柴筢是工具也是玩具。还常念一首儿歌:

　　　南山坡,
　　　树叶落,
　　　妞们娃们搂柴火。
　　　一搂搂了一笸箩,

点火烧锅熬汤喝。

喝了三碗还嫌饿，

骑上马，找外婆，

外婆给我烙油馍。

湘潭和南阳，相隔千里遥，乡下孩子都把搂柴的竹箅当马骑，地域有别，童心则一。只不过我们在嬉戏时却想到了饿和吃食，可见北方农村更穷。

白石老人长我八十岁，他搂柴应是百余年前的事，可他的柴箅而今犹在，仍絮絮地述说着往昔，时间把一切困窘和欢乐都酿成了农家的米酒，当初的苦，现在也变甜。我的柴箅呢？老家房舍还在，器物已经星散，那把柴箅也许在某个旮旯里早就朽烂寂灭。我就只能借齐白石的柴箅来搂岁月深处的落叶，收拢家园的系念，和粘连着故土的千丝万缕依恋。

《溪桥归豕图》

猪乃尘世俗物，古来就不曾跑上素洁的宣纸。传统的文人画从不画猪，怕猪玷污了他们的清高和逸雅。这正显出了画家的酸腐和虚伪，也暴露了他们的无能，压根儿就没本事画猪，吃过猪肉，没见过猪走，老祖宗的传统中没有画猪的技法，怎能发现猪之美？怎能画出猪的肥壮和雍容？

只庄稼人出身的齐白石画猪，一画再画。一幅《游豕图》的题跋道:"曾牧星塘屋后。"所画之猪亦即所牧之猪,猪和人之间,关系亲亲的,画猪就是为孩提时代的伙伴传神写照,于是,心头生爱意,笔端带情感,猪们就活泼泼跃然纸上了。作为畜生的猪顷刻间成了意蕴丰厚的审美对象。

看这帧《溪桥归豕图》。

一头老猪,带领四只小猪——不是四只,应还有三只五只,眼下尚未走进画里——正从野外回家。前头一条小河,弯成括弧状,水流平缓,波纹漾漾似鱼鳞。一道木板上铺了泥土的长桥横卧水面,像一条带子将河拦腰一束,站立水中支桥的木桩如英文的大写H。母猪已上桥,步履稳健,尾巴有节奏地左右摆动,小猪不成队形,有的蹿,有的跳,有的撒欢,调皮若顽童,红日西沉,暮色渐重,难道还没玩耍尽兴? 此刻,我仿佛听到水声淙淙,风声簌簌,老猪叫声浑厚且带颤音,猪崽的奶腔嫩嫩的, 如牙牙学语的娃娃。还听到远方传来的女主人的呼唤,"啰——啰啰啰",悠长温婉,甚是亲昵。小溪那畔,杨柳岸竹篱茅舍,依稀可见一缕炊烟在树梢袅娜。那是人的家,也是猪的家。庄稼人养的禽畜,都是家庭成员。人和动物一起,搅和凡俗生活,把清寒的日子搅和得暖暖的,搅和出的滋味长长的。

这是村头一景,既寻常而又美丽,是写实也是写史。

我放过牛驴,没放过猪。我家养猪,只养一头,从小到大都是在家吃了食儿自己出门游走,饿了或跑累了就哼哼唧唧回来,唱一路小曲儿。猪的歌唱和牛哞、驴叫、鸡鸣、狗吠、鸟啼、虫吟,一起构成乡村的交响乐,千百年延续不息。

我写农村的文章连篇累牍，回首检点，竟没一篇写猪。下意识里，我也鄙视猪，起码忽视猪。我和那些画家害同一毛病。我忘记了读中学时交学费、换菜票、第一次买钢笔（那钢笔粗而大，如小棒槌，"人民牌"的，价三角），用的都是卖猪的钱。有一年，猪才半大，正长膘，就卖了，屠夫赶走时，母亲暗自拭泪。那猪好啊，刷锅水拌秕糠也吃得香，即便跑再远，母亲一呼叫，就兴高采烈颠儿颠儿跑回，一路叫声清脆。见主人先摇头摆尾，做撒娇状，而后才走近盛食儿的瓦盆，边呼噜噜鼻子吹出气泡儿，边咕咚咕咚大口吞。家人院里吃饭，碗都放地上（乡巴佬没有阖家围桌就餐的习惯，只有来了客人，才在堂屋置桌椅，摆菜肴），猪从不走近，放下碗去灶屋拿馍，碰巧它从大门外回来也总要绕道，避开饭菜。人吐下红薯皮，说声"你吃吧"，它才趋前捡起。这猪优点有一百个，为急用钱不能不狠心卖掉。

　　为给这篇作品添点文采，想引用一首古人咏猪的诗，搜肠刮肚，苦思不得，翻遍家藏典籍，竟也一句难觅。大小诗人都不写猪，生怕这下贱的畜生践踏了诗的平仄，败坏了诗的韵致。说猪肉的倒有几首，苏东坡还喜滋滋做了《猪肉颂》，歌唱黄州的猪肉。猪肉不是猪。肉是食品，猪是生灵。只听说写了四万多首诗却不算诗人的乾隆爷有一句"夕阳芳草见游猪"，绝非佳句，可也难得。就凭这七个字，我对这位皇帝也不禁产生一丝敬意。

　　　　　　　　　　　　　　2006 年 2 月 26 日于南阳豆斋

常忆当年夜读时

我存钱很少,存书却多。去年更新书架,自己设计,请木匠定做,不讲式样,只为多装书,装了八架,仍未装完,书房已无位置,剩下的只好另找地方堆着码着。还要时时添些新书,新来者总无藏身之地。书多,认真读过的不多。曾做一诗自嘲,内有一联道:"偶有闲情漫饮酒,常无目的乱翻书。"如今读书,多是"随便翻翻"(鲁迅语)。年来记性大减,老是过目即忘,即便锦绣文章,精美语言,读后也印象模糊。何况,仅少数书被我翻过,多数书都留给蠹鱼去钻研。因此,又有两句诗说:"图书满架闲陪我,常忆当年夜读时。"

当年自己无书,却连明彻夜读了许多书。

1956年,升入高中,正赶上语文分为文学、汉语两门功课。文学课本编得好,前四本是中国古典文学,从《诗经》到晚清小说,后两本是现当代文学和外国文学。教文学的魏元朴老师一肚子学问。据说他从不备课,也不写教案,只带一本教科书和两节粉笔上课,却讲出了丰富多彩,生动活泼。文学课成了醉人的艺术欣赏课。不只讲授教材,还发很多油印的补充材料,更介绍大量文学书,让学生课外阅读。我已爱上文学,听魏老师的课使我更加痴迷,就拼命读书。自己手中除了课本没别的书,就去图书馆借。管图书的张老师偏爱我,别人一次只准借一本,我可一次借三本。一次,想看《楚辞》,他问了句:"能懂吗?"便从书架顶端取下那本只供教师用的线装书,掸去灰尘,笑笑,双手托给我。

当时住在外婆家。忘不了临街那座古旧的小楼,圆形的窗口。一放晚学回来,我就急急登楼,点亮玻璃瓶做的煤油灯,光晕摇曳中,当窗读书,常到夜阑更深,不知困倦饥寒。想到读罢必得归还,还了再读也难,就背就抄,切切地把好诗好文贮于心中,留在身边。曾七个晚上读完《红楼梦》,读到"苦绛珠魂归离恨天",眼泪滴湿书页;曾一夜抄完《女神》,抄着念叨着"我是一条天狗呀! 我把月来吞了,我把日来吞了","我不辜负你的殷勤,你也不要辜负了我的思量。我为我心爱的人儿,燃到了这般模样"。曾边抄边背《唐诗三百首》,《长恨歌》120句也背得顺溜。也读了鲁迅几乎所有的杂文集,并未读懂,却喜欢他那冷峻沉郁又好似不太流畅的语言,还时时把那些自认为有趣的话摘出记下,如"贾府上的焦大,也不爱林妹妹的。""叭儿狗往往比它的主人更严厉。""一见短袖子,立即想到白胳膊,立即想到全裸体,立即想到……"等等。那年头,学校里政治运动多,我因"白专道路",一再挨整,精神压抑,心情沉闷。可一回小楼,打开书本,就得到慰藉,感到温馨,像有一丝丝甘泉滋润了我受伤的心灵。

再是"文革"后期,因属"臭老九",发配农村"驻队"。白天劳动、开会,漫漫长夜难熬。时间只能靠书来打发。自己过去积存的书已所剩无几,那册劫余的《唐宋名家词选》,曾为我消除太多太多的枯寂和无聊。再无书读,就到处找书借书。"破四旧"的烈火,烧不尽世间好书;在那个无书的年代,我手边从未缺书。忘不了临河的那个荒村,村头的土墙小院,我在农家的厢房里,烛光下闭门读禁书。书是别人的,弄来不容易,读时就格外用心在意,就像饥饿时得到一个白面馍,不忍大口吞下,只愿细嚼慢咽,尽量延长享受的时间。那本钱钟书的《宋诗选注》,一连读了三遍。还有一本无头无尾无封皮的破书,也一页不漏读了,读得有滋有味;多年后才知道那是张爱玲的《金锁记》,二十世纪四十年代出版的。白天,干的是战天斗地,说的是批林批孔,满眼轰轰烈烈,心中空空荡荡;只到夜间,沉浸进书,才得到宁静,感到充实,觉得人生还有意思。在那个特殊的年代,我既没疯狂,也没沉沦,实乃书之功。

事情也真怪,越是无书时候,越是读书多,而且读得细。那时年轻,脑子不笨,读罢就能记住。如今肚里那点东西,大部分都是当年读的。有两句联语道:"书似看山常乱叠,灯如红豆最相思。"我十分怀念当年对灯夜读的情景。

前不久,去某县参加业余作者聚会,结识一位山乡青年。他迷恋文学,酷爱读书,却家庭贫困,未达温饱;无钱买书,就向别人借,借来连夜读,读时做摘录,房中无书,倒有一摞子读书笔记。有时没借来书,就背读过的书,自言自语一番,心中也很满足。谈话中,我发现他读过大量古今中外文学、哲学、史学名著,其中不少我还没翻过。我很感动,从他身上,似乎看见了当年的我。他让我在他笔记本上写几句话,我写的是:

寒舍孤灯,一窗澄明。
手抄口诵,得意忘形。
书室虽陋,腹笥却丰。
默想吟咏,其乐融融。

2001 年 1 月 14 日于南阳豆斋

驴上日记（之三）

解题

鲁迅先生有《马上日记》，且不止一组。其缘起是有所见闻，有所感触，"就马上写下来，马上寄出去"，以应付朋友迫切的约稿。他是大师，才思敏捷，稀松平常的事，也能马上做出好文章。按："马上"一词，有二义，一为本义马背上，《史记·郦生陆贾列传》："乃公马上而得之，安事诗书。"二为引申义，表示立即，《元曲选·陈州粜米》："爷有的就马上说了罢。"想古人用"马上"当副词做立刻、当即用时，马跑得最快；若是后人，就应说"飞机上""火箭上"了。

鲁迅是快手。

后生写家周同宾，也有些见闻感触，也要写下来，也想效法先生首创的形式，算是小巫学大巫。但器识、学养远不能望其项背，更没有下笔千言倚马可待的本事，且更无急急如律令的约稿,就只能慢慢来,不慌不忙地笔录。所以,这些豆腐账一般的东西只好名之为《驴上日记》,驴比马笨,也比马走得慢嘛。再,马乃家畜中之俊杰,驰骋疆场,东刺西杀,马背上骑的是英雄。鲁迅就被毛泽东谥为英雄。他马上作文,良有以也。毛泽东的诗词,也是"马背上哼成",乃大英雄也。而驴,则是畜类中的卑贱者,慢腾腾地拉了几千年石磨,且长期被"黔驴技穷""驴尾巴上吊棒槌"之类的成语、俗语嘲弄。驴还犟,并不老是听从主人驱使,叫它往东,有时偏偏往西;拽套时,累了还磨洋工,吾乡就有民谚说:"老驴进磨道,没屎就有尿。"不像马,即便喋血沙场,仍然忠于骑手。如果让英雄骑驴,是对英雄的侮辱。骑驴的是不得志的文人,和串亲戚的农家小媳妇。我倒喜欢驴(记得诗风并不质朴的余光中,竟也用质朴的诗句写过质朴的驴:"一切牲口里我最爱驴子"),喜欢它能和细民百姓一块儿过苦日子,甚至喜欢它的倔脾气。人没脾气,就是老好人、伪君子,就是孔夫子骂为"德之贼也"的乡愿。兽没脾气,只能沦为小猫小狗之类的宠物,轻飘飘的一生就没了分量。

总之,咱是慢手,又欣赏驴,正好"驴上"做文章。

10月7日

黎明醒来,听到鸡叫,很新鲜,甚至有点激动。居住城市几十年,久矣不闻鸡啼声。儿时在乡下,家家都养鸡。各家都有一只公鸡,一是让它领袖母鸡,二是打鸣儿。公鸡是农民的时钟,鸡叫三遍,就要起床,开始一天的劳作。鸡鸣犬吠,鸟啭虫吟,是乡村绵延千年的音乐(写到这里,忽想起明嘉靖年间寒士吴康斋的一句诗"养得雄鸡作凤看",足见穷苦人家对公鸡的珍视)。在城市听见鸡报晓,忽有回归田园之感,亲切而又温馨。把这些意思告诉妻,妻说,邻居家昨天买只活鸡,双翅双腿都绑着,扔在院里。今天中午就要杀了待客,待一个清洁队的队长,为的是求队长分配一段马路让邻家的女人扫,扫一个月两百元钱。听此言心里一凉,我那番联想真是匪夷所思。可怜那鸡,失去自由,死到临头,仍然按时啼鸣。

上午,去街头小诊所看病。小病,不必去公疗定点医院,不想被它狠宰。小诊所生意好,求医者坐满屋。等候中,听一群女人说闲话,说的都与病有关,这会儿正说瘫痪。一个女人说,她娘家妈卧床已经三年,腿脚不能动弹,百方使遍,治不好。另一个女人说,有个药方可以试试:螃蟹、鳖盖、地骨皮焙焦研碎,配黄酒喝。特别强调:螃蟹必先在没结婚的男人的早晨第一泡尿里泡,泡一天一夜才行。又一个女人说,还有一个方子:梧桐叶、陈套子怄成灰,掺男人用的便壶里结的尿霜,加醋团成枣大的丸,一日一丸。另一个女人说,陈套子可不好找。那女人说:"好找,我婆子的娘家嫂子,一条被子盖十八年没拆洗过,又臊又臭,套子都成了毡片片;给她条旧被子换来就行,那套子可真陈。"顺着这个话题,又一个女人说个故事——脱脚河(村名)有个女子,三岁时候,生场病,成了瘫子,也傻了,不识十个数。爹妈死后,跟着哥嫂。哥嫂嫌弃,没把她当成人,想推出去,一直找不到婆家。可巧,靠山的村里有个老光棍儿,四十几岁还没找来媳妇。经人一说,两家都同意。没送彩礼,没做新衣服,只去两个人用箩筐把那姑娘抬来,放一挂炮,就成亲了。后来,生两个娃,都特别聪明,都考上大学,有一个考上清华。第二个娃刚三岁那女的就死了。她男人也没把她当成人。众女人都为她叹息,说她命苦。

傍晚,外出散步。从一片居民楼间走,想走到人烟稀少的地方去。忽见一座刚刚落成的大厦下,路边撂一个石碌碡,半截陷进土里,上面溅些水泥,沾些石灰,近地面处,生了苔藓。正是打麦打谷的石碌碡。它的位置应在麦场里,或者送进农耕文明博物馆。待这里,和周围环境太不谐调。怕是不久,它就会被打碎垫路,或者推进旁边的石灰池里埋掉。真想为它写篇祭文。这里曾是乡村,这里曾有农田。那一切,都消失了。土壤依然肥沃,却被钢筋水泥造成的建筑物死死压在底下,永难再见天日。

不期遇见一位老同事,他想去郊外找一种叫蛤蟆皮的野草,给孙子治咳嗽。一块儿走,边走边聊。他说的一件事值得记下——一群农民去政府的接待室上访,反映村里账目不清,出卖土地的钱,村干部私分一部分,胡吃海喝花掉一部分,分给村民的只是个零头。村长家卖次废品,光酒瓶就卖了一架子车。群众要求清账,村委会会计在村里大骂三圈,最后蹿到带头要求清账的两户村民家,把饭锅都砸了。上访的农民说罢,还呈上一份按满指印的信。管接待的那位主任听完,慢声细语地说:"基层干部素质是不高哇，你们反映的问题可能是事实啊，这种问题下面不少哇，有些地方还很严重啊，是应该解决呀。但是啊……"说到这里，几个上访者齐声截住："你别'但是'，一'但是'，你就拐弯了，俺这事就黄了，就解决不了了。"……我听了不禁苦笑。多少事都坏在"但是"后，如法律条文中的"但书"，将会是另一种结局。乡下人或许经见多了，绝不听信"但是"后面的话。

10月8日

昨晚，读章诒和《往事并不如烟》，边读边感叹唏嘘，竟至11点钟才就寝。睡下听到从邻家传来古筝曲《渔舟唱晚》，不知是电视里的节目还是放的磁带，乐音颤飕飕的，摩挲得心头甜美。听着渔歌，想象着夕阳如橘，悠悠然没入沾染彩霞的江心，正可悠悠然入睡，或许能做一个美丽的梦呢。谁知，从另一家邻居，蓦地传来撞门声，那金属的大门一时间变作几十面大锣大镲，撞击出山呼海啸。同时，起码惊动十条狗狂吠，如临大敌，可嗓子吼，就把原本幽静的夜一下子咬个稀巴烂。在撞门声和狗叫声中，夹杂着一个男人的骂声，骂的话太脏，不好记下。许久，撞门声止，骂声更响，显然那男人进了院。哐啷一声，一定是踢翻了什么器皿。紧接着，一阵噼噼啪啪打人声，打出女人的哭声。女人哭着说句什么，男人骂道："老子就是喝酒了。老子不醉。老子喝醉也知道我是你女人，你是我男人。"那人确实醉了，话音里就带着烈酒的冲劲。接着又一阵扑扑腾腾打人声,显然已经打进屋里。接着一声稀里哗啦,显然一件陶瓷制品摔碎了。接着是孩子的哭声……这就把我干扰得睡意全无。思量那醉汉说的"我是你女人你是我男人",显然是颠倒了。立即联想到《红楼梦》里焦大骂贾蓉的那句"红刀子进去白刀子出来",及脂砚斋的批语"是醉人口中文法"(有版本改作"白刀子进去红刀子出来",就成清醒人的话了),可见古今醉人"文法"一致。邻居那家,平均每周吵架一次,主要是男人骂女人。大多在白天,料不到今日在深夜,且闹得更凶。那男人骂人的语汇贫乏,只那两句直白的臊话交叉重复。我多次见过他,长相好似丰子恺画的阿Q(只是没有辫子),推一辆三轮车,卖煮熟的切作块状的猪血、牛血。那东西颜色暗红形若豆腐,俗名红豆腐;走街串巷吆喝着"红豆腐哇",声音恶狠狠的,好像和他的货物有仇似的。

没睡好觉,头昏昏的,思维仿佛糗成了的糨糊,没有缝儿。上午就不再写作。无聊,就乱翻书。不想读文字,就看画。随手翻开一本现代派的画册,是朋友送的。朋友说,看这类画,有助于我文章创新。看半天,不知道画的啥,更看不出妙处。我喜欢中国的山水画、花鸟画,也喜欢西方的凡·高、莫奈、雷诺阿,却欣赏不了这些。对着一幅题为《少女》的作品审视良久,始终找不见少女在哪里。遂想起二十世纪三十年代,吴稚晖做打油诗嘲抽象画:"远看一朵花,近看是乌鸦。原来是山水,哎哟我的妈!"林语堂嘲毕加索:"远看蛋花汤,近看似香肠。原来是太太,哎哟我的娘！"不禁兴起，也随口打油一首："远看一股烟，近看像荒山。原来是少女，哎哟我的天！"这么看来，我是不会进步了，我的文章不可能弄出新花样。故乡有民谚说："生就的地黄瓜，上不了高架子。"

我的菊花开了。是野菊，十年前从百里外的深山带回。带回时叶已蔫，根已半干。栽进瓦盆，浇上水，它就活了。当年就开花。花小，却密，排列无序，参差错落，有野性美。从没修剪过，让它由着性子长，细枝垂落，碧叶如羽，长成一挂青绿瀑布。一入九月，花开似金，流淌着来自山乡的斑斓秋色。它是我和尘世外的大自然的唯一一点联系。

睡觉前，靠床头翻旧书，不期翻出明初文人孙蕡临刑前的绝命诗："鼍鼓三声急，西山日又斜。黄泉无客店，今夜宿谁家？"想这位"思想犯"实在太天真，竟相信死后是一趟晓行夜宿的远游。更有意思的是，孙死后，朱元璋问监斩官钦犯有何遗言，监斩官据实上奏。朱皇帝怒斥道："彼有如此妙语，汝乃不复奏而杀之，何耶？"就把监斩官也杀了。监斩官也冤，他执行的正是当今皇上不可更改的圣旨。

10月9日

早晨，妻去市场买韭菜，打算中午包饺子。俗话说：九月韭，香死狗。时下正是吃秋韭的好时候。出大门，邻家老奶奶告诫道，买韭菜可得小心，千万别买那又黑又绿又嫩又肥的，那是用剧毒农药 3911 喂大的。那毒药在垄沟里一浇,地里不生虫,韭菜长得快,割下来有卖相。种菜的说:"城里人命真大,再毒的东西也毒不死。"乡下人本来纯朴,竟然也坏了心术。这世道,真不知从何说起。

上午,朋友老 M 突然打电话,邀我参加一个企业文化研讨会。对所谓企业文化,我从不留心,更无研究,去开会,没话说。老 M 恳求道:"那老总是我的朋友,人蛮好的。你给我个面子,捧捧场吧。"老 M 带一辆面包车,车体喷有"彩霞狗肉"大字广告,就把我接去了。坐车上反复想,想不透狗肉和彩霞有何联系。进会议室,见举座皆为本市有作家头衔的人。那是一家经营狗肉的公司。那老板矮而胖,不似我想象中的战国时刺杀韩相侠累的狗屠聂政,倒像《水浒》里被鲁智深痛打的镇关西。大家发言,先说狗肉,无非狗肉如何味美,中国人吃狗肉的历史起码已有三千年云云。狗肉里实在没什么文化,就接着说狗,说狗的机警、勇猛及忠于主人的精神,说古今中外文学作品里狗的感人形象及其离奇故事,说得兴致盎然,文采斐然。狗身上似乎很有文化可说。但说这些正好与会议的主旨相悖,邀请者屠狗牟利,正是以牺牲"狗文化"赚钱的。胡吹乱侃一通,老板十分高兴。他不在乎说什么,只要这些有文化的人一来,他的企业就有文化了。会毕,照相、题字、参观,而后吃狗肉宴。我老家有俗语说:"狗肉上不了席。"这桌酒席狗肉却是主角,狗身上的各个部位(包括它的"肾"和"鞭"),都成了色香味不同的菜肴。临散场,老总给每位与会者送一袋包装精美的彩霞牌卤制狗肉。又坐那辆卖狗肉的面包车回家,心里好不是滋味,自己就不禁瞧不起自己,想,这就是斯文扫地,这就是"一为文人便无足观"。这年头,很古怪,俗人趋雅,雅人趋俗。俗人想沾点文化,或许是好事;文化人去生意场抛头露面,绝对是堕落。可以认定,雅人的骨子里原本就有俗不可耐的丑陋。

午觉起来,读金性尧文史随笔集《闭关录》,把心情读得古色古香。

五点半钟,去河边溜达。边走边欣赏临岸杨柳依依,一绺绺柔枝密叶垂下,像维吾尔族姑娘的辫子,水之湄,芦花开得披头散发,记得冯骥才曾把它画进水墨画,水面无波,静静地漾着细纹,如微风吹拂的丝制品,河之洲上,野草离离,有瓷白色的、瓦灰色的长腿鸟儿在漫步,啼鸣,交颈偎依。顿时想起许多唐诗、宋词里的佳句,便不顾路人侧目哂笑,抑扬顿挫地吟诵不已,呈陶醉状,每一步都仿佛踏下了诗意的脚印。不期就碰上一个熟人。他也在散步,方向却和我相反——"文革"时,他曾背过用石头、谷秆、白布捆扎包裹成的近二百斤重的"刘少奇"(当然仅仅粗具人形,只上面写的打了红叉的名字表明是"刘少奇")。斗倒批臭后,我们一块儿被发配乡下改造,去一个原叫玉皇庙当时已改名为卫东村的地方,修一条根本引不来水的渠,都累个半死——见面就得站住说话,我的注意力不得不从满河的风景转移到他写满沧桑的脸上,从诗意葱茏的古昔回到毫无诗意的现在。他说:"给你说件真事,你可以写篇文章。"说的是,他老家的邻村,有兄弟俩,土地转包给别人,都领着媳妇在南方打工,打算挣了钱还结婚时欠的债。他们的两个孩子就留给爷爷奶奶照看。老两口儿把孙子当成娇宝贝,怕饿着,怕冻着,怕磕着,怕碰着。那天,老头儿把粮食拉村头麦场上晒。两个儿子家的粮食也在他屋里放着。鸡飞上屋顶,把房草挠了个窟窿,一下雨,就漏了,粮食囤湿了半截。天晴后不得不晒。晌午,正招呼孙子吃饭,突然起风,裹成疙瘩的黑云当即压了村庄,打个闷雷,枣儿大的雨点砸下。老两口儿忙拉上架子车去收粮食。还没收完,听见村头有人喊叫:"俩娃子都掉鱼池里啦,救人哪。"老汉扔下撮粮食的簸箕就飞跑去鱼池,还没跑到,一头栽下,死了。他血压高,经不住紧张。老婆婆也向鱼池跑。她是先缠后放的小脚,路又滑,跑几步就摔一跟头。到鱼池边,孙子已经被村人捞出,两个孙子,一个三岁,一个四岁,都淹死了。鱼池在去麦场的路边,岸陡,水深。孙子一定是去找爷爷奶奶时跌进水里的。老人家抱着孙子,先是呼喊,后是痛哭。最后,一头扎进鱼池,自尽了。几乎是顷刻间,四个活生生的人就都没了。还有几个细节,太惨,我不忍复述。贫穷的庄稼人的命啊,太贱……我再也无心看风景。回家,一路步履沉重。

10 月 10 日

起床后,在阳台上边活动腰肢,边看我的花草,听见小街口一个女孩正向另一个女孩炫耀她的头发,说,这次洗、理、焗、护,加上拉直,花 240 元,三个多小时;还有 480 元的呢。我闻所未闻,不禁惊诧。看她那头发,看不出多少美丽,不知道那笔钱花哪里了。还想,如果要我硬坐那么长时间,让人摆弄头发,会把我急死;那三个多小时,能写一篇小文章,能读一百页书啊。

乡下亲戚来——是个拐了很多弯的所谓八竿子打不着的亲戚,名为多年不见来看看,实为打秋风——闲谈中,说一件事,甚奇,如下:一个老婆子,九个闺女,一个儿子。老伴儿早死,儿女都成家,老人独自生活,住一间草屋。草屋低矮,无窗,却冬暖夏凉。后墙靠近高粱秆编织的房里子的地方,土坯空个洞,里边卧条白蛇,盘成团,头朝外。人看它,它也看人,模样儿绵善。老人纺棉线时,蛇卧面前,在纺车儿的嗡嗡声中,头随着老人的双臂摇动而有节律地摇动。老人外出时,蛇卧门口的水缸边等待。冬天,老人睡觉时,蛇卧床头。老人的米面,老鼠不偷吃。老人的鸡,黄鼠狼不敢拉。就这样,人和蛇相守二十年,二十年老人无病无灾。草屋紧挨儿子的瓦屋。儿子孝顺,让母亲去住瓦屋,老人决意不去。那年秋后,老人走闺女家,一住十天。儿子趁机扒了草屋,盖成瓦屋,扒屋时并没有看见白蛇。老人回来,像掉了魂,吃不下饭,睡不着觉。不久,就病了,就死了,死时九十岁。我那亲戚解释说,那蛇是仙家,如果不惊走它,老人能活过百岁。此事属于"子不语",但我觉得很有意思。

前些天,诗界朋友 L 先生寄我一册他的旧体诗词集《无妄斋吟草》。已读完,今日写回信。他的作品,无论律、绝、长短句,皆真正的旧体,旧得地道(绝不似时下报刊上常见的凑字数的顺口溜),而主旨、情怀、意味却绝对是当代的,一首首全为来自社会底层的咏叹、呼喊，乃至詈骂。佳句甚多，如"美人傍款都成蜜，寒士谋生靠练摊。""诗无媚骨轻朱紫，酒入愁肠慨古今。""问天可奈天无耳，说鬼曾经鬼打门"，皆可深长思之，反复诵之。有少许诗句，如"一提腐败日他娘""紧咒哼哼算个尿"，有人哂为不雅，"用词失当，牢骚失度"，太直，太俗，不可入诗。我则以为不然，给他信中说："……先生诗词乃感时伤世之作，剖心泣血之作，上承国风楚骚，下通黎民苍生，实为诗之正宗，断非一般吟风弄月之作可比。至若'日他娘'等亦堪称佳句，因为此时不必文雅委婉，此处不必含蓄蕴藉，不用此等句式，此类词语，不足以书其愤，述其怀，抒其情，切切不可囿于所谓'温柔敦厚'的'诗教'。其实，《诗经》里也有粗话，比如《郑风·褰裳》中的'狂童之狂也且'，'且'就是男性之阳物（郭沫若通过考证，言之凿凿），那句诗翻译成今天的话就是'你小子狂啊狂尿哩'——可惜古今的学者都不是这个解法，只台湾的狂人李敖持此说。"

午后，去邮局送信，路遇 H 君。站街头一番闲聊，告诉我某人升了，某人栽了。官场的动态，我并不关心，他却熟悉如自己家中事。谈话中，他掏出软包的"中华"烟让我抽。暗想，这种香烟几十元钱一包（到底几十元我说不清，因为从没买过），他绝对消费不起。据说软包的"中华"没假货，和硬盒的"玉溪"牌香烟一样。故民谣有云："软'中华'，硬'玉溪'，这个干部真牛×。"H 君官不大，股级而已，但办一种很重要的证需要他签字盖章。他便属于"牛×"一族了。

回来路上,见一个中年汉子,胡子指把长,头发也指把长,拉一辆架子车,车上装几个老南瓜,还有一个扎朝天小辫的小妞,近贴着街道的边沿走,走着骂着说着,显然气极了,脸都涨成红的:"有本事你咋不去坑当官的?咋不去坑有钱的?坑俺老农民,你坏八辈子良心。老天报应,叫你生个娃没屁眼儿……"不知道谁坑他了,啥事坑他了。

10月11日

起床后,去河边散步——我常常睡懒觉,妻总是做好早餐才喊我起来。今天只是偶尔早起——大雾弥天,远远近近的高楼、街道,高楼上的巨幅美女广告画,街道上的店铺、车辆,通通被遮蔽了,省略了。这很好。这个烟雾统治的清晨仿佛只属于我了。仅能看见面前人行道上铸成铜钱状的几块铺地砖,和砖缝里的踩不死的草。甩开臂膀朝前走,走在虚无缥缈里,腿脚把雾搅得丝丝瓢瓢的。猛可的,甩出胳膊碰了什么,扭头一看,见一对少男少女正相向站立,抱得好紧。我干扰了他们亲密接触,正要说"对不起",忽听那男的吼道:"你眼装裤裆里啦?"同时看见一双爆出凶光的眼。赶快大步走开,怕他蹿过来揍我一顿。

我养的两只鸽子没了,到今天仍没飞回。这事,应当一记。两月前,老家的侄儿给我送来一对白鸽,说是刚满月的幼鸽,宰杀后炖汤喝大补身体。我看它俩,羽毛洁净,如二八月蓝天上飘的不下雨的白云,红嘴红爪有玛瑙一般的温润,特别是那双机灵灵的圆眼,仿佛时时有天真的话要说,就越发觉得煞是可爱。它们是美,是艺术,是传布和平福音的信使。在《圣经》里衔过橄榄枝,告诉世界一场灾难即将结束。它们曾在毕加索的素描里飞翔,在齐白石的彩墨画里相顾相呼。这世间的尤物实实不忍宰而食之。妻说,养着吧。我说,养起来可以滋补心神。就找来了笼,笼中架一横木,让它们栖息。置一钵,盛麦粒(是妻特地从市场买回的),一瓶,灌满清水。每天添食换水,还放进切碎的菜叶佐餐。鸟成了我家的新成员,伺候它们,欣赏它们,我享受快乐。忽发现,两只鸟活得并不自在,头常常从笼的菱形的孔洞里狠狠朝外伸,显然憋得慌。它们向往自由,向往笼外的广阔天地,碧空白云。便想到,放它们出来吧,飞一飞,玩一玩,再回家,鸽不是野鸟,是家禽啊。前天早晨打开了笼。鸽很高兴,飞上阳台,飞上屋顶,抖翅理羽,而后上了天。谁知,到昏黑还没归巢。我明白了,这周遭环境,它们太陌生,没有田野、庄稼,只有拔地而起的楼房,水泥凝就的马路,人声喧腾,车声嘶叫,店铺的各种招牌五光十色,足令来自乡下的鸟儿晕头转向。它们无处觅食,最终的结局可能是饿死或被人捉住杀吃……

　　下午,老友 D 来闲谈,说一件事颇有意思。D 的老伴儿的弟弟 G 是某机关的干部,干了三十年,连副科级的官儿也没当上。快退休了,儿子虽有大专文凭,还没就业。万般无奈,给某领导送一万元钱,恳求安排工作。一年过去,毫无消息,那位领导却升了一级,调离了。事情彻底无望,一大笔钱扔得冤枉,G 越想越气,决计讨回。某晚,硬敲开领导的家门,申述道:"×书记,我送你的钱是借的,人家催我还……"书记脸上没有表情,眼一斜交代夫人:"把他的钱给他。"夫人进内室有顷,拿出一个鼓鼓的信封扔给 G,一脸鄙夷不屑。G 回家一数,整整三万块。说罢此事,老友 D 有两点评论,一是 G 太不识行市,一万元只能探探路,要办成起码得五万;二是给某领导送钱的人太多,他老婆也不记账,以至于 G 净赚两万,好比塞翁丢失一匹马,那马又引回一匹胡地的良骥。

傍晚,又去河边走。走到河的拐弯处,又看见柳林里那几座古朴清新的房子(那是园林工人的住处),灰瓦白墙,檐牙高啄,酷似江南民居,极具艺术美。特别在霞光中,烟雨里,最有情调。我常边走边朝那里看,当作画来看,记得吴冠中确也多次画过。不料今天赫然发现,哪个坏家伙竟在粉壁一角用刷子蘸红漆写上一个"专治性病"的广告。真是大煞风景啊,不禁破口大骂,而且用的是最恶毒的"国骂",不骂不能解我心头之恨,虽然他听不见。

夜里,正当窗读书,突然停电。去阳台四下看,半个城都是黑黢黢的,那么多高大建筑全消失在迷茫夜色中。抬头看见星星,甚至看见了北斗七星,不禁惊喜,仿佛一下子又回到童年,回到乡村,心中有一种舒适感。似乎几十年都没有看星星了,城市的拥挤的楼群,照彻天地的灯光,遮蔽了繁星,消解了星光。城市人早就忘记了苍穹碧落上还缀有闪烁的星星。城市人蓦地看见凡·高的名画《星夜》一定十分陌生。老康德说:"有两种事物,我们愈是沉思,愈感到它们的崇高与神圣,愈是增加虔敬与信仰,这就是头上星空和心中的道德律。"城市人忘了灿烂的星空,也淡了必须恪守的道德律,岂不可悲?我熟悉的星星都遗落在岁月深处,今日又见,分外亲切。真希望每隔几天都停一次电,让我和星星有次约会。

2004 年岁尾改定

九日之记

1月25日

天向晚,朋友L电话招饮,说是在一家特色饭馆。想,隆冬时节,长夜清寒,三五文友相聚,喝几杯小酒,说半宵闲话,也算惬意的事,何况,不去得罪他,不吃白不吃。L虽在商界,却爱舞文弄墨,常和被称为作家的人套近乎,套近乎的主要方法是请吃饭。坐他的车,穿街过巷,走半拉城,才停下。抬头看见霓虹灯做成的店名"驴肉居",心里一愣怔,难道这里居的都是驴肉?进雅间,见几位朋友已在候着,圆桌当中,特大的鸳鸯火锅正被液化气烧得沸腾,水蒸气带着麻辣香味呛人,直要打喷嚏。八寸瓷盘里,切成薄片的肉码得整齐,却俱呈乌褐色。L说,是五香驴肉,且指着盘子介绍:驴臀、驴腱、驴心、驴肝、驴里脊、驴骨髓、驴肾、驴鞭……单那盘驴鞭就要百余元。开始下锅,把驴身上的各个部件投入滚汤里煮,而后取出,配多种佐料食之。我却举箸蹒跚，于心不忍，依稀觉得桌上陈列的是一头被肢解得零零碎碎的活驴，且立即想到当年我家养的那头小灰驴。它拉磨、拉碾，拉磙，也拉车、拉犁、拉耙。庄户人家的粗食淡饭，粗布棉衣，离不开它的辛劳。我每天放牧它，多次牵着它拽耧耩地。它脖子下挂的铃铛声，夜里吃草的咀嚼声，常常响在我的思乡梦里。我还油然想起"驴贩子"画家黄胄的咏驴诗："其形偃蹇，其质戆憨。不事笑脸奴颜，哪能长舌呢喃？引吭啸人间，粗粝不厌，高栖不攀。坎坷其途，任重道远。"人之饕餮，竟殃及驴儿，可叹可悲。这些话，只在心里，并未说出，怕扫了大家兴。这顿饭吃得别扭，也辜负了好酒，心里不自在，琼浆玉液也喝不出美味。送我回来，L说："你没吃多少东西。"我答："老了，吃多了夜里做噩梦。"

1月26日

复定居加拿大的南阳籍台湾诗人痖弦信，内有如下的话："今天是'腊八'，妻做了腊八粥，我喝一碗半。儿时，腊八粥还要抹枣树上、梨树上，让树也吃。现在是无树可抹了。"中原农村的腊八粥和外地不同，因为穷，没有糯米、栗子、核桃、杏仁、薏米之类的稀缺物下锅，只是熬一锅小米汤，放一把黄豆，再下绿豆面条、芝麻叶、萝卜丝、胡萝卜丝。凑不够八样，母亲解释说，还有水、油、盐哩。腊八粥总是稠乎乎的，油盐放得足，当然是顿好饭——那时候，常常稀汤寡水的，放足油盐的饭食更是难得一吃。人吃前先盛一碗敬神,而后母亲吩咐我拿菜刀在枣树、梨树主干上砍几下,砍掉几片树皮,好似让树张开了嘴,用筷子抹上饭,抹时还要说些押韵顺口的话,可惜我已忘了,意思大概是明年多结果吧。这是近六十年前的事。妻今天做的腊八粥,质量绝对比当年高,可我一点儿也吃不出儿时的味道。周作人感叹:"我在北京彷徨了十年,终未曾吃到过好点心。"不是没好点心,是心境变了,环境变了。

1月27日

书房里窝一天,近黄昏去散步。还到那条河边走,看已经看过多遍的风景。水岸林木萧索,枝头风声窸窣。游人稀少,仿佛只我一个每天此时来跟河亲近。走过那座废弃了的桥,那片丝绦如秀发的柳林,看见那个突兀出水面的天然形成的岛,忽觉得那岛很艺术。几棵野树,有大有小,有直有曲,叶全脱落,枝干坚劲,参差穿插,高低错落,极具线条美。《芥子园画谱》里说的画树诸法,似乎都能在那里找到依据。树下有几块石头,皆不肥硕,颇有瘦皱漏透之态。石旁几枝蒹葭,高秆斜而长叶垂,若草书的字。岛上没有青绿,物物均为灰黑,看去,若一幅焦墨画。此画甚是可赏,后悔发现迟了。就站住,久久隔水注视,直把它看成了赵子昂的《秀石疏林图》,真格是飞白画石,籀笔写木,好简练地造成了一汪凄清冷峭之气,像孟郊、贾岛的诗。

1月28日

读完韩石山寄赠的《谁红跟谁急》(这是这位有"文坛刀客"之称的"酷评家"的骂人之书),为表感激,也送他一本拙著。同时致信云:"寄上前年出的一本集子。你闲时翻翻就行,而后可以扔掉。你屋里一定书满为患,哪有它藏身之地。我不是做学问的,书房早已塞得不能再塞,偏是常常还要收到作者送我'指正'的新书(这年头出书也真容易,弄一笔钱买个书号,把牛溲马勃印出也是著作,好像南阳尤甚)。对了,还有官员的书也不少,内容多系秘书代笔的讲话稿之类的应景文字,真应了'刻一部稿,讨一个小'的老例('讨一个小'已演变为包一个二奶)。这类书最难处理,存也不是,扔也不是。我尚如此,你那里当更多。"送信回来,想起在一篇文章里读到,杨绛说,别人送给钱钟书"指正""赐教"的书都通通论斤卖掉。能给钱送书的,多非等闲之辈,下场竟然如此。或许在学术泰斗眼里,那些纸制的东西不是书,只是废品。咱不敢效法这位大师,情况就只能一直尴尬着。写到这里,又想到一层意思,近年环境恶化加剧,可能与出书过滥庶几有关。专家说,生产1吨纸,需木材2.5立方米,也就是要砍伐起码生长10年的大树20棵。一本15万字的书印3000册,至少要粉碎10棵大树的生命。为好书捐躯,树应当欣慰。在那些差劲的书里,却有树的死不瞑目的冤魂。有个成语叫"祸枣灾梨",可见古人早就把印刷无用的书和糟蹋树木连在一起。清人王堃说:"祸枣灾梨者,以敝帚享金为能事。"明明是一把破扫帚，却当成金子一样宝贵着，只能引人哂笑，叹息。

1月29日

　　傍晚，上街去给狗买肉——狗对食物越来越挑剔，没肉就不吃。不给它买好肉，只要卤过的猪肺（这东西便宜，一斤五元，正经的卤肉一斤十多元），回来和馒头一起切碎，揉揉搓搓，使其黏乎乎粘连。即便如此，它也能把肉屑挑出，让馒头屑剩下。真拿它没办法——卤肉摊前，顾客围一圈，我发现，买猪肺的有两种情况，一是城里人买回喂狗猫，二是建筑工地的民工买来自己吃。两个身上沾满泥浆的汉子各买一斤，让摊主切后浇上辣椒、大蒜捣成的调料，装进塑料袋提起就走，自语道："一个月没吃肉，今儿解解馋。"我买五元钱的，那是狗两天的伙食。想起农村的狗，庄稼人养的狗绝无吃肉的传统，早年喝刷锅水，近年吃剩饭，若没剩，就饿着，舍不得给它馍吃。那年采访一位山民，见他家的狗瘦得腰窝凹成坑，主人解释说，头遍刷锅水喂猪，二遍的才喂狗，狗嘛，会叫就行，要恁胖干啥。城里的狗是宠物，当然就养尊处优，逗主人欢心就尽了义务。二月河告诉我，早些年，他家养一只小狗。家中成员地位高下的序列是：女儿第一，老婆第二，狗第三，这位"大腕"级的作家只能屈居第四垫底。乡下人养狗，只为看门吓贼，活着就行，至于长相、肥瘦，从不管的。鲁迅有段名言："穷人绝无开交易所折本的懊恼，煤油大王哪会知道北京捡煤渣老婆子的艰辛，饥区的灾民，大约不去种兰花,像阔人的老太爷一样,贾府的焦大,也不爱林妹妹的。"话是七十多年前说的,今天,情况仿佛依然如此。

1 月 30 日

终日读丰子恺《护生画集》——老来爱看画,欣赏一幅好画,强似读一篇好文章,思入其中,神游其中,任想象在画里画外自由翻跹,特别舒服受用——盯住那幅《散抛残食饲神鸦》看了好久。画一女子,上着花格布衣,肩头下垂双辫,不见眉眼,可想见其俊秀,正蹲着把碗里吃剩的饭粒撒出喂乌鸦,三只鸦低头捡食,另三只即将落下。此外皆留白,白处应是春水苹花,小船横斜,江山日暮,四野阒寂,声声鸦鸣渲染无边寂寥。油然忆起我童年的乌鸦。那时这种鸟儿忒多,几乎每棵大树上都有它用干柴搭的窝。黄昏,鸦群麇集村庄上空盘旋,常常遮了蓝天,挡了彩霞,一会儿明,一会儿暗,一会儿色彩斑斓,一会儿光景黯然,令村中气氛诡谲多变,好似谁在耍戏法。乡亲们并不讨厌乌鸦,树上鸟搭窝是日子有希望的兆头,民谚说:"老鸹野雀旺处飞。"最可恼可恨的是,1958 年,来个"大跃进",为了所谓"钢铁元帅升帐",村里村外大树小树全砍光,想找一根木锨把也难,乌鸦无处搭窝育雏,于是就绝迹甚至绝种了。乡亲们太善良,说老鸹逃山里去了。可后来又有了树,却不见鸦群归来。我已四十余年没见乌鸦。我只能从前人的图画里再赏它的一身缁衣,从国风和唐诗、宋词、元曲里听它撩人思绪的啼鸣,宁不悲夫?

1月31日

下午,访友归,路过菜市场,在一间机制红瓦小屋前,见一大一小两个娃娃,衣裤俱不整洁,脸上也不干净,正坐脏兮兮的水泥板上唱儿歌:

骑驴蹾蹾,坐车晕晕。

桑葚树高,茅草根深。

下地跑,怕狗咬。

咬谁哩?马大嫂。

扛的啥?马牙枣。

给我个吃吃,咱俩好。

他们一定是刚进城的农村孩子。父辈没能融进城市社会,他们也没能和市民的孩子混熟,怕也难混熟,城市的同龄人要么进幼儿园,要么上学前班,想的说的和他们不一样,怎能一起玩?那儿歌,是农家孩子唱了千百年的旧词儿,是农耕文明的产物,是野花野草的歌吟,城市的儿童未必喜欢。城市的儿童已不唱祖宗传下的儿歌,唱的是"风风火火闯九州""妹妹你大胆地往前走"之类的流行歌曲。我倒闻之动容,心里热热的,因为想起了土地、庄稼、草木和质朴的乡间生活,想起了早被岁月带往乌有之乡的童年,童年我也会唱这首儿歌。周作人十分看重儿歌的价值,说:"即大人读之,如闻天籁,起怀旧之思,儿时钓游故地,风雨异时,朋侪之嬉戏,母姊之话言,犹景象宛在,颜色可亲,亦一乐也。"我听到儿时唱过的歌谣,没乐,倒有几分莫名的凄怆。

5月10日

听一夜风雨声。起床后并不关心花落多少,倒想到这几天小麦正扬花,下雨影响收成。我故乡有民谚说:"风扬花,蹉折杈。雨扬花,瘪瞎瞎。"早年,每逢这当口连阴雨,家家都挂"扫天婆"。"扫天婆"一拃高,用高粱秆的芯和篾扎成,剪鞋样的桑皮纸做头巾和大褂,两手连在一起,抱一纂儿从笤帚上掐下的毛毛儿,用麻绳吊高粱秆的梢头,插墙缝伸进雨里,让它在风中扫,期盼扫去浓云,扫出日头。这风习,已失传。如今的庄稼人只守着收音机听《天气预报》,焦急地等待天晴。

洗刷毕,忽听隔壁邻居正度蜜月的小媳妇娇滴滴说道:"这两天闷热,热死人。可下雨了。下吧,再下两天。"声音娇滴滴的而又软绵绵的,显然刚睡起,一声慵懒还没消退。她在行政机关供职,种的是"铁秆庄稼",小麦的收成与工资无关,或许根本就不知道麦子须扬花受粉才能结籽。

6月15日

早晨,照例去散步。走着,心不会闲,看见啥都不禁要思思想想。

居处临河,河边林木繁茂,有野树,纵横不成行,高低错落,疏密有致,像在中国画里见过的。有人栽种的树,站成队伍或者方阵,被纪律约束着。更有的被剪成馒头状、蘑菇状、宝塔状,像被凌迟过。野林子自在,人工经营的树木不免匠气。就好比艺术作品,"要像自然一样的自然,不应当有人做作的痕迹。"(康德语)风景还是野的好,看着舒服,眼里舒服,心里更舒服。

一片草地上,树木矮而粗,横枝伸出似胳臂,挂二十多个鸟笼,罩笼的蓝布绾在笼顶,笼中鸟,八哥、画眉之类,正婉转歌唱,如流行歌手一样唱得煽情。遛鸟人多为老者,三三两两凑在一起,有的说鸟,有的说儿女,有的恨恨地骂贪官。听着鸟声,我想起丰子恺的漫画《囚徒之歌》及其配诗:"鸟在樊笼,终日悲啼。何如放生,任彼高飞。"仁者之爱,及于禽兽。丰先生是居士,终生茹素,十分善良。我凑上去和一面相体态皆似弥勒佛的胖老头闲聊,得知这些鸟都不是野鸟,有专业户规模繁殖。

2008 年春节

绿荫日记

6月18日

书房窗外,瓦盆里种一棵豆。去秋,应邀访问一家福利院,见园中长有一种豆,结荚尺把长,状若宝剑。我好奇,就悄悄从老熟的豆荚里抠出一颗种子,装进口袋(不知此举是否算偷,起码是顺手牵羊)。开春种下,到如今长蔓攀缘上窗棂,已挂出三把青光闪闪的宝剑,一柄三片的阔叶更为窗子挂上了一帘青碧。于是,桌案、书刊、电脑等等便都被映衬在绿荫中,特惬意。每日临窗写一段两段零碎文字,自觉语言中多了些青鲜。

一日,朋友来,说这是刀豆,有点煞风景。我说,即便是刀,也是不老的宝刀。

6月19日

起床后,正盥洗,听见喜鹊叫。喳喳喳喳,叫得欢天喜地。是两只,落我家的桂花树上,面向屋门,尽情尽意地喧嚷好一阵子。不知道那鸟夫妻说的啥,我不会升官,不会发财,不会换老婆,能有喜事?

忽想起,六十年前的一个夏日早晨,我睡在老家院里的豆架下,奶奶喊吃饭,赖着不想起来。恰有一对喜鹊,扑棱棱飞落老枣树上,脆生生地一阵叫,听着聒耳朵。奶奶说:"快起来,喜鹊报喜哩,今儿要来客啦。"果然,半晌里,姑姑来了,给我带了油炸麻花,吃着可香啊,越嚼越香。我好高兴,却想不明白,喜鹊竟然知道姑姑要来。

上午去机关取信件,收到一张汇款通知单,乃某杂志寄的稿费,100元人民币,是一篇千字小文换得的报酬。钱不多,来路正,花着心不虚,也算一喜。若拿这钱去买麻花,起码能买一大筐,可我并没有多少高兴。当年姑姑只带了四根麻花就高兴了一天啊。莫非年岁大了,造成高兴的理由也大大地膨胀了?

6月20日

早饭后开始下雨。初而点点滴滴,继而渐渐沥沥。我进书房,在写字桌前坐定,一场绵绵细雨正式拉开序幕。这种不大不小不急不缓的雨,乡下人叫锥子雨,庄稼最受用;若太大太急,地里留不住水，还会把土砸瓷，若太小太缓，不容易下透墒，禾苗不满足。这是好雨。看窗外我养的花花草草，一棵棵都活泼潇洒，枝枝叶叶都支棱棱地得意忘形，手舞足蹈，呈兴奋状，远比我端水浇灌舒服得多。我浇水只是浇水，天下雨是久久地抚慰，默默地滋润。想，花草本应生长在土地上，人出于自私，却把它栽进花盆，一抔黄土固定死了，根须不能伸展，枝叶不能舒畅，浇了水涝它，不浇水旱它，叶是伤心碧，花是寂寞红，它的无奈人不知晓啊。

晚饭后，细细雨声中，灯下读闲书，读的是周作人的《雨天的书》。忽听到蛙鸣，一阵阵，甚强劲。正巧读到说蛙的话："蛤蟆在水田里群叫，深夜静听，往往变成一种金属音，很是特别，又有时仿佛是狗叫，古人常称蛙鸣为吠，大约也是从实验而来。"真是的，蛙声确像敲锣击镲，有铜音。但我听不出狗叫，也许越地的蛤蟆和中原不同？雨声是缠绵的，蛙声加入了阳刚之美，像抒情的小夜曲中加入了打击乐，倒也和谐。

6月21日

傍晚，冒雨去河边散步。雨落伞上，簌簌有声，像雨给我说悄悄话。

河上风景变了模样。密密雨丝织成了一道幕，把对岸的高楼大厦，车水马龙，广告牌，霓虹灯，通通遮挡，没了影踪。只有河畔的杨柳花草，水上的荷叶浮萍，在雨中自在逍遥。雨点落入水中,落入草木,响声丰富多彩,韵味天成,声音牵连着水面的波纹,抖擞着草木的精神,那是生命的动情歌吟。古人常用潇潇形容雨声,这就是潇潇吧。河畔的雨犹然是古典的雨,曾下在《诗经》《楚辞》里的雨,下在唐诗、宋词里的雨。雨中一对少年男女,在柳树下近近相依,也像站在《花间集》里。想大街上的雨,雨点砸在水泥屋顶,摔在柏油路面,打在钢铁的车辆上,响声凌乱而嘈杂,简直毫无诗意。那是现代的雨。

正要回去,雨住了,抬头看见天空出现一弯彩虹,像谁用巨笔一下子画了一个七彩的弧,像谁用玛瑙翡翠一下子造了一座七彩的桥,像谁一下子通天彻地张出一匹七彩的练。有青云白云在彩虹上面飘浮缭绕,有十几只白鹭在彩虹下面翩跹起落。白鹭起落处,有荡漾的水波,青绿的沙洲,还有一只渔人的小船。那是一幅瑰丽的画,一幅壮阔的画。虹的一端扎在城市,另一端伸向天边。真担心城市的乌烟瘴气、污秽尘垢弄脏了虹,就像担心有人用一盆脏水、一簸箕垃圾倒向画面一样。

6月22日

骤雨初歇,天气清凉。掂一竹椅,坐阳台读钱钟书《谈艺录》。这书艰深,读来费劲,心像老牛拉着的磨秃的犁铧很难扎进坚硬的土里。读到"渊明文名,至宋而极",倦了,丢下书,看阳台上的花木。花木都滋润得笑嘻嘻的,花上叶上沾滴滴水珠儿,若笑出的喜泪。恰夕阳斜照,又把水珠儿涂上温润的橘黄,闪闪的,极鲜亮。

　　扭头瞅见那棵盆栽的五针松,忽觉它特别可爱,特别可欣赏,可入诗,可入画,可充当一篇文章的主角。它干弯如轭,有曲线美;皮皱如石,有粗粝美;针叶纂簇蓬松,有虚实聚散美。久久看,神思恍惚中,仿佛它一下子高大了,"苍皮溜雨四十围,黛色参天二千尺。"(杜甫句)仿佛也一下子古老了,它从山中移来我家虽仅二十春秋,看去似有千年树龄,似与古人有些瓜葛,经历过一些事情。陶渊明归去来后,"抚孤松而盘桓",抚的可是它?辛弃疾松边醉倒,"只疑松动要来扶,以手推松曰去",推的可是它?

　　待回过神来,发现松依然蜷曲在一尺直径的瓦盆里。狭小的天地,使它不得不在仓促中苍老。真真委屈了它。

2007 年夏日

我和鸟

　　每天清早傍晚，都去河边散步，刮风起雾，下雨落雪，也不间断，看惯了朝霞暮霭，满河烟波，河之洲上草木由青变黄，由黄变枯，枯了又青，青了又黄。河边那条路，铺带花纹的水泥方砖，方砖连续成图案，如藻井。路上一排垂柳，丝条儿四季委婉缠绵，用无声的语言说不完长长柔情。日日相见，十分守时，柳树应当熟悉我，或许还喜欢我，尽管这个老男人的心已被无情岁月磨出了厚茧。

　　我的许多文章，文章里许多自以为美妙的句子，都是在那条小路上边走边看时突然得到的。如果我成了堪称"伟大"的人物，那条路真应当命名为"周同宾小道"。

　　最爱看的是鸟。鸟也特别多，有在水中游，有在枝头落，有在天空结伴回旋，翅膀扇动霞光。鸟是河上风景的亮点，如诗里的佳句，文里的点睛之笔。

　　春节后不久，降一场大雪，开始下得急猛，后来从从容容，一直延续七日。雪是遮羞布，一切污秽肮脏、纷纭驳杂，悄悄次第消失，满世界都清素了。照旧去散步。远看近看，只看见银色的天空，手舞足蹈的雪花，冰封的河若北欧童话中的景物一般纯净安详。心中忽地澄澈，几十年的沉积顿然消失，仿佛一下子回到穿开裆裤时代，正在村头的雪地上玩耍。童年的雪特别大。我奶奶常说"麦盖三双被，头枕馍馍睡"。那雪比三双都用十二斤新棉花做的被子还厚啊。在城市，大雪难得一见。城市人讨厌大雪，常埋怨积雪妨碍出行。在城市人心里，雪和馍馍无关……正傻想，却马上意识到，无边迷茫里，似只我一个活物，鸟呢？多日来雪蔽四野，寒林萧索，鸟在何处栖身？不禁黯然，心中满是牵挂。

继续朝前走，步履变得沉重，暗暗埋怨铺天盖地的雪，刺透肌骨的冷风。像往日一样，走到小公园就折回，看见路上只留我一行孤独的脚印。又走过几十棵垂柳，猛抬头，赫然发现前面的树下，不到一米见方的没铺水泥砖的地上，雪已化残，有两只鸟正围着树根用喙啄土，显然，找食儿哩。那片刚刚显露的地上能觅得果腹的东西吗？我走近，鸟飞往别的树根。细看，土还没有解冻，结一层冰甲，硬硬的。人饿七天，就没命了；鸟饿这么长时间怕是早已饥肠辘辘。不禁心疼，这可爱的生灵亟须救助啊。不再散步，立即回家，得为它们送些食物。边走边想，鸟儿吃啥？先想到，它们一定吃素食，冰天雪地，百虫绝迹，吃肉的鸟类怕是大多去南方了。馒头、糕点、糖果可能吃不惯，只宜吃粮食。我家存放的原粮只有绿豆、黄豆。故乡的老人说过，豆是鸟的眼，再饿也不吃。细寻思,想起农村亲戚送来的玉米糁、麦仁儿,这东西鸟儿应当喜欢吧?

　　用杂志社给我寄刊物的信封,装了一袋,急急又去河边,如救火一样紧张。隔一棵树撒两把,尽量撒在没积雪水的地方,拢共在七棵树的根部撒下饲料。撒时惊飞了鸟,我无法把我的意思事先告诉它们。撒罢就走开,径直朝前继续散步,并不回头看,怕鸟们警觉。又走到那座长桥桥头的小公园,见园中一树腊梅开满枝金色的花,空对着满园白雪,无一人观赏。驻足看花,看出满怀凄清诗意。折回时,行近撒食儿的树下,见那片不到一米见方的空地上,聚集五只鸟,低头啄两下,抬头四处望望。朝远看,七棵树下都有鸟。除了几只麻雀,两只喜鹊,我叫不出别的鸟的名字。读过《诗经》,知道好多鸟名,但书上的鸟和现实中的鸟对不上号。有只灰褐色的,头顶有冠,冠上部尖尖的,如传统戏里衙役戴的辣椒形的帽儿,冠和尖尖长长的嘴刚好成一直线,从侧面看,恰如篆书的"鸟"字。我记得,正是它,或许它的同类,曾在深秋的傍晚,飞到我书房窗前的桂树上,朝我啼鸣一段带着甜味的鸟音,像唱了一支歌,特别慰我伏案笔耕的寂寞。还有四只五只黑头白腹黄颊蓝翅的鸟儿,我在沉重的大书《中国传世名画》里见过它们,似乎是北宋的皇帝画家赵佶于八百年前工笔绘就。我还记得,那次,一篇文章开头弄出几百字就卡壳,折磨得抓耳挠腮,窘态万状。正无奈,它们及时飞来,落窗外邻家的屋檐,七嘴八舌对我叫,叫得婉转温润,若大珠小珠落玉盘,像对我说了一番话。我不懂鸟语,却分明听出若干意思,翻译出来仿佛是："文章嘛,自然流露为好,写不出就别硬写,静心等吧,说不定啥时候就茅塞顿开了。"鸟们说出了一篇文论。冯骥才就说过"散文是等来的"。于是,遵从鸟的教导,关了电脑,闲翻书,细品茶,又去阳台亲近我服侍多年的花木。正看两只蝴蝶在爬满牵牛花的栏杆前追逐恋爱,蓦地,心中一动,颇如禅宗里的顿悟,大脑里的艺术细胞顷刻活跃,意思有了,语言有了,都妙,几似万斛泉涌,不马上写出就憋得慌。重新开机,十个手指在键盘上起起落落,像舞蹈般轻盈。一个多小时,敲打千余字,最后那一段,堪称豹子尾。自认为是篇佳作,又读一遍,感动得心跳……

鸟对我有一百个好,我对鸟仅仅一个好啊。

不忍干扰它们,我下了人行道,保持二十米距离,深一脚、浅一脚走在积雪覆盖的荒路上,边走,边向鸟们行注目礼。

散步归来,特别舒服。

这不,鸟又给我一篇文章。

2005 年 4 月 26 日

卖屋记痛

临老奢侈一把，在南阳最佳地段，买一处一百五十多平方米的住宅。此处，南面白河，视野开阔，有树林竹丛，有广场草坪，风景绝对佳丽，空气绝对清新，而且交通、购物都方便。开发商广告上说的"人居精华，无出其右"，在中原一隅的这个小地方，还不算太夸张。

但是，房价在本地也属最高，几十万，一个好吓人的数字。我手里闲钱不多，却又乔迁心切。无可奈何中，只好狠狠心，决定把二十年前自建的那座小楼连同小院卖掉。那是我进城后的第一处不动产。盖房历时三月有余，期间做的难，吃的苦，遭受的艰辛，若细说，足可写一本厚书——我老家有俗谚道："盖三间房子脱层皮。""跟谁有仇，劝谁盖楼。"盖房子的事，一辈子只可有一次，若两次或三次，会把人烦死、累死，甚至气死——新居落成，一切苦辛皆成过去式，只剩下美美的欣慰。此地偏僻，周围有农田菜圃，不远处一小村，屋舍俨然，可听鸡鸣狗吠。傍小河一条小路,蜿蜒于白杨林中,骑自行车十分钟可达市内,一路鸟叫虫吟。当时,曾作《无尘居》一文述其情状,现在想起仍感舒服。然而,十度春秋过去,村野已成闹市,田圃消失,小河变臭,车流扰攘,市声喧腾,固有的清静宁谧只偶然出现在梦里。

为了逃避,后来搬了家。但那宅院,还是我的,想起犹有踏实感。谁知,又过几年,新家又面临城市膨胀的吞噬。于是,就有了本文开头的选择。再搬次家,就凑够孟轲他妈三迁之数了。孟母迁居,为了孩子远大前程。我之挪窝,只为追求环境安静。新家也有小楼一统,小院一方。是买别人的,马上卖掉我也绝不心疼。但卖不成,卖了住哪儿?原来的宅院,虽然破旧,虽然低矮,却是我燕子衔泥筑巢似的建造的,一砖一石都浸了汗水,甚至泪水啊。竟也不得不卖掉。

原想,卖房很简单,一手收钱,一手把房产证、土地证交给买主就妥了。谁知很难,难在感情上的难割难舍。成交的那一刻还在犹豫。理智终于战胜感情才接下买方的钱。当交出房产证、土地证时,我还能强忍着,老妻不禁失声痛哭……

钱是凉的,家是热的,失去了才倍加留恋。我想的更多。那座建筑固然寒碜,却积淀了庸常生活的般般印痕,重叠着我十余年的充实日子。自认为有分量有价值的两百万字作品——包括在文学界小有影响的口述实录系列《皇天后土》——都在那里完成。从此啊,那批文章后缀的某年某月某日"作于无尘居",皆失依据。最难割舍的,还有院里的两棵大树,一棵槐树,能长千年的中国槐,一棵柿树,主干弯作轭状,颇具曲线美。它俩都从故乡老宅移来。每年槐花开,清香高密度充盈庭院,四邻都闻芬芳;秋后槐结角,谁都可捋去做中药。每年柿挂果,如一树红灯笼,四邻都可摘了吃,也引来鸟雀尝鲜,叽叽喳喳叫,像是说"真甜哪"。我在二楼的书房当窗写作,抬头就看见树,看见树就想起故乡的黑土地,黑土地上的乡亲,乡亲们的苦甜酸辣,立马就动了乡思,浓了乡情,文章就多了乡土味,多了对父老乡亲的切切牵挂。如今,宅院已属别人,两棵树不得不归顺新主,一下子割断了我和老家的唯一联系。蓦地有种无根的感觉,有满腹漂泊异乡的凄然。

卖房前一天,去和旧宅告别。一进院,种种往事顷刻浮现眼前,连气息也一如当初。那时我还年轻啊。两棵树栽种时,也都幼小,而今,槐树将近合抱,柿树超过碗口粗。我呢,也垂垂老矣,真应了桓温大司马那句"木犹如此,人何以堪"的千古浩叹。忽想到,新主人会不会亏待了树?也可能一朝伐倒,腾出地皮增建新屋。我,管不了了。

为做这篇小文,昨夜很晚才睡。五更偶有一梦,梦见我成了分量好重好重的"文化名人"。那座破败宅院成了"周同宾故居",还挂了"保护文物"的牌子。甚荒唐,梦中竟忘了周同宾端的算是什么阿物儿。

2007 年 3 月 23 日于宛城豆斋

一片腊梅叶

——凭吊冯友兰故居

踌躇许久,还是要写这篇文章。

辛卯年八月十五,来南阳挂职的学者王超逸先生提议,去唐河县祁仪镇拜谒冯友兰先生故居,邀我和李强小友陪同。超逸先生是冯先生再传弟子,特地晨起沐浴,整洁衣履,显然是带着无尽虔敬前往的。中秋节是团圆节,去那里亲近一番冯先生,应是别有意义。

车出城区,天低云暗,欲雨未雨,像是上苍有意酿造一种氛围,让我们切切缅怀这位世纪哲人。我没通读过"贞元六书""哲学三史",于冯学毫无研究,但对这位乡贤一直高山仰止。有关冯友兰的话题,絮絮地绵延百余里,还没到头。超逸先生说,冯先生一再引用的"周虽旧邦,其命维新"(语出《诗经》),且简化为"旧邦新命",用意良深。"这四个字,中国历史发展的现阶段足以当之。'旧邦'指源远流长的文化传统,'新命'指现代化和建设社会主义。阐旧邦以辅新命:余平生志事,盖在斯矣。"(冯友兰:《康有为"公车上书"书后》)为国为民,仁心可鉴。我说,冯先生一再引用张载的"为天地立心,为生民立命,为往圣继绝学,为万世开太平"(即"横渠四句")明志,足见其异乎常人的责任感、使命感、献身精神和担当精神。他是现当代无人超越的哲学家、哲学史家,更是伟大的爱国主义者……

问了多次路,绕了多个弯,终于到了,到了祁仪乡政府。冯家故宅已荡然无存,连一丝当年的气息也没有。这里只是旧址。新建的随处皆有的长方体的办公大楼,把可以想象的全部空间满满壅塞。幸好,原属于冯家的遗留还有一株银杏,树干可两人合抱,树龄已远过百年,把满树扇形的叶子一直擎向云天,扇面绿中透黄,已老出了秋色。阅尽世事的古树见证了冯府的沧桑变迁,可惜不告诉我们。还有一丛腊梅,密枝披拂,碧叶葳蕤,活活地酿一团勃然生机。据说乃冯先生所手植。于是乎,我们仨列队肃立,向岁暮才绽放金色笑靥的花卉中的坚韧者九十度三鞠躬,献上一腔敬意,满腹思绪。想,院中的泥土应仍留有冯家地气,但,凝固的水泥已经严严压死,接触不得。

在乡政府的一间屋里,有一故居沙盘。庭院深深,屋舍俨然,门前树铁旗杆。但只是不到三平方米的微型沙盘而已,绝对透不出冯家大院当年浓重的历史、文化、生活讯息。

临别时,超逸先生特地带回数片腊梅叶子,带回无限牵念,更带回难言的遗憾。

出乡政府大院时,我暗思忖,此处或许正是冯家大院朝向清水河的大门旧址。冯府大门没有乡政府大门阔大。遥想当年,从这里却不只走出了冯友兰，还次第走出了地质教育学家、矿床学家、地貌学家、中科院院士冯景兰，作家、文学史家冯沅君。作家宗璞不在冯家大院出生，根脉却在这里。这个曾经充盈书香的青砖灰瓦院落，对中国的贡献太大太大。然而，连半块砖、一片瓦也难寻觅。

回到家，读冯先生女婿、宗璞丈夫蔡仲德所著《冯友兰先生年谱初编》，见多处有关故居的记载，不禁感叹唏嘘，甚至愤慨。且引几条如下——

　　1986 年 12 月 29 日："复祁仪乡政府函，表示'我在北京大学工作，居住条件已有适当安排，不需用老家旧宅，该屋乡镇机关已使用多年，现在可继续使用，不必变动'。"

　　1988 年 4 月 15 日："王天立来信，说老家房产折价一万五千元，乡政府拟用此款建冯友兰图书馆，问是否同意。"

　　1988 年 4 月 22 日："唐河侨务办公室来信（冯友兰长子钟辽侨居美国，故由侨办出面——引者注），说先生老家房产折价七千九百元，问'手续咋办，房款谁领'。信中并有要先生捐献此款买轿车之意。"

　　1988 年 4 月 27 日："致唐河县侨务办公室一信，告以决定将房款捐赠唐河县图书馆。"

这些记载，颇具《春秋》笔法。

此后，《年谱》中再无有关老家旧居的记载，因为已经易主。即令变更了产权关系，那近百间房舍仍变更不了冯友兰故居的实质啊。冯先生的初衷是"可继续使用，不必变动"，后来不仅变动了，而且拆毁了。内中想必还有许多故事，我们不知。面对当时的乡政府，学贯中西、思通今古的智者冯友兰非常弱势。

冯先生情系桑梓，愈老愈炽。《年谱》中，最后十年有关家乡的记载多达数十条。乡亲来访，无不接待；提出要求，无不满足（唯一一次例外是，南阳地区教育局拟用专车送去石匾，当即命宗璞发函制止）。1985年，给老家捐资一万元，修建教学楼。后又捐资一万元为图书馆配置钢制组合书架（共42架），并捐赠购于二十世纪二十年代的百衲本《二十四史》一套（凡806本，3243卷）。

对文化，冯先生坚守的是建设。对已成文物的故居，后来人实行的是消灭。

如果毁于"土改"，尚可原谅。毁于"文革"，也可理解。偏偏毁于改革开放十年后，岂非咄咄怪事？

论文化意蕴、永久价值，一万栋办公楼也不抵一座冯友兰故居。

扪心自问，是不是愧对冯先生，愧对后代子孙？

北大燕南园57号三松堂，是冯先生人生及学术的终点。唐河祁仪"耕读传家"的祖屋，是冯先生人生及学问的起点。没起点焉有终点？三松堂已成学界圣地，起点却化为乌有。当初拍板决定扒掉故居的当权者，岂非"千古罪人"？说这些，可能有人不悦。我已老,无所谓了,不怕得罪了谁……

前不久,超逸先生转赠我一片冯家的腊梅叶,月余天过去,已苍黄得斑驳凝重,有文物的质感,不禁想起鲁迅《野草》里的《腊叶》。依稀觉得,我的书房和学界泰斗的故居忽地有了一种生命的维系,知识贫瘠的我和满腹经纶的冯先生有了一种可触可感的关联。手托叶片,观赏,沉吟。而后,把它夹进架上矗立的皇皇 14 卷《三松堂全集》的第一卷,《三松堂自序》的篇首。此文的第一句话是:"1895 年 12 月 4 日(农历乙未年十月十八)我生在河南省唐河县祁仪镇祖父的家里。"

2011 年 10 月 26 日

散说南丁

一

只能散说。我对南丁了解得很不囫囵，文章也就做不囫囵。如果把南丁比作一道风景，我只是看过几眼，只能说点观后感。如果把南丁比作一本书，我只是翻过几页，只能说点读后感。

可惜没在他直接领导下工作过。《散文选刊》初创时，曾有意征召我去他麾下，因我怀土恋乡，不愿高就，终于作罢。也没和他长谈过。每见都是在会上，他屋里总是人满为患，我只能挤中间，听别人说他，调侃他，他总是笑笑地，像尊佛，言语很少。唯独在那年西峡笔会上，我竟敢在他面前火冒三丈，大骂他管辖下的某刊主编以权谋私。他听了依然笑笑的，一副大肚能容模样。我所以敢放肆地"犯颜直谏"，是不担心他会向那位主编传话，从而封杀我的稿子。南丁比我年长许多，只要他在会上，我就觉得自己还算年轻。他是我的参照系。心里对自己说，看人家南丁，年纪一大把，走的路比你过的桥还长，吃的苦比你吃的盐还多，依旧乐呵呵地过日子，不急不慢地写作，你还有奔头呢。

望南丁长命百岁，一直在我前面走。我会看着他虽不伟岸却很诱人的背影，继续自己的文墨人生。

还望南丁写回忆录，无顾忌地（大概这很难）把他的经历，包括辉煌和屈辱，任上和下野，整人和被整（这里必须说明，他挨整的事我所知不少，整人的事却一无所闻），通通抖搂出来。那必将是一本好读的书，起码是半部河南文学史。

二

二十世纪八十年代后，常去省文联走动。我发现一个有趣的现象，就是那里的作家都没大没小地相互直呼其名，连经历过鲁迅时代的老资格的于黑丁也"黑丁""黑丁"地当面呼叫（似乎只有苏金伞因其实在太老，被尊为苏老），听起来十分亲切，像是一个坑里的鱼，不管大鱼小鱼，都是鱼，鱼与鱼平等（只是对田中禾叫"中禾"，我感到别扭，他那是浑然一体的笔名，掐去头叫，岂不等于叫白鳍豚为"鳍豚"，叫金丝猴为"丝猴"）。叫南丁就是"南丁"，从没听人叫他"主席"（只在焦作的一次笔会上，听外地作家叫他一次"南主席"，听后我想笑）。在作家眼里，你职位再高，只要还是作家，就只能叫你作品上的署名。文联是盛产主席的地方（正如人大有许多主任一样），可在省文联却不闻

"主席"声,大小主席都不称官衔。这是个好传统。君不见天下滔滔,大小机关都是这长那长的,连副股级干部也"股长股长"地被恭敬地叫着,自得地答应着,连乡党委委员也"张委员""王委员"地尊称着。起码在这一点上,文学界还没有官场化。

我是白头宫女说天宝旧事,不知道如今的省文联情况如何。

我叫南丁"何老师"。不是他教过我的课,而是我学过的课本里有他的作品。念高中时,文学、汉语分科。文学课本第四册现当代文学里,有鲁、郭、茅、巴、老、曹,也有他的小说《检验工叶英》。鲁迅等人,远在天边,南丁却在河南,有亲近感,自豪感。现在还记得小说里一句关于叶英的肖像描写:"只她的鼻子略微地塌了那么一点,略微的一点点。"写作文时就一再套用这个句式,比如:"第二天,苹果略微地红了那么一点,略微的一点点","猪拱菜园的篱笆,略微地拱坏那么一点,略微的一点点"云云。反正,在一个中学生眼里,南丁近乎伟大。

我每出书,都寄南丁一本,心情像中学生向老师交作业。记得寄上《古典的原野》后,收到他一幅书法,文曰:"原野而古典者,唯南阳周君也。"说我好话呢。裱褙后却不敢上墙,怕别人笑我借他的权威评语自炫。

三

我认识检验工叶英后不太久,南丁成了"右派",报纸上批判他,说他反动。我脑筋转不过弯来,正像说检验工叶英反动我不能转弯一样。再后来,听说他被下放到南阳。我倒暗喜,他离我略微地近那么一点,虽略微的一点点,说不定有可能见到他。别的右派可恶,这个右派不可恶,因为检验工叶英不可恶。

好多年后,一群文友游伏牛山。路像一条绵软的绳,在山间绕九十九道弯。车像甲壳虫在绳上爬,渐渐爬进深山。到一个叫小水的地方,停下休息。西峡的乔典运说,这就是南丁下放的地方,并指着一座依山坡而建的瓦屋说,那就是南丁一家住的房子。我看此地,天蓝得出奇,比海还深湛。云白得出奇,比绵还素洁。山色青得厚重,若中国画的颜料石绿石蓝层层堆积。一道溪流淌得快活,浪花在大大小小的鹅卵石上蹦蹦跳跳,调皮地唱着清清脆脆的歌儿。最出奇的是路边那棵粗得须三四人合围才能抱住的老树——或许是几棵老树扭在一起长成了一体——竟长在鳖盖似的大石头上。根如蟒蛇竟拱破石头在石缝里牢牢深扎。干是多棱体,旋着向上长,有雕塑美。枝枝杈杈弯弯曲曲,穿穿插插,有线条美。那是棵艺术化了的树。树根上拴头牛,牛也能上画。有成群的黑褐色鸟在树梢起落,叫声响亮,如山民喊山。我想去那座瓦屋看看,亲临现场想象一番作家当年的生活;时间紧,没去成。把南丁弄这里改造,岂不等于把陶渊明送进了桃花源?暗思忖,这地方应该立一标志,说明一位倒霉的作家曾在此处度过一段不算倒霉的日子,可供后人游赏或凭吊。

此时的南丁,早已离开旧居,当上省文联主席。

对了,当了省文联主席的南丁,救过我一驾——发了百来篇散文后，有人在地方报纸评论我，称我为作家。当即就有人不买账："周同宾算作家？"把评论者弄得下不来台，我也好没面子——鲁迅有言："面子是中国精神的纲领"啊。正当此际，省报登出南丁一篇文章（可能是在某次会议上的讲话），内列数十个作家的名字，其中有周同宾。有了这依据，我才名正言顺地成为作家，不再遭人讪笑。这情况，又令人想起鲁迅的话："我们的乡下评定是非，常是这样：'赵太爷说的还会错吗？他田地就有二百亩！'"南丁说的还会错吗？他是省文联的总头目啊。

2007 年 5 月 20 日

乔典运坟上开满迎春花

2007年3月9日（农历丁亥年正月二十），诸文友聚集西峡，研讨乔典运的创作思想及小说艺术，纪念他辞世10周年。七嘴八舌，你言我语，长篇大论，简短发言，说他的作品，说他的逸事，说他说过的趣话，就把乔老爷说活了，好似他就在座中，静听大家议论他，调侃他，脸上始终带笑，质朴而机灵的笑，忠厚而狡黠的笑，笑得令人乐于亲近，又让人不禁思忖此公此刻端的想的啥？（我对乔公的笑印象极深，一半来于他生前，一半来于他的书。书中的笑是含泪的笑，书前的照片大都笑得灿烂。）

老乔的儿子小泉说："今天是我爹78岁生日。"巧，或许是上苍召唤朋友们来给他过寿诞。

会后，一长队汽车去他墓地祭奠。墓在城北，背倚大山，山上林木苍碧，山头白云雍容，蓝天高而开阔，堪把思绪牵向深远；前俯川原，有村落人家，田园阡陌，鸡犬之声可闻，世俗的事情时时都在发生。这是个可意的归宿处,长眠中犹然偎依山野,近靠乡亲,延续着旧日的牵挂。

众人在田埂上站成个弧形,三鞠躬,烧纸钱(烧前用百元大钞按火纸上一沓沓拍了又拍),放鞭炮,献花,有从花店买的来自南方的鲜花,也有在山下采的粉嘟嘟的野桃花。老乔的晚辈同事王俊义边烧纸边说:"乔老师,起来拾钱吧。"李雪峰磕罢头对我说:"乔老师对我有恩哪。"这是个中西合璧的仪式,如老乔的作品,有中国的传统,也有外来的路数。站墓前,我想了很多,想到周熠那篇虽太多感伤却满是真情的好文章《魂追乔公去》,想到10年前的正月初五,我随刘海程、周熠二位去探病,临别,他半躺病榻欲直身没能直身,双手抱拳微微一揖,唇几张几合说句话,没能听清。三日后他去世。那次是永诀,那句话是没听明白的遗言。现在问他说的啥,怎问?只能问天,问天天不语。

走近他,抚摸墓碑,碑面字迹犹新,碑下苔痕斑驳,许多小草茎蔓簇拥碑基,有枯叶,也有新芽。我绕坟三匝,见顽石砌了圆圆一周,砌出浑朴的不规则几何图形,若神秘符号。坟头黄土颜色已暗,长满茅草,还有小树。是大自然要向世人昭示此处长眠的是一位自称"草木之人"的人?坟上最多的是迎春花,长枝坚韧,黄花烂漫,就为坟编织一顶金光闪闪的华盖(乔老爷一生,几度华盖运)。六瓣的迎春花,朵朵朝着太阳笑,千朵万朵汇集一起,就把春天笑得热闹,也把人心笑得痒痒的想对春天发表看法。我仿佛又看见老乔笑,在花丛中微笑,曾经熟悉的微笑。只一瞬间,便没了。眼前只有一座经过十度春秋的坟,坟头草木已老。鲁迅说的对："我只很确切地知道一个终点，就是：坟。"那张笑脸今生今世难再亲见。肉身寂灭，魂应还存，一半回归太虚，一半栖息小说里，翻开书，兀自活跃，絮絮地讲述眼泪浸泡过的故事，很多故事可笑（有几篇干脆就叫《笑城》《换笑》《借笑》《多了一笑》），笑后却叫人想哭，而又欲哭无泪。

王俊义说，几次梦到乔老师要吃烧饼。今天真该买几个带来，做生日蛋糕，朋友们和他一块儿分吃掉。

离开墓地，回头看，见一只青鸟扑棱棱扇动翅膀，向远方飞去。

二月河在北京开会，没躬逢此事。给他发手机短信报告情况，回信曰："大家念忆他，他会知道的。"

2007 年 3 月 10 日

一鳞半爪二月河（六题）

二月河是庞然大物，我不能也不敢写整个的他，只能写我所亲闻亲见的一鳞半爪。我们同住中原一隅的南阳，且在同一单位领取薪俸（当然，同是"坐家"），就时不时地见一面，有些过从交往。有些趣事颇值得一说，就陆续写下若干零碎文字，算是盲人摸象，摸出的是片断感觉。

踏雪造访二月河

交冬至节，一场大雪下得磅礴，真格是"战罢玉龙三百万，败鳞残甲满天飞。"白雪堆积，遮蔽一切。世界本来复杂，变得简单。世界本来喧闹，变得平静。世界本来污染，变得清洁。这很好，正可闭户读闲书，读出半天懒散。

猛可的电话铃响，二月河打来的："同宾，我画画儿咧，有空儿你来看看。"

听了一惊，比听到他说又写出一部长篇还吃惊。只知道他女儿曾习绘事，想不到他也悄悄儿弄起丹青来了。世间事，常常有些出人意料的蹊跷。

于是乎，急切切去看画。走出大门，走进风雪中。街道空空的，不见车辆，不见行人，活动的东西只有上蹿下跳的雪片。我家到他家，隔一条宽宽的河，我住河之南，他住河之北。河岸的风景，只剩下白得渺茫，白得迷蒙。成队的垂柳，不见了昔日的婀娜，而变作银色的坚硬。从桥上过，看河已封冻，凝固了浩渺烟波，铺一层柔柔的雪，闪着白亮的光。这河名叫白河，真的成了白河。

迤逦走来，踏碎一路琼瑶。叩开凌府大门，见满院落雪均匀，甬道和花圃仅显出淡淡轮廓。广玉兰真的成了玉树，在凛冽中展示高洁。抖落一肩风雪，进他书房，好大的书房被成架、成堆、成摞的书和笔、墨、纸、砚壅塞了宽敞。没有坐下，也没有惯常的寒暄，立马就看画。案上几上沓十余幅，方桌上的一张刚涂几笔，彩墨还洇着。画的都是写意花卉。先看那帧牡丹图。这富贵花，朵大如斗，粉瓣儿攒簇，妍做深深浅浅胭脂色，润润的，若朝露未干。一两个硕大的将开未开的骨朵儿，好似唐朝美人将笑未笑的胖脸儿。阔叶数片，参差错落，如围如护，越发衬托出花的美艳。满纸气象蒸腾，满纸张扬到极致的生命力。整幅画绝少"留白"，全不管老祖宗订立的中国画的规矩，把空白留在画外，让想象去活跃。左上角唯一的笔墨未到处，题诗曰：

邯郸酒卖歌未歇，

　　长安离宫草莱深。

　　峥嵘一树艳阳里，

　　雍容东风不自矜。

　　诗中寄托遥深，开阔了空间，也拓展了时间。国色天香牵绊着千年往事。兴衰荣辱都是短暂的过程。历史早已苍老，参与历史的花依然青春啊。人事沧桑，岂奈牡丹何？

　　一幅幅端详，品赏，看得我喜不自禁，心花也欣欣然怒放，就说了夸赞的话。二月河听后赧然笑了，两眼笑成新月弯弯。

　　窗外，冰雪盖地，周天寒彻，檐下挂琉璃儿。他家却春风骀荡，姹紫嫣红，挽住了似水流年，留住了如花美眷，使瞬间具有永恒感。

　　接下来看的是几幅葡萄。以焦墨作藤，坚劲虬曲，泼墨画叶，蓊郁翠碧，酝酿出绿荫森森，凉风习习。枝头探出几缕丝须，呈螺状，仿佛蛾儿的眉。叶间果实积成嘟噜穿成串，沉沉的，很饱满，光色明亮，晶莹，玲珑，有质感。徐文长题画葡萄："笔底明珠无处卖，闲抛闲掷野藤中。"说的就是这种情形。歌手刀郎唱道："吐鲁番的葡萄熟了，阿娜尔罕的心儿醉了。"成熟的葡萄确实醉人。一幅是紫葡萄，紫如暮山的烟岚，题跋：

　　累累葡萄满架，

　　棋酒知友清荫下，

哪里讨这闲暇。
竹床木椅坦腹倚,
说说秋月,
谈谈春花。
高兴了夸夸,
不高兴骂骂。
神仙也没有这夏日架。

    画出的是暑天的自在逍遥,惬意潇洒。另一幅大半儿紫小半儿青,老藤上竟栖一只乌鸦,愣愣地俯视水凌凌的鲜果。二月河解释说,那地方无意中落一滴墨,趁势就画了那只黑羽的鸟。题跋也是一支自度曲:

荣荣一树葡萄架,
紫也是它,
青也是它。
上头落只呆乌鸦,
啄也由它,
看也由它;
狐狸岂不羡煞?
颗颗明是甜若饴,
为甚的教人思量流涎水,
酸掉牙?

亏得那一滴墨,化出了一只鸟,顷刻间画境分外生动,同时弄出了一则寓言,活泼泼地有趣有味。

他家不种葡萄,更无葡萄架。那满架清凉,满架甜美,都在他心里。元朝画家黄公望有言:"画,不过意思而已。"二月河正是把心里的意思移于纸上,心象变作物象,满怀诗情变作画图。于是就营造了温馨和愉悦,沉浸其中,得意忘形。他说:"画画儿高兴。"这就够了。他不是画家,他的画就不是画家的画,只是作家在宣纸上的随意挥洒,偶尔藉另一形式抒发性灵罢了。

一张张看完,我亢奋不已,真想全部席卷而去。不能太贪婪,只拣出两幅,让他题款盖章。

带上一丛牡丹,一架葡萄,踏雪回了。天寒地冻,心里却暖暖的,瞧那纷纷雪花,似也舞得快乐。

事情到这儿本该完了,不承想几天后他电话里说:"同宾兄,送你的画不好,千万别去装裱,把它烧了吧,撕了吧。再来,再给你一张。"放下电话我就笑了。再得到一幅当然是喜出望外,可让我把已有的两幅毁掉,没门儿。东西在我手里,由不得你了。不好也罢,好也罢,都是二月河的真迹。"皇帝作家"也会有朝一日"龙驭归天"。到那时,我的子孙可以拿拍卖会上卖个大价钱呢。

2005 年春节

4月6日去邓州小记

　　文学界集会,二月河很少参加,即便省城、京城的作家代表大会,他也缺席。说他狂、傲,架子大,他都不在乎。这次,豫西南一隅的邓州举办"花洲之春"文学座谈会,倒欣欣然应邀前去了,甚至有点急切切的,仿佛冥冥中有一条绳硬把他往那里拽。(这是一个谜——他身上有很多谜,谜底都在他心里,能破解的很少。这个谜却被他自己弄透了,此乃后话。)这个会是冲着花洲书院开的。花洲书院是范仲淹创办的。范仲淹时任邓州知州。任知州的范仲淹在花洲书院写出了文学史上的璀璨之作《岳阳楼记》。范公道德文章,皆为千古楷模。作家们去花洲书院,就具有投师朝圣般的意义了。

　　南阳到邓州,百余里车程。车走在蓝天下的阳光里,天气好心情就好。我们达不到范仲淹的境界。想这条路,范公至少走过两次,一次从汴京来赴任,一次离任去杭州。他当年是骑马?是坐轿?是乘车?我不知道宋代的州官享用何种交通工具,我只知道不管哪种,速度都不快。慢也好,行进中可以细细密密思考,从从容容吟诗。这么说,这条古道的泥土下面,散落有范文正公的思绪和诗句,可惜岁月尘封,再也难以捡拾。文友们说一路范仲淹,二月河却很少开口,只木木地望着车窗外,一副深沉状,良辰美景也罢,前朝往事也罢,似乎都无动于衷。他心里想的啥,天晓得。

　　很快就进了邓州城。下车就参观花洲书院。书院建在百花洲畔。百花洲,特静幽,有水纤曲,有丘起伏,有桥拱然,有亭翼然,有老树述说沧桑,有繁花铺陈烂漫,有阵阵春风决意要把游人熏醉。花洲书院凡五进,堂庑皆青砖碧瓦,平甍阔檐,雕镂成传统图案的窗棂泄露古典的阳光。过牌楼,绕照壁,穿春风堂,参先师殿,看万卷楼,登春风阁,拜谒范文正公祠,处处若有书香隐隐飘拂,文化味郁郁充盈。导游小姐巧舌如簧,远去的往昔被渲染成可视可听可触的生动,努力要把一群作家拉回历史深处的苍茫。作家都散漫,二月河更散漫,天不拘兮地不束。这次第,却唯有二月河最守纪律,紧紧跟随导游,洗耳恭听解说,酷似一个戴红领巾的小学生。我纳罕,他的学问如果是一条河,导游的知识可能只几滴水,他竟如此虚心,像听朱熹老夫子在白鹿洞讲经论道。

在春风堂前,我蓦然发现一块粗粝的石头兀立,上镌"二月河读书处"一行大字。下刻二月河一篇散曲体的诗,曰:

> 蹊径老塘犹存,
> 残城草树相抚。
> 春风阁前明月清新,
> 百花洲上斜阳迟暮。
> 四十载烟尘如昨,
> 八百年游子归路。
> 指点少小新学生,
> 知否知否,

此是范子情断处。

忽地明白了，四十年前，二月河曾是这里的学生啊。从1961年，到1963年，他在邓县一中念书，学校就在花洲书院。我问他，读书处是泛指还是特指，是否真在勒石的地方读过书。他说，在偏院的三眼井边读过小说。那时候，人世间只有高中生凌解放，还没有作家二月河。我猜想，二月河终于横空出世，与范仲淹，与花洲书院，总有点关系吧。多次改朝换代，书院几经兴衰，范公留下的一缕文脉应未中断吧。这篇铭文，情真词切，有深沉的慨叹，悠远的寄托，挚切的希冀，和别人无法体味的今昔之感，也透露出几许隐秘的传承消息。

中午吃饭，二月河特意让东道主请来他的三位老师。进餐厅，他说："朋友们，委屈了，今天我要待老师。"硬把老师拉上主宾位置，官员和作家都替他陪客。席间，只和老师叙谈，问身体，问家庭，恂恂然执弟子礼甚恭，怡怡然如对长者的慈颜。听说某位老师已经故去，不禁唏嘘不已，黯然久之。每道菜上桌，必先用筷子的另一端——为老师夹进餐盘。向老师敬酒，满满斟了，双手捧杯，躬身奉上。孔子曰："有事弟子服其劳；有酒食，先生馔。"此之谓也。他喝酒也不少，他说："见了老师，心里高兴。"饭后，不顾疲劳，又张罗笔墨宣纸，为老师写字。写的是唐诗集句，有"蹉跎冠冕谁相念，寂寞烟霞公自知""已被秋风教忆脍，更携书剑到天涯"等多幅。他似乎要拿出自己的全部本事，献给师道的尊崇。多年前，二月河做过一篇《致老师的一封信》，曾引发读者訾议,以为他亵师渎道。从这天的表现看,情况远非如此。他讨厌的是旧教育模式对学生个性和创造力的扼杀,绝不是自己的老师。当年的凌解放是不是个好学生,到如今还没有定论;现在的二月河是个"大腕"作家,即便骂他的人也不能不承认(时下文坛,说他坏话的和说他好话的几乎同样多)。

回来路上,我说:"那时候在邓州,你是长小尾巴的小蝌蚪,现在,成大青蛙了。"他说:"大蛤蟆。"

2005 年 4 月 15 日

"口里噙着个馋虫"

早年,二月河体壮如牛,大块吃肉,大碗喝酒。少时从军,干的是工程兵,开山、挖煤、推车运石头,拼的是力气。我问他,那时候一顿能吃几个馒头,他答:"说出来吓你一跳, 能吃六七个!"也善饮,65 度的二锅头咕咕咚咚喝一斤六两,依然不显醉态,而且只喝酒不用肴,"喝酒就是喝酒,吃菜干啥?"他说。二十世纪八十年代中期,一群文友聚餐,已经酒足饭饱,意兴阑珊,正欲做鸟兽散,一位官员施施然进屋,入席就要和二月河划拳比试高低。二月河说,干脆对饮吧。官员亦性情中人,直把杯中物看作浓缩的友谊,于是就对饮。高脚玻璃杯,满满斟上,轻轻一碰,说声"干",一饮而尽。喝到第十二杯,官员已不胜酒力,渐呈飘飘然状,强撑着继续喝,二月河则似无其事,保持着一脸天真的笑,频频举杯,饮如长鲸吸百川。碰完二十四杯,官员再也不能招架,说声"下次吧"(那下次始终没有出现),宣布休战,遂落荒而去,步履踉跄,若玉山倾颓。那次赌酒,成了本地"酒坛"一段佳话,流传成了民间故事,至今仍不时有人提起。

二月河堪称高阳酒徒。西方有所谓"酒神性格"一说,意指个性张扬,狂放不羁,追求生命自由,哪管世俗规矩。二月河仿佛若此。

不承想这个壮汉(或者说壮士)却得了糖尿病。这病或许和喝酒有关,更缘于一直伏案,无暇运动,十五度寒暑,焚膏油以继晷,恒兀兀以穷年,一笔一画地硬把五百余万方块字一个个填入稿纸的方格,大书一部部写出,健康一日日耗损,不生病才怪呢。我曾有打油诗嘲此情状曰:"思入华章糖入尿,一般消渴似相如。"(西汉的大才子司马相如也是糖尿病患者)一有此恙,就不敢大啖特啖畅饮豪饮了。仍想吃想喝,每逢饭局,对满桌珍馐美味,生猛海鲜,却举箸踟蹰,看看这也不能吃那也不能吃,尽失当年饕餮相;一闻酒香,犹蠢蠢欲动,却硬是不喝,顶多浅酌三杯两盏,往昔的将进酒杯莫停,已成天宝旧事。这病,把二月河纠缠得好苦。

过去,他一个人能吃二十元钱的羊肉。如今,两口子一块儿喝羊肉汤,只花五元。炮换鸟枪,风光不再,可叹可悯。

三折肱而为良医。他对糖尿病也就颇有研究,该吃啥不该吃啥,一说一大套。黄瓜热量极少,可多吃。南瓜含糖仅百分之一,也是好物。曾做题画诗道:"此瓜名南瓜,富贵人家稀见它。

愈是年馑,结得愈多愈大,活人无数,广济天下。而今消渴遍世界,它含糖量少,仍旧益人不暇。端的是平民瓜,圣贤瓜,南无救命活菩萨。"我近日读到一篇文章,说糖尿病患者吃南瓜血糖不仅不降,还会大大升高。文章的题目就是《南瓜蒙人十几年》。如果他知道,一定很沮丧,可吃的东西已经不多,这就又少了一种。

有了病才想到健康重要,羊已经跑了才修补羊圈,是晚了些,也不太晚,免得继续跑掉,跑光就麻烦了。每日清早散步一个小时,走五公里,如果风雨大,就在庭院走,院中甬道呈S形,抱一歪把葫芦状水池,若柳宗元的钴鉧潭(当然规模远逊之)。二月河沿路边溜达、目不斜视,两臂摆动翼如也,实在是古城南阳街头一景。有谁能用相机偷拍下来,可能成为经典照片。前不久,一天夜里,他打电话问我,早晨几点散步,我说六点半。他说,咱们河南岸碰头。我起床稍迟,刚踏上通往河边的大街,就望见他大步走来(走路的姿态颇似发胖后的刘绍棠),手里拿一本书,脸上的笑像微风下的涟漪。会合后交给我一本旧杂志(却原来不是书),内夹一张折叠的画。我们一块儿走向水之湄,沿人行道朝西遛,身边,杨柳依依,袅袅娜娜,丝条儿时时把头脸蹭得痒痒。走着,说些不成篇的闲话,散淡而不追求意义。一直走到那座拱作彩虹状的桥头,他转身上桥回家。桥上,行人熙攘,担豆腐挑子的汉子,牵奶牛现挤现卖牛奶的老农,遛狗的少妇,蹬三轮车满装大葱、韭菜、西红柿的粗胳膊女人,刚买回一只鸡的老翁,卖黄鳝的、卖蘑菇的、卖鳖的、卖臭豆腐的、卖五毛钱一双的拖鞋的、用机器测量身高体重回头率的、乞讨的……拥挤成乱哄哄的人流。他在人群中穿行，脚步放慢，小心地怕碰了别人。他的头顶、两肩，和众生一样洒了朝霞的橘黄。和他擦肩而过的路人不会注意到走在他们身旁的剃了光头的这位是谁，或许以为是匆匆赶往公司上班的开大货车的司机呢。

归来，我就展开那幅画。仿古的洒金宣纸上，画的是葡萄，浓墨画叶，焦墨作藤，坚韧的须如怀素和尚的草书，累累集聚的果如珠如玉，眼见得包藏着蜜汁儿，一看就诱发口水（他的画确有长进，正由稚拙变老到）。最妙的是题跋：

> 少年时心雄，想的是利禄功名，嘴里还嗓着个馋虫。可惜了书生无用，没有权也没有勇，觑见美食，食指大动，拍拍腰没有铜。好容易挣扎着混出个人模样，偏他娘得了个糖尿病。满世界好吃物，眼巴巴不能用。似这般一品味，分明是上苍普恩惠众生，只吾辈福薄运数穷。罢罢罢，哥子吃不得也，画个画儿送友朋。

"口里嗓着个馋虫"，我联想起《水浒》英雄说的"口中淡出个鸟来"。

狐狸吃不到葡萄反说葡萄酸，二月河承认颗颗甜美，却又知道含糖量忒高，虽馋涎欲滴，却强忍不食，满怀艳羡画葡萄，或许是心理补偿，如赵孟頫"想见时人解图画，一峰还写宋山河"，画的是无可奈何的今昔之感。

为糖尿病所累，毕竟是一己私事，二月河却由此联想到国家大事，竟悟出腐败乃社会糖尿病，连续一论、二论、三论《腐败症与糖尿病》，并总结出两者有六大共同规律。最主要的两条，一是都不会短时间送命，再是都怕最终引起并发症。人的糖尿病如导致眼、心、脑、肾病变，就药石无力，回天乏术了，社会糖尿病如听任发展，一旦并发出什么事，就国将不国了。"汉亡于斯，唐亡于斯，宋元明清莫非如此。"他熟知历史，说这些应非故作惊人之论。他还说："自律是不成的。"……这话题太沉重，打住吧。

2005 年 9 月 21 日

二月河雨

猴年春节前几日，文友们有次聚会。饭局中，说到刚刚出版的《二月河语》，我说："书名何不叫《二月河曰》。"二月河倒说："应当叫《二月河雨》——下雨的雨。"于是我俩都笑。吃喝毕，带着醉意，一伙人"伴驾"去他府上索取这本新著。迤逦走进客厅，他抱出一摞，坐下就逐人逐本签名盖章。给我的一到手，就翻看目录，发现大部分篇什没读过。问他，他说，原初在海外发表，内地是第一次面世。

携书归，开始读。一读就感觉到，读这本短小文章的结集和读长篇说部《康熙大帝》《雍正皇帝》《乾隆皇帝》不能是一个读法。读他的小说，被故事情节、矛盾冲突、人物命运牵着，不能不急急读下去，稍稍一停，心就悬着。读这书却不能快，必须时时停下，想想，琢磨琢磨。不独因为语言——他的语言仿佛不遵守"行于所当行，止于不可不止"的古训，常常不当行偏硬行，不可止偏戛然而止；还常常笔走偏锋，故作拗句，弄出些涩味，如中国画里的焦墨，令人不得不放慢审美进度，且作流连。更因为文中的思想或者说意思，切切地拽住人让你不能不动动脑筋体悟他论辩的理，剖析的义，他藏在字面下的那一腔忧患。正因为此，我把这书放于枕畔，每晚读一篇两篇，历月余才读完。

《二月河语》是二月河的《论语》，也是一场连连绵绵下了月余下在心上的雨。我想起"冷眼向洋看世界，热风吹雨洒江天"，也想起"山河破碎风抛絮，身世飘摇雨打萍"。这场雨中，意味良多。

说到底，二月河是书生。他身上既有历代书生忧国忧民的传统，又有现代知识分子对体制的诸般弊端的深切关注与思考。他最了解国情和世情，从官场到市井，从做人到为文，都想得相当透。有人说，一切历史都是当代史，历史上的一切事情都不止发生一次。这话不差。他说古说今，说的都是对现世现实的警诫和启示。单那几篇有关腐败和反腐败的文章，腐败如糖尿病的比喻，就特别值得深长思之。

近年来，二月河的三部长篇，尽管赢得万千读者的热情热心,却不断遭到一些学者和论者有意或无意的歪曲和误读。我怀疑他们或许就没认真读原著,只看了几眼电视剧,就给这个用鲜活的形象揭示了封建专制必然灭亡的作家,加上"歌颂专制""封建余孽"之类的恶谥(无独有偶,揭露专制最有力、反封建最彻底的鲁迅,当年也曾被骂为"封建余孽",鲁迅遂以"丰之余"的笔名回敬攻击者)。不知那些人读了《二月河语》会做何评价。或许不可指望这场雨会淋出他们几分清醒。

我认定,二月河雨是场好雨。

2004年4月22日

打油一曲戏赠二月河

二月河年交花甲。

南阳的朋友们张罗做寿,商量几次,他不同意。最后,达成妥协,变通为文学创作20周年小型座谈会。他的《落霞三部曲》第一部《康熙大帝》1985年动笔,到如今地球绕太阳正好转20圈。

座谈会9月28日召开。这天是孔子诞辰2556周年,全球多处都在祭孔。开会的地方选在离王府山不远的文庙大成殿(王府山乃明太祖朱元璋第二十三子朱桱王府花园的原有石山)。此事的操办者或许别有用心。二月河的生辰乃是9月29日,比圣人晚一天。我戏言道:"这就有点'亚圣'的味儿,岂不折杀二先生。"会上,理所当然地,都说了很多褒扬的话,——胪列其著述成就,嘉言懿行,都很真诚,都很热情。看他默默听着,脸上平静,并不生动,更绝无得意忘形之陶醉状。我想,二月河早就不再需要泛滥的赞美,倒不如换换气氛,挑逗他乐一乐,哈哈一笑,皆大欢喜,更益于健康长寿。于是,便拿出了昨夜急急诌成的打油长诗一首诵读(算不上诗,韵语而已):

伏案太久,

老茧生肘。

幽窗孤灯忘更漏,

并没有狐仙邂逅,

却引来鬼剃头,

——发落似澳洲。

不觉又见青丝如韭,

竟忽然髡去效比丘,

这下子闪亮登场更风流。

曾卧龙亭鼾声吼,

曾上荧屏真人秀,

招摇过市长街走,

买菜买馍买酱油。

有女孩儿遗憾道:

"这人儿怎不似玉树临风灞桥柳。"

二十度寒暑堪回首，
手稿堆积两丈厚，
汗水浸透，
心血浸透，
倾吐千古家国忧。
劳神耗力体不瘦，
却销得尿糖直登鹳雀楼，
结交上司马相如成病友，
消渴弄得人难受。

巨著不胫而走，
知音遍寰球。
读者赞不绝口，
也有论者说否。
二月河消停依旧，
从容依旧。
早体会白云苍狗，
早看惯流水浮沤；
不采苹花即自由。
闭门常作逍遥游，
诗兴悠悠，
画兴悠悠，
临池挥毫龙蛇斗，

万千意绪不胜收。

落霞长天铺锦绣，

功已成，

名已就，

志已酬，

鬓已秋，

复何求？

切切珍重好时候，

少食肉，

慎饮酒，

烟别抽，

少吃面粉多吃豆，

闲时勤去河边遛，

茶余饭后，

看云卷舒，

听鸟唧啾，

中庭漫拈花蕊嗅。

乐呵呵活到神龟寿，

把花花世界诸般景致看个够。

　　抑扬顿挫念一遍，举座大笑。我已达到目的。二月河笑得前仰后合，儿童一般天真。带着余笑说道："你这是散曲，可以发表。"我算得了"圣旨"(只是没有"钦此")。于是,再做斟酌,"奉旨"送给读者。这就又多了一篇作品,多赚几文稿酬,划算。

2005 年 10 月 15 日

彩墨二月河

二月河的画,我藏有多幅。在朋友圈子里,不是最多,也算较多。近两月,又得到两幅,一桃花,一寿桃。今日天气阴沉,寒意颇重,情绪不舒展,懒得读书写作,就拿出画看,看着看着,心里热热的,不禁就有话说了。

一

那天,满城风雨近重阳,诸文友相聚宴饮。酒喝到二八板上,邻座的二月河对我说:"给你画幅桃花,叫你走桃花运。"声音不高,别人没听到。桃花运云云,显然是玩笑话。我已老迈,常有迟暮之感,命相早定,运程绝不可能陡地染上妍妍的胭脂色。但桃花却是我之所爱,因为那是春的笑靥。

我等着那幅画,竟多天无消息。莫非是酒后戏言,不可当真? 抑或贵人多忘事,早抛脑后了?

忽一天,二月河打电话:"画好了,你来拿吧。"不禁一喜,当即打的而去。

来到他家门外，惊起一群野鸟，不是麻雀，是大个儿的鸟。进门，见院内残雪未消，空地上撒有米粒、玉米糁。那是给鸟备的食儿。此时，鸟在枝头焦急叫跳，催人走开，再来捡食。他说，常常喂鸟，剩饭也做鸟饲料。特别是落雪天，人能吃饱，鸟去哪儿找食儿？忽想起，有次接他参加会议，车在院外等许久，迟迟不见露头，却原来一只什么鸟掉进水池，翎毛湿了，为救鸟误了时间，上车还没坐稳又说，后悔没用电吹风把它吹干。我暗自感叹，古人说仁德及于禽兽，这就是啊。——扯远了，打住。

却说我进屋还没坐定，他就拿出画卷。我展开一看，眼前一亮，心中一亮，夸赞道："好。"他笑了，若弥勒佛。

携画归来，当窗细品，渐渐地，进入画境。见浓墨郁结成老干，树龄好似百年，铁一样凝重坚劲，略呈之字形，转折处抽出新枝，多直上，少斜倚，几无穿插（这是有意或无意地和传统画法闹别扭），便有勃勃的挺然翘然之气势。枝丫间，花开十余朵，粉瓣儿艳如美人腮；骨朵无数个，鼓胀着酽酽的绯红。枝头冒出几枚雏叶，不想招人眼，腼腆地尚未展开。于是乎，便酝酿出满纸暖意，便洋溢出满室暖意，煦煦然，令人舒服。窗外，高天滚滚寒流急，屋内，桃花依旧笑春风。

画上题诗曰：

　　　　夭夭修得诗经篇，
　　　　烨烨荒岭篱落寒。
　　　　浑然不计年轮数，

岁岁艳英赋春天。

哦，画的是《国风》里的桃树，灼灼了三千年的桃花，曾牵扯昔日少男少女性爱婚姻的夭桃。此树理应生长在野外，如李笠翁所说："唯乡村篱落之间，牧童樵叟所居之地，能富有之。欲看桃花者必策蹇郊行，听其所至，如武陵人之偶入桃源。"忽忆及南阳城东白河边，有桃林夹岸。春二三月，次第绽放，绵延十余里，绚烂似云霞。我去看过，几欲醉死花丛。二月河身居闹市，情系自然，时时牵念大地上的事情。彩墨挥洒，再现的正是爱的心象。这么说，前面写他爱鸟，也不算跑题。

久久看画，忽地心头一动，竟有了诗思，就也吟出一首：

若有东风过两鬓，
韶光伴我漫沉吟。
人生四季安排定，
宁有芳菲二度春？

二

交新春，本人年届古稀（古稀一词，让人丧气。又思忖，那是古稀，不是"今稀"，也就释然）。不知从哪儿引发，二月河突地想到此事，春节的鞭炮声还在响，就打电话向我求证。我说，真的。他说："给你画桃；不是这我是不画的。"我问，啥时候去府上取，他答:"快。"

第二天和他联系,说:"现在就来吧。"真是快,可能昨晚通电话后就乘兴泼墨,一挥而就了。

到他书房还没坐定,他就吩咐夫人去楼上取画(伊是他的"上书房行走"。他在家中,有点四体不勤,养尊处优,若皇帝,若熊猫。琐事多由太太操劳)。我接过画,首先看见题跋中的"贼"字,立马说:"孔子曰:'老而不死是为贼。'"(同时想起冰心晚年,曾欲请人将此七字刻一闲章,没人愿干。只一山东青年闻讯照办,老人很是高兴。)待把全文读一遍,我才豁然解悟,不禁大笑。他说,一时灵感而已。恰在这会儿,有人找他在书上签名。(二先生常干这活儿,我每次造访,几乎都碰上这种事儿。)遂告辞,连个谢字也没说。

回家,腾清凌乱的书案,摊开三尺横幅,静心读画。但见斜刺里雄劲一枝插进宣纸,旋即岔为二,一长一短延伸,长枝聚三桃,短枝带二桃。桃皆硕大如斗,红熟得饱满。何以画五颗?是否寓意《尚书》里的"洪范五福"?五福的最后一福就是"考终命"。偎依鲜桃的,有五七片叶,俱如掌,已苍碧出老色。还有,那桃放在荆条编的筐箩里。那物件儿,酷似我儿时东邻五奶奶家用的盛红薯盛窝头的容器,在当时就已古旧成了文物。

写到这儿,该抖开包袱,说他的题句,道是:

　　贼、贼、贼,二月河不思作文思做贼。天上去赴王母宴,逡巡窃得一枝蟠桃归,稽首笑祈吾友福寿康且齐。

最后的落款是"贼徒二月河"。却原来,我不是贼,他是贼。此贼厉害,竟效法东方朔,偷到西天瑶池了。

2010 年 3 月 6 日

乾隆时代的吴垭村

　　自认为海内美景大都看过，南阳地面的山水名胜更是多次登临寻访，已经餍足，就不再乐于出游。忽一日，内乡县的友人电话告我，岞曲乡有一山村，名吴垭，甚奇，甚妙，最最值得玩赏。真的吗？将信将疑。三个月内给我说了三回，好似不去走走我就吃了大亏，不去瞅瞅就轻慢了那绝佳的所在。禁不住引逗，便前往了，在秋色正老时候。

　　车下公路，一转弯，看见山岭连绵，如屏如障，仿佛着意要把此地的独特和山外的平庸隔离。又转弯，再上坡，已到村口。

　　一下车就发现，这是另一世界。这世界的关键词是石头。寒武纪、侏罗纪遗存的石头，把山村定格在悠远的往昔。屋宇、院落、门楼、牛栏、羊舍、猪圈、鸡坜，全以石头砌墙。不是块石卵石，而是片石，厚厚薄薄、长长短短，就那么一组织，就结构出了坚固的墙，也结构出了别样的美。石色或赭或褐，若中国画的颜料晕染。墙面的缝，有书法的线条感，遒劲苍老，沉郁古拙，如抽象画,如狼毫笔的勾勒,如倪云林的折带皴。石头是粗粝的,质朴的,却又是性灵的,蕴藉的,每一面墙都隐隐透出艺术的玄机,等待高人解悟。几十户人家,皆依山筑宅,高高低低,聚聚散散,错落有致,虚实相间,很符合中国画的布局。叠石为墙,上苫灰瓦,屋脊微翘,可也真上画。陪衬村庄的,更有蓝天白云,碧山青峰,草木遮掩的溪涧,缓坡上石头砌作弧状层层旋高的梯田。于是,风景便显出深远,人的栖居处和谐地镶嵌于茫茫自然。

进村走在石头上。毛石铺的小路,路边长野草,石上生绿苔。石径分岔,通向一座座农家小院。大门前多有斜斜的石阶,石隙要么钻出一丛灌木,要么佝偻着一棵弯腰枣树,看去甚有风情。空地上,处处可见石碾、石磨、石碓、石磙、石窖、石桌、石的井栏、石的拴牛桩、石的储水池……俱形象漫漶,尘土积淀,像岁月在上面结了老茧。处处可见古树,扎根岩石,亦如岩石一样坚强,历数百春秋,犹矍铄旺盛。而且,每一棵都具造型美,都应当长进《芥子园画谱》。一进村就走进了历史。在村中穿行,一次次抚摩饱经风霜的石头,似摸到历史的脉搏,自新石器时代以来的人间冷暖。流行小曲唱道:"有一个美丽的传说,精美的石头会唱歌。"这石头是另一种精美,不小巧玲珑,而大气磅礴,应更会唱歌,唱的不是轻飘飘软绵绵的柔弱小调,而是用略显沙哑的颤音,咏叹悠悠千古的几度沧桑,几多苍凉,几世几劫的天地玄黄。这歌声最能震撼人心。当然须用心灵聆听,感应。

有些农舍屋顶坠落,门窗朽败,屋内长出大树,树上挂藤萝。但石壁照旧挺立,让爬秧的植物攀缘,在墙头开冷妍的花。

想,不必修复,任它颓废着更能显出时间的沉重。也有些农家大门落锁,锁已锈,显然主人早已迁居。想,总有一日,所有山民都会搬走,把村庄交给历史照管。看见一家柴扉敞开,举步拾级进院。堂屋偏房厢房,五脊六兽齐全,砌墙的石头颜色依然斑斓,缝隙横长竖短,若五线谱,有音乐感。院内片石铺地,留一方土,长一棵老态龙钟的核桃树,黄叶飘零,像一声声颇有分量的叹息。树下房前,摆列石头支起的喂牛的大石槽,养猪的小石槽,盛水的石缸,饲鸡饲鸭的石钵,捣蒜的石臼……屋门油漆已剥落,门楣木雕的花朵仍留着昔日的讲究。室内,用具全系木制,织布机、纺车儿、桌椅、箱柜,都是陈年旧物,似乎稍碰一下就会掉落古老文明的碎片。这倒十分般配,木石前盟也正是《石头记》的主题啊。在厨房,看见石头垒灶台,石头撑面案,盛米盛面的器皿多为石头凿成,烧火的坐具也是顽石,屋角突兀出一部分山体,石色黛青,如卧牛一般。石头支撑建筑,也参与生活,山民的清寒日子也能把冰凉的石头暖热。

村里很静,不闻人语,只有风声、鸟声、虫声,宁谧得丰富而隽永。思绪突然就古典了,恍若置身陶潜写《桃花源记》的时代,王维做辋川绝句的地方。终于找到一位老者,告诉我,全村都姓吴,村外祖坟前的石碑上明确记载,先人乃前清乾隆八年移此。祖祖辈辈都采石建屋,后坡上的起石坑如今还在。那些石器也是前人所留,几百年下来模样如故。贫穷和封闭造就了这个石头的村落。漫长的时间把它锻造成了凝固的历史,使它负载了浓重的文化。于是,村中一切都成了文物。山民无意中创建一座博物馆,在全国也许是唯一的。现代文明遗忘了这个小村,这个小村却获得了独有的存在价值。

真后悔,我来迟了。

回到乡政府,也是作家协会会员的党委书记周晓峰先生蓦地将我一军,拿出纸笔,要我留下"墨宝",像是看了不能白看。其意甚切,其情甚真,拗不过他,只得仓促构思,勉强涂鸦,句拙字丑,管不得了。写的是:

> 漫步石头村,
> 依稀见古人。
> 西风落照里,
> 光景足销魂。

2005 年 10 月 25 日

梦回坐禅谷

　　2005年4月10日,文友十余人,游逛坐禅谷。归来许久,我写不出文章。

　　昨夜,坐禅谷蓦然入梦,想是托梦索稿,游了不能白游。梦中物事,山水、雾霭、林木、路径,以及一帮男女,既清晰,又朦胧,如在眼前,又在天边,好似实景,又若幻境,都颠三倒四变了形,仿佛现代派画家的随意涂抹。画中却飘然走出一位传统的高僧,鹤发童颜,长袍广袖,眼见得一身道骨仙风。他似乎向我说些话,满是玄机,一句也没听懂。也许,他没说话,只说了一串省略号,或者一个问号。或许,他就是一座峰,一团烟,一棵树,一泓水,一阵拂面的风。或许,他就是空,就是无,以空无嘲讽我"万法本闲而人自闹",昭示我"犹如太虚廓然洞豁"? 不管他吧。我看山中一切,似乎都带着机锋,连着公案,都能扯上佛祖西来意。单那些聚聚散散缭缭绕绕的云,就使人一再想起《五灯会元》里那些玄玄乎乎虚虚实实的话头,诸如"长空不碍白云飞""云无人种生何极""欲识曹溪旨,云飞前面山"之类,还有慧忠禅师和唐肃宗的对话:"陛下见空中一片云不?""见。""钉钉着?悬挂着?"慧忠是禅宗六祖惠能的嫡传弟子,在南阳弘法四十年,不知他进过坐禅谷否。书上说,他住白崖山党子谷,如能考证出此谷即彼谷,坐禅谷就更有说辞了。

记得居停主人让我题字(我字赖极,偏偏多次碰上这种情况,很是无奈,只能献丑),写的是"坐禅谷处处禅机"。有禅机得去参去悟,不参不悟等于零。何况,禅是要坐的,久久跏趺静坐,心平气舒,绝无杂念,六尘空寂,五蕴俱失,否则,不可得。想我们一行人,赶大集似的急匆匆爬坡过涧,一个个笑语喧哗,一路说的是权力、金钱、黄段子,既大煞风景,也亵渎禅境,根本得不到也从未想得到禅的智慧和愉悦。其实,在名利场中拼搏得身心俱疲的现代人,确需要有时间自性清静一番,无事于心,无心于事,应无所住而生其心,这至少是一种有效的休息。然而,几个人会这样做?

真辜负了那个好地方。

通向禅境的路并非坦途。

那日,车近丹江岸,大雨如倾盆。路上黄泥和成了面糊,大车不怕,却把我们坐的桑塔纳摆弄得进退两难。只好弃车步行夫另一渡口。风也潇潇,雨也潇潇,一路泥巴黏似胶。终于到了江边,看云低雨猛,烟波诡谲,真格是望洋兴叹。当年,禅宗初祖菩提达摩可一苇过江,我们没有那道行。风雨中等许久,主事者安排一只快艇送我们。那真是轻飘飘的蚱蜢小舟,像一片榆叶在水上漂着。我们四个——周熠、廖华歌、薛继先、周同宾，冒雨顶风蹚泥踏水去登船，一脚踏进舱，船就左右晃一阵，浪花溅上衣裳。四人坐下，舱内楦满。都穿上救生衣，带子系紧。扭头看舷窗外，狂风掀起江水，浪头五尺高，状如排山倒海。想，波涛吞噬快艇，应像鲨鱼吃小虾一样简单，葬身水底，喂鱼喂鳖，当是顷刻间的事。四人竟不惊恐，静静坐着，好一副从容赴义的模样。又想，真要落水，涛中扑腾浮沉一阵，终于得救，倒不失为平生难得一遇的体验；若立马完蛋，那就无话可说了。坐在船头的船工却迟迟不敢开船。那小伙子或许以为，把四个作家如此这般报销掉，确乎有点浪费。又过多时，主事者电话告知，另派大船接我们。再过多时，一艘豪华游船鸣笛靠岸。这船可载数百人，却只搭四位乘客，很是奢侈一把。游船起碇，惊涛骇浪中碾出一条平安路。到水中央，四望江面如沸，水天相交，颇似漂洋过海……

作者附记：此乃旧作，且系残稿，隐于电脑年余，近日不期找到。再也想不起后边该说啥，就让它残着吧，巨著《石头记》可残，咱一则小文就不能效法一下维纳斯？忽想起前些天廖华歌告我，那次坐禅谷采风，周熠因病没去。哦，我错了。不再删改吧，人没参与，灵魂在场，多少次活动，登太行，游洛阳，访梁祝故里，谒南海禅寺，走遍南阳山山水水，他都和哥们儿一起，潜意识里我就以为他也去了。坐禅谷一定惋惜，少了周熠就少了一篇美妙文章。坐禅谷一定牵挂，"自从一病恹恹后，瘦了春山儿道眉。"(李叔同句)那次过丹江,开初凶险至极,似有性命之虞,后来慈航普度,终于安达彼岸。这,或许正是病的隐喻?盼周熠尽快康复,朋友们一块儿再去坐禅谷。在那儿坐一坐,悟一悟人生真谛。

2006年11月29日于豆斋

游记二篇

其实,算不上游记。

——作者

函谷关

在三门峡甘山参加散文学会的年会。秋风秋雨吹打,满山断枝败叶。冷飕飕的,人也提不起来劲,发言都呈郊寒岛瘦状。

第二天放晴,太阳很亲热,朋友们就去游函谷关。函谷关原为军事要塞,只因为老子在这儿留下了《道德经》,一下子成了文化圣地。《史记》载,"老子要出关,关令尹喜曰:'子将隐,强为我著书。'"真应该感谢关尹喜(其实,据郭沫若考证,"喜"为动词,义即"欢喜",汉代人误认为是这位关长的名字(见郭著《青铜时代·老聃、关尹、环渊》。鲁迅小说《出关》中也沿袭旧说作关尹喜,郭沫若小说《柱下史入关》里却只称关尹),要不是他执意留下老子著书,诸子百家就少了一家,中国哲学就少了一派,中国和世界就少了一份博大精深的思想资源,同时,函谷关也就少了甚或没了文化支撑。不知为何,自古至今,似乎从未有人为关尹喜评功摆好。旅游者千里万里地去游函谷关,大都是为凭吊老子。老子死了两千七百年,依然大象无形地存活在我们中间。五千言《道德经》,被后人解读了两千七百年,仍有说不完的话。今人王蒙读老子,读出了巨著《老子的帮助》,举出六大帮助,后面还有"以及其他"。王蒙说:"他帮助我们智慧、从容、镇定、抗逆、深刻、宽广、耐心、宏远、自信、有大气量、有静气和定力。"真够多的。区区五千字竟如精神原子弹,能量太大太大(主张"无为"的老子,让后人大有可为,也为研究者创造了饭碗,一代代的专家们都"吃"他,而且这资源不像矿山、油田一样会"吃"枯竭——这几句是题外话)。我却傻想,那么多人解读老子,是越研究离他越近呢还是越远?"道可道,非常道。"一说便俗,一说就错,说的那些话很可能成了"歪批三国",成了"六经注我"。王蒙就承认他的书是"歪打","或有郢书燕说之讥"。

先看见一块露天摆放的巨石,方不方圆不圆的,下面粗粝,上面光溜溜,说是老子写《道德经》时的"书桌"。我绕石三匝,越看越觉得这东西当不成写字台,坐旁边够不着,站旁边不舒服,何况那时没有硬笔和纸张,写文章只能拿羊毫笔蘸墨,写在或者用刀刻在木札竹片上。年迈的老子在此处绝对写不出五千精练文字。这石头却被尊为"灵石",宣传说摸一摸可以祈福,作家摸一摸还可以获得灵感。于是乎游人争相去摸呀摸,石面被手掌亲近得滑腻而锃亮。在一幅照片上,我看见诗人贺敬之也伸出写过《回延安》《三门峡歌》等名诗的右手,在石头上摸着,满脸自得的微笑。

接着就去登函谷关。关门左右两洞(有洞无门),均可并排出入两部卡车。其上,碉楼两座,皆三层,红柱黛瓦,檐牙高啄。这建筑,巍峨而堂皇,紫禁城似的豪华而气派。站关上远眺,见前后左右都是平川、丘陵,长满野草灌木,西风里洒满阳光,绘出无边苍黄,渲染老了的秋色。忽想到,函谷关之得名,是缘于关在谷中,深险如函,泥丸可封,此地这么开阔,十火车沙石泥土也封不住,怎能设关? 孤零零的一座关,四面无遮拦,关也关不住,挡也挡不住,何用? 我问导游,她向远方一指:"原来在那儿。"那里,连绵的山岭中间断了一截,好似一个"凹"字。对了,函谷关真应该筑在那个豁口里。那地方,或许曾印下老子所骑青牛的蹄印。

距函谷关不远,有太初宫,场面宽宏,殿宇轩昂,门前大大的铁香炉里,成篆高香冒出一股股青烟,像一把把扫帚在空中扫啊扫。介绍说,这里即是"老子故宅",写《道德经》的地方。佛寺道观见的多了,各处都是千篇一律。我没进去看,想里面当然敬奉的是老子,此时此地,他已是道教的祖师爷太上老君。我就想,老子和释迦牟尼、耶稣基督绝然不同,释、耶二位苦苦说法传道,信徒日众,于是就创立了宗教,自然成了教主。老子"无为自化,清静自正"(司马迁语),只不过写了上下两篇短文章,何曾号召众人信他、跟他? 张道陵于东汉时期创立道教时,才把老子抬出,摆上至尊地位。可以说,老子是被动地当上了道教的最高神祇。千百年来,长眉白髯的太上老君整日被烟火熏燎,被蜂拥而来的信或不信的香客、游客膜拜、搅扰,"致虚极守静笃"的老子,岂能消受得了?

尽管想些不合时宜的问题,但游一游,还是蛮高兴的。那组美轮美奂的建筑物雄踞于广袤的荒原上,辽远的蓝天下,看起来还是很漂亮的。

回家后翻书,始知老子经过的西周的函谷关,2200年前就被西楚霸王项羽烧掉,汉、魏、隋、唐以降直到民国时期的函谷关,均不在此处,也均已不存。我们所游览的,是今函谷关,钢筋水泥撑起的当代函谷关("故居""书桌"之类,也是今人为他摆弄的)。此关绝无军事意义、政治意义,纯属旅游设施,只是景点,并非古迹。牵扯上老子,也算顺理成章,毕竟老子和"函谷关"三字有所关联。文化一旦被旅游"拿来",难免会被戏说,被改写,被消解,被假托(我没说被亵渎)。这情况,所在多有,别处或许更甚。君不见连西门庆、潘金莲都有了"故里"了吗?

旅游就是玩嘛,玩个痛快就好,不必较真儿。一较真儿,没了思古之幽情,多了心理的别扭,何必呢。我太迂,也太愚。

乐山郭沫若旧居

和老伴儿、女儿、女婿、外孙一块儿,去游峨眉山。下山后想想,花钱不少,累得不轻,除了记得拥挤的人群,忙着卖香火、供品、灯油的僧尼，和调皮贪吃的猴子，竟别无印象，颇有些后悔。也算为了补偿，归途中，我提出顺路去看郭沫若旧居。老伴儿仅知道郭的"大快人心事，揪出四人帮"两句诗，别的一概不晓得。女儿、女婿在理工科高校工作，对郭不感兴趣，外孙一再嚷着："不看郭沫若，还去看猴儿。"我做主，硬是驱车去了乐山的沙湾镇。

绕了许多弯，问了许多人，才找到。然而，虽刚5点钟，大门已落锁。家人都无所谓，我倒十分失望，把写有"郭沫若旧居"的牌子摸了几摸，不得不废然而返，去乐山投宿。

第二天又去，成人门票仅15元（峨眉山门票每人120元，每进一座寺庙，再交几十元钱）。女儿花50元请了讲解员，家人都心不在焉，松散地随意看，他只能讲给我一人听。听着，我时时想起早年读过的《沫若自传》，一再提问。有些问题他竟答不出。我是个不好伺候的游客。

我原想，郭家乡下有田产，镇上有生意，府第一定阔大，像巴金的老家。却不然，那是个窄窄的四进三井院落，站天井朝上看，几乎是一线天。36个房间，都小而灰暗，那间开一面墙做窗的私塾最大，也不过十多平方米，仍是阴沉沉的。如此狭隘的小天地，当然留不住个性张扬、毫不安分的少年郭沫若——那时他还叫郭开贞。即便没那次糟糕婚姻，他也会离家出走。那是个大动荡大变革的时代，拒绝"忠臣孝子"，呼唤叛逆反抗的时代。

郭结婚时的洞房，真像洞，恐怕白天也得点灯。就在这儿，一个叫张琼华的小脚女人成了他明媒正娶的妻子。新婚夜，带着沮丧和厌恶，躲进厢房，从架上取出一本古书，直读到天明，正巧读到一句"恨而成赋,足见古今恨事之多也",正符合他当时心境。出于对包办婚姻的愤慨,在自传里不惜丑化张琼华,如"露天猩猩鼻孔"之类(据见过张的人说,她相貌尚好,仅鼻尖稍翘而已)。婚后第六天,就去了成都,而后东渡日本,而后,投身文学与革命。张一直守着空房,侍奉公婆,操持家务,牛马般干活儿。丈夫遗弃了她,她依然恪守妇道。直到26年后的1939年,已任国民政府军事委员会政治部第三厅厅长的郭沫若,为祭扫母墓、探父病、奔父丧,曾带着继日籍夫人安娜之后的第三任夫人于立群,从战时陪都重庆三次返乡。张琼华只有自惭形秽,在尴尬中自己就把自己边缘化了。郭父在病床前含泪述说媳妇的勤劳孝顺,郭或许因为愧疚和感激,当众向张深鞠一躬。张竟一时骇然,不知所措。仅此,她就满足了。郭还写下两首小诗,并写明"书付琼华",送给张,交代道,如果缺钱了,可以卖掉换几个现大洋。张说,就是饿死,也不会卖。夜里,她把独居了26个春秋的卧室让给郭和于住。室内,挂着郭的照片,郭的旧日的作业本、毕业证书、文稿、陆续寄回的家信都整齐地保存着,或者说,虔诚地珍藏着。或许,从那些物品里,能时不时得到若干慰藉。她竟无哀怨。她坦承,自己配不上郭,还说:"八娃是好人。"(郭排行老八,家人称为八娃)……嗣后,直到郭去世,其间40年,再也未还乡。40年,郭居高位,张为农妇,彼此似乎毫无关联(我不知道,土地改革后,作为"地主婆",她会有哪些遭遇)。1980年,张琼华默默地走完90度寒暑的孤寂人生路,不无凄凉地离开这个世界。我不禁想起鲁迅的原配夫人朱安,她的命运和张琼华几乎一样。但鲁迅把朱安当作"母亲送的礼物"供养在母亲身边，张琼华则是被忽略被忘却的女人；从1919年末，到1926年8月，朱安和鲁迅一直在一个家庭生活，虽然无爱，却可晨昏相见，而张琼华，作为郭沫若名义上的妻子，仅在一口锅里吃了区区5天饭。

旧居的最后面，是郭家的花园。原以为很大，其实颇小，苔痕上阶绿，花儿寂寞红，几棵阔叶的树似乎俱不舒展。正是在这里，尚在髫龄的郭沫若性意识过早地觉醒，凝望着三嫂美丽的倩影，想触摸她那粉红的柔嫩的手掌，接着就一再爬上那棵柔嫩的枇杷树自慰。这就为10年后的婚事埋下了荒唐的伏笔，做媒的叔母正好说张琼华人品和三嫂仿佛，郭才同意订婚，从而造成了郭所说的"拿着口袋买猫儿，交订要白的，拿回家来却是黑的"（见《沫若自传·黑猫》），同时，也造成了张琼华长达终生的悲剧。到底谁该为这出悲剧负责？怪郭沫若？怪郭的父母？怪张琼华自己？怪说媒的叔母？或者笼统地怪封建传统？好像都有份，又好像并不那么简单。我问讲解员："郭老当年爬过的那棵树呢？"他答："早没了。"哦，树没了，郭没了，张没了，那段故事早已掩进岁月的苍茫深处。但那个沉重而苦涩的话题好似仍然在花园里吊着。

从进院，到离开，游客只我们一家，准确地说，真正的参观者只我一人。难道郭沫若已被遗忘？不该啊，郭沫若在新文学、史学、考古学、甲骨文研究乃至文学翻译诸方面的巨大功绩不可磨灭。单说文学创作，他1921年出版的诗集《女神》（还有写于 1925 年，出版于 1927 年的爱情诗集《瓶》），他 1942 年到 1943 年写的历史剧（我认为郭的最好的剧作是《虎符》《孔雀胆》，不是《屈原》，更不是 1959 年为曹操翻案的《蔡文姬》），早已奠定他在现代文学史上的突出地位。当然，那一切都是在 1949 年以前完成。我幼稚地傻想，如果他后 30 年只做官，不写诸如"苦战三年，改变面貌，既多既快，又省又好"、"开岩三十二座强，挖土一百十万方"（见郭著《骆驼集》，1959 年出版）之类的"跃进诗"，不填"走资派，奋螳臂，邓小平，妄图倒退，奈翻案不得人心"（《水调歌头·庆祝无产阶级文化大革命十周年》，载《人民日报》1976 年 5 月 12 日）之类的"文革词"，不去为了迎合，牵强附会地弄出专著《李白与杜甫》，作为作家和学者的郭沫若，岂不白璧无瑕了？沈从文 1949 年以后被迫搁笔，仅凭前半辈子的作品，晚年再度走红。我参观过他湘西凤凰的故居，可是游人如织啊。我太天真，我太迂阔，郭和沈是两股道上跑的车，根本不能相提并论……

迈出郭家颇高的门槛，回望一眼高悬的"贞寿之门"匾额（匾额是大清皇帝钦赐的），我心里满是怅惋。上车，女儿问："你为啥一定要看郭沫若旧居？"我说："50 年前上中学时，通读过 14 卷《沫若文集》，还有他的多部史学著作，对他特别崇拜。""看了旧居，有啥收获？""感慨万端，一言难尽。"

2010 年 11 月 17 日于豆斋

山中读树

一

　　造化真有意思,硬在山半腰竖劈一挂立陡石崖,又横劈一片月牙形平地。月牙的最宽处不过五尺,却在不到五尺的地方搁上一块巨石,为红薯面蒸的窝头状,半间屋大,竟有一半悬在空中,仿佛稍稍用力一推,就会滚下深涧。石乃黄褐色,质地酥松;陡崖却是青灰的,如生铁凝固。显然,石头原本不在此地,是高空跌落的。它若再大些,必继续跌落到山脚;它若再小些,则造不出如此惊险。偏偏正是这么大的石头稳稳地落在这么巧的位置,就弄出了蹊跷。

　　石头弧状顶端的正中,端端地长一棵直标标的树,干是多棱体,像十几根竹竿死死摞在一起。其上,枝丫并不岔开,而紧紧收拢,正符合黄子久画树所谓"枝要敛而不可放",到梢头就收拢成了锥形的尖,颇似一枝古人称为毛锥的笔了。它似乎憋着一股劲,凝聚着一团气,鼓胀着一种精神。树根最特别,如蛇如虬,如索如链,牢牢地把石头箍勒缠绕,而后都伸展到石下,想必在石与月牙形平地之间绾一个八宝结。明显看见,石已皲裂,皴出纵横褶皱,似衰朽老人的脸。可以想见,若不是树根拘束,石早就碎了,碎为砾,碎为砂,碎为粉末。石和树成了个共同体。石是树生长的基础,树是石存在的保障。石滋养了树,树使石延续着浑然一体的生命。当然,石比树苍老得多,是在石的垂暮之年,才有这棵树切切维护,得以继续昭示作为巨石的漫长往昔。可原初是什么机缘,碰巧有一粒树种落在石的弧形顶端的正中,发芽,落根,生干,吐叶,抽枝发杈,长壮长高,终于成为一棵凛然大树,就不好想象了。那过程,似发生在地球史的迷茫深处。

这树所处之地,看似悬乎,却不悬乎。山风阵阵摇撼,树枝摆动,树干不动,定定地矗立石上,呼啸出阳刚之音。郑板桥诗:"咬定青山不放松,立根原在破岩中。千磨万击还坚劲,任尔东西南北风。"可算为它传神写照。

站远处看,就更像一枝巨笔在风中挥洒,在蓝天白云上写擘窠大字。它若写篇文章,一定是大气磅礴的大文章,记录世间沧桑的鸿篇巨制。或许早就写了,写在寥廓的苍穹,我们不能看到,看到也读不懂。

二

山溪一绕,绕出一湾玦形的水。水抱一个半岛,岛上耸起一个山头。近水处，长些蒹葭蓼萧，皆柔韧孱弱，朝风吹的方向躬身俯首。山上长满杂木，有栎有栗，有黄栌青枫，有酸枣苦楝，俱低矮偃蹇，干纤细而枝拳曲，呈猥琐状。杂木丛中，却生出一株桦树，直而高，有遗世独立之姿，飒然不羁之态。那形象，俨若亭亭玉立的"亭"字。如果没有桦树，山头就没了风景，水上也没了风景——看水上倒影，山头老绿深碧，郁结得沉闷，唯桦树映出一道白光，银亮得豁人眼目，动人心旌，令景物一下子全盘活跃，光色闪烁，酷似印象派的油画。马奈就说过："我的作品的主角是光和色。"

这棵白桦，让我想到白马王子，想到白雪公主。造物主安排它长在那里，似有领袖群伦的意思。杂树衬出了白桦的高洁，白桦赋予了杂树存在的意义。白桦在那儿一站，周遭一切都意味沛然，神采焕然，好比一首诗有了奇句，一篇文章有了点睛之笔，一下子境界全出矣。

上坡下谷，穿林越涧，走一段S形的山路，我来到桦树下。举头仰视，眼前一亮，像看见了白面长身的拜伦。它的风姿风度，真像一位罗曼蒂克的诗人，立马反衬出我的平庸鄙俗，亦如我身旁苟且偷生的杂树。忽想起，西洋的众多诗人都歌唱过白桦，西洋的众多画家都描绘过白桦。可在中国，桦树几乎不入诗，《诗经》里没有，《楚辞》里没有，汉唐以后也鲜见。我只记得寒山子曾以桦皮裹头，"桦巾木屐沿清流，布裘藜杖绕山回。"苏东坡曾以桦皮卷烛，"小院檀槽闹，空庭桦烛烟。"都实用得很。传统的山水画，无论南宗北宗，画松画柏画多种杂树，早画滥了，却从不把白桦形诸丹青。或许，中国文人骨子里缺乏罗曼蒂克的气质，就发现不了更欣赏不了白桦的另类的美。

想起风流倜傥的雪莱。那位短命的诗人，曾在一片桦皮上写下一首商籁体的情诗，送给十六岁的恋人玛丽。便细细审视桦树的白得静雅的皮，皮上横断的纹饰，确似一层层精制的纸紧贴着挺拔的干。中国的古人早就说过"以木肤为纸"，却只用楮皮桑皮造纸，不知为何却不以桦皮做纸。下意识地剥下一块，乃表皮下的一层，橙黄色，好似存放千年的南唐澄心堂制纸，长方形，恰如一张诗笺。从旅行包里取出笔，想写点什么，凝神枯思，腹中无词。诗已离我远去，更久以做不出咏叹爱情的文字，即便做出，也无处可寄。把那片美丽的桦皮摩挲许久，端详许久，就夹进了常在旅途的客栈里翻读的线装《纳兰词》，且留下对那株桦树的一丝牵念。

三

石上无土，只裂几道缝，竟长了两棵松。一大一小，大者正可合抱，小者也有水桶粗，恰做穿插提携状，颇合《芥子园画传》所论"二株法"之画理："大树婆娑多情，小树窈窕有致，如人之聚立，互相顾盼。"想必是岁月深处的某一年的深秋，大树的一枚松籽落入石缝，第二年萌发，长成一个新的生命。小树是大树的儿子。两代松树俱苍老，那小树应也有一大把年纪，比天底下任何高龄老人都老得多。两树相依为命，经历着春夏秋冬的无数轮回,将千百年人间争斗看饱。

两树都不挺直,干如弓如钩,且凸凹若丘陵,皮呈块状,鳞鳞片片,交接错落,坚硬似铠甲。长枝短杈全瘦硬如铁,折成直角、锐角、钝角,从无柔媚的弧形。枝端密叶丛簇,若钢针,锋芒毕露。大树悬瘿累节,像凝固了的千年艰辛,且空出大大小小的洞,像嘴巴,像眼睛,像发音的孔窍。此树委实丑陋,却丑陋成了可以入画的美。小树不向高处长,俯作匍匐状,不该生枝的地方生枝,不该发杈的地方发杈,枝杈都向下,好像铆着劲最终要刺破裸露的石头。这树不守常规,故意不顺畅,故意闹别扭,算得上佶屈聱牙,没有章法,却似以遒劲的焦墨勾勒出了难得的和谐。两树这么一结合,枝干交叉又气韵交融,就活活地组织成艺术味十足的构图,张扬着凌厉奇峭之势,桀骜不驯之气,蓬勃着旺盛的抗争精神,无论从哪个方向看,都能看出不同流俗的意思,都有直逼心灵的震撼感。

这是两株有个性的树。是漫长的时间雕塑了它们的躯体,是年复一年的风摧雨袭霜打雪压锻造了它们的魂魄,枝上干上都刻满坚忍倔强。坚忍倔强并不都要昂首挺胸,以屈当伸正可凝聚力量。

树旁直立一面绝壁,危岩崚嶒,纹理应是折带皴,石色浅赭,点染斑斑绿苔。有这石壁一搭配,两树越发仿佛画中物,似乎李成(营邱)曾画过。记得潘天寿先生论这位北宋顶尖级的画家道:"性情孤僻,傲视权贵,磊磊有奇志。"

四

古人名物很细密。《释名》说:"山间平坦曰坂。山下有潭曰濑。水中露石曰矶。"这地方,有山,有坂,有濑,有矶。但山只伸出一面缓坡,坂只是一条智利国地图形的地,濑是一湾死水,作为矶的石头肉墩墩的,像水里卧了两头牛。仅有这些,景致就平淡无奇。坂上有几丛荆棘,横七竖八的,支支叉叉的,像几堆乱柴,了无意趣。幸好,山与坂的交接处长棵树,干灰白,且光滑,可借杜甫诗句"霜皮溜雨四十围"言其状。这树有意地向濑的上空倾斜,若一驼背老翁。丈余高处,分二枝,如小写的 y 字。枝依次发杈,杈又发短杈,似梅花鹿的角。叶靛青色,汤匙形,如宋代官窑烧制的瓷器,却只能舀风舀雨舀雪粒。这树一立,景物就有了主儿,像文章有了骨架,建筑有了梁柱。然而,仍显得单调板滞,算不上丰富活泼。

正巧,树倾斜的下方,天生两株藤,老蔓欹侧,细条盘绕,绾出些死结,乱蓬蓬一团,即徐文长所谓"笔底明珠无处卖,闲抛闲掷野藤中"的那种野藤。这还不够,有三根竟悠悠地系在树枝上,一根斜上,一根直上,和地面与树枝组成一个上宽下窄的梯形,一根则均匀地扭着劲儿凌空高悬,似旧式的竖排书里的书名号。风吹树摇,藤袅袅款动,若窈窕淑女之舞姿。还有呢,藤蔓在粗枝细杈上吊下一圈圈扁扁圆圆的连环,如绳索,如书法的狂草,如叶浅予速写画的线条,既流畅,又刚健。藤梢,垂一穗穗茄紫色的花,娇艳似流苏,似璎珞,更似春天的灿烂笑靥。李白诗"紫藤挂云木,花蔓宜阳春",说的正是此种情状。一有了藤,这片景就丰盈了韵致,浓厚了意味,平添轻音乐般的动态的美,就为赏景人提供了足够的想象空间。忽看见,树上有一鸟巢,干柴筑就,像一顶倒放的斗笠;不知是否乌鸦的窝,若是,晚一会儿,太阳落山,四野黄昏,鸟儿呀呀叫着归来,就组成了马致远那句著名的元曲,再配上附近山村的小桥流水人家,就足以撩拨羁旅天涯的行人乡思绵绵了。

藤不可能直接爬上高树。想必它们都在幼小时就开始亲近,一块儿长大长高,耳鬓厮磨一直到如今。这是一场永不背弃的生命之恋。

在我眼里,藤也算树,只是不能自己直立。不必怪它,是造物主的安排。更不必像白居易在《有木》诗里讥讽也是藤蔓植物的凌霄那样,指责它攀附。一物有一物的活法。它也要接受阳光,也愿栉风沐雨,展现属于自己的姿容。何况,它用自己的圆柔把苍劲的老树纠缠出了难得的曼妙,从而造就了风景呢。

2004 年 12 月 25 日于南阳柳林

诸葛庐与子云亭

南阳诸葛庐

1959年秋期,我来南阳求学。学校在卧龙岗。步出经武门,沿梅溪河西南行,举头就看见一岗隆起,岗上老柏森森,一脉浓郁的墨绿,不远不近地在古城外逶迤,蓬勃着一种不同凡俗的气势,让人震撼。那道岗,郦道元踏访过,曾看到百里奚故宅,李太白仰望过,曾发出"谁识卧龙客,长吟愁鬓斑"的浩叹,岳武穆登临过,在秋雨中,更深秉烛,为道士挥毫泼墨写出了龙蛇飞舞的"出师二表",历代无数文人骚客都在那里留下了足迹和诗文。可以说,那是一道天下少有的文化岗。

那时,卧龙岗没有围墙,武侯祠不收门票,游人和香客随意出入。课余,我曾坐宁远楼内读《红楼梦》,曾踞抱膝石上吟诵普希金的诗,坐诸葛草庐里重温《前出师表》,更有几分亲切感,仿佛旁边就坐着满腹经纶的孔明和求贤若渴的刘备,正进行那番将改变中国历史的著名晤对。

遗憾的是,如今的卧龙岗已被凌乱的当代房舍遮蔽、壅塞,固有的气势不复存在。

当然,所谓祠,即纪念性的建筑,草庐也是象征性的,并非诸葛亮隐居时的旧物,草木结构的寓所是很难保存下来的,到底建在哪个具体地方,怕是永也找不到了。但可以肯定的是,刘备"凡三往乃见"时的草庐在南阳。卧龙先生夫子自道:"臣本布衣,躬耕于南阳,苟全性命于乱世,不求闻达于诸侯。先帝不以臣卑鄙,猥自枉屈,三顾臣于草庐之中……"这段话的逻辑告诉我们,在南阳的躬耕地即三顾地,躬耕地的草庐即三顾处。荒唐的是,早就有人无视这个逻辑关系。晋代襄阳人习凿齿的《襄阳记》中,先提出"襄阳有诸葛亮故宅",后,又在所著《汉晋春秋》中,指出"亮家于南阳之邓县,在襄阳城西二十里,号曰隆中"(属南阳郡的邓县竟管辖到汉水之南属南郡的襄阳,真乃咄咄怪事)。这就有意或无意把水搅浑了,似乎"故宅"或"家"即躬耕地和三顾处。即便那里确有"故宅"或"家",也仅为许多"故宅"和"家"之一而已。诸葛亮十几岁时,随叔父诸葛玄离开老家山东琅琊郡阳都县,屡次搬迁,处处无家处处家,凡住过的地方,都可能有"故宅"或"家"。在新野,在樊城,在荆州,在夏口,在成都,甚至在泸水之南,祁山之北,都有住过的地方,难道都能和"躬耕垄亩"和"三顾草庐"牵连上?襄阳武侯祠的山脚下,有一块不大的稻田,插一木牌,上写"躬耕田"。我看后不禁哑然失笑,戏说得太离谱了。

假若某一日，有"学者""考证"出了海南岛的诸葛"躬耕地"，也不必惊诧。这年头，学术腐败不亚于官场腐败，学界造假不亚于无良商家。"修辞立其诚"已成难得的奢侈。

其实，有"臣本布衣，躬耕于南阳"这九个字在，一切纷扰、鼓噪皆为徒然。我以为，躬耕地的论争已无必要，和不讲理、讲歪理的人辨是非，划不来，甚至可能为对方加分。谚云："能和君子打一架，不和小人说句话。"

说真的，我走进诸葛草庐，首先想到的不是孔明的智（《三国演义》对诸葛亮的智谋渲染过当，故鲁迅评曰："状诸葛之多智而近妖"），而是他的忠，忠于事业，忠于追求，忠于承诺，并坚守终生。《后出师表》结尾处剖心泣血的"鞠躬尽瘁，死而后已"，才是诸葛亮思想遗产的亮点。他的文治武功，已成历史陈迹，唯有这种精神代代相传，鼓舞激励无数仁人志士，一往无前，义无反顾，为社稷苍生奋斗献身，直到今天。

西蜀子云亭

刘禹锡《陋室铭》："南阳诸葛庐，西蜀子云亭。孔子云：'何陋之有？'"

写罢诸葛庐，想到子云亭。后者的知名度似乎稍差。

2012年春节，在四川绵阳女儿家度过。一日，女婿说，西山有子云亭。我听后欣喜，吩咐道，去看看。

扬雄，字子云，为西汉末期思想家、文学家、经学家，在天文、历法、音乐诸方面也有颇多建树。子云亭，据说是他早年读书的地方。

驱车上了一脉并不高峻的山岭。蜀地不寒，隆冬时节草木犹青。先找到了蒋琬墓园。在《前出师表》里，孔明曾称赞参军蒋琬为"贞亮死节之臣"，要刘禅亲之信之。盘桓良久，迤逦下山，在一面缓坡上，抬头看见了子云亭。因地震损毁，正重修，脚手架尚未拆去。一看见我就震惊了，和想象中的子云亭反差太大太大。昔日的寒碜亭子，如今却成了集亭台楼阁于一体的宫殿式建筑，凡三层，其上耸起华亭三座，檐牙高啄，有白云掠过。入眼尽为雕梁画栋，绣闼彩甍，金碧辉煌，美轮美奂，阳光在青色的琉璃瓦上骄傲地跳跃，俨然皇家气派。惊艳之余，我不禁感叹唏嘘了，想不到扬雄死后两千年竟阔气如此，仿佛在炫富。扬子云早年居蜀时贫寒（晚年回老家后也穷），《自序》云："家产不过十金，乏无儋石之储……人皆文绣，余褐不完；人皆稻粱，我独藜餐。"他读书的地方本是一处"茅亭"。正是因为"陋"，刘禹锡才把它和诸葛庐及自己的陋室连在一起说。亭内的介绍文字，也提到《陋室铭》，岂非令人发噱的反讽？

这里插一笔，缘于扬子云在王莽篡汉后曾任大夫，诸葛亮深为不齿："扬雄以文章名世，而屈身事莽，不免投阁而死，此所谓小人儒也。"孔明先生太正统，太"讲政治"。李贺倒不计较这事："扬雄秋室无俗声。"扬雄是书呆子，并不懂政治，只一心做学问，搞创作。

刘禹锡引的是孔子的半句话。全文是："子欲居九夷。或曰：

'陋,如之何?'子曰:'君子居之,何陋之有?'"陋与不陋,在于谁住。君子居之,因德之馨,则举目皆成佳趣。若小人居之,就人陋屋更陋了。我曾见不止一个"暴发户",虽住豪宅,不仅难掩其鄙陋、愚陋,反倒越发显出陋不可耐。

据说,重修子云亭,投资一百五十八万余元。南阳的诸葛庐,而今仍是一质朴的茅庵,建筑材料加工钱怕不会超过一万元。设若也弄成富丽堂皇的所在,不仅有悖于史实,也亵渎了布衣诸葛躬耕时的淡泊明志,宁静致远。南阳人老实,不善虚夸造势,过去是,现在似乎仍如此。

游览毕,女儿说:"咱南阳的诸葛庐是不是档次太低了?"我说:"这不是真正意义上的子云亭。"

2012 年 8 月 24 日

文化的庙会

　　文俊小友来电话,让做篇小文章,说说庙会。枯坐多时,想不出意思,忽想起二十世纪八十年代,写过一篇《龙王庙庙会记》,似乎还不赖,何不找出,改头换面,凑合着应付了事?偏偏那个东西没有收入集子,当初发表时的刊物混在几大捆中,弄得两手黑灰也没能翻出。回忆那篇文章的内容、章法、语言,只得其大概,细部却茫然。正无奈,想起了童年的庙会,心里一亮。岁月骎骎,人生易老,数十年前的情景依然鲜活。

　　那是一篇《好的故事》。借鲁迅先生的原话说:"许多美的人和美的事,错综起来像一天云锦,而且万颗奔星似的飞动着,同时又展开去,以至于无穷。"

　　三月二十八,是庙会最红火的一天(即所谓正会),跟奶奶坐别人的牛车去赶会,赶车的是一位我叫二毛爷的年轻人。虽只有十里路程,对于我却是一趟难得的长途旅游。几里外,就听到闹哄哄的人声,锣鼓的敲击声。每条大路小路,都有人群朝那里奔涌,老婆子、小媳妇、大姑娘洗浆得格整整的衣裤走起来嚓嚓响。

那会场太大,大得一篇小文容不下。

万头攒动,人山人海。奶奶说,赶会就是看人烟。

两台大戏对着唱。一个戏班的一位坤角长相俊,唱腔甜(那时女演员极少),观众几乎把戏台挤塌。我只骑在赶车的二毛爷的肩上看一会儿,见一个小丑,鼻子的凹处抹一块白粉,戴一顶辣椒形的高帽,挤眼咧嘴,点头撅屁股,特逗。

那时没有杂技这词儿,玩杂技叫"玩刀山"。布幕围着场子看不见,只一根几丈高绑满长刀的木杆直插蓝天,利刃闪着白光。站好久,也没等到演员爬上木杆,好遗憾——当时不知道遗憾这个词儿,只有遗憾的感觉。

有演独角戏的,演戏的木偶尺把高,据说戏文是《小秃头卖豆腐》。有玩把戏的,我看见那汉子拿一把高粱叶似的钢刀吞进嘴,撸撸脖子,揉揉胸脯,咽下肚子。有说鼓儿词的,穿着长衫的说书先生沙哑着嗓子哼道:"小伙子拉着小黑驴儿,驴上头坐一个胖不楞登小佳人儿。"有打着竹板唱莲花落的,唱的是"墙上画马不能骑,骆驼拽磨不如驴。"有吹糖人儿的,吹一只大肚子老鼠爬一个更大肚子的小口坛上偷油……会场里,每走一步都有可看的,可听的。

卖百货杂货的,一棚连一棚,一摊接一摊,布匹针线,葱韭芥蒜,苇席苲子,铜勺铁铲,桑杈扫帚牛笼嘴,犁耧锄耙扬场锨……我不关心这些。

小孩子嘴馋，最注意的是吃食。卖吃食的也真多，炸油条、水煎包、胡辣汤、炒凉粉、白馍、锅盔、千层饼、油茶、米酒、豆腐脑……奶奶只给我买一盘水煎包，没吃完，剩下的用青青的柳条穿了提着；还买了两根芝麻糖，当即就吃光，甜哪，甜死了。

庙会因庙而起。那地方有一座庙，供奉的送子娘娘白白胖胖，漂漂亮亮，眼角下弯嘴角上翘，好似马上就要嘻嘻笑出声来。

…………

庙会是庄稼人的嘉年华会。

提起庙会，惹起乡愁。那是文化的乡愁。或许在那里，有温馨的精神家园。

2007 年 2 月 7 日

我的文学路

有关方面要编一部研究"南阳作家群"的书，约我和我的同行都写一篇述说自己"创作道路"的东西。催稿甚急，于是，不得不停下刚刚做了半篇的文章，不得不把思绪扯向岁月深处，回首往事，再认前尘，寻觅那行断断续续歪歪斜斜的足迹。虽然，仿佛还不到为一生算总账的时候；虽然，回忆起来，多的是苦涩，少的是温馨，如一个旅行者回望来路多有曲曲折折，少有平平顺顺。汪曾祺有一篇回忆文章，题目竟是两句唐诗："却顾所来径，苍苍横翠微"，硬是把那么多坎坎坷坷都融进了葱茏诗意之中。我修炼不到那个高境界，想起过去，心中不禁跳出了元曲中的一句："重回首往事堪嗟"……

作家梦

出身农家，家境贫寒。童年，固然听奶奶讲过民间故事，听外婆念过传统儿歌,却从未接触过印在纸上的文学作品。家中除了点火做饭的纸媒儿,别无其他纸制品。直到升入中学,才知道在课本之外还有文学书。中学在南阳县一中(现社旗县一中)上。初中而高中。初中时,爱画画,爱得挚切,曾当美术课代表(那是我学生时代当过的唯一的"官"),理想是当画家。曾向大画家蒋兆和写信求教,蒋兆和回信称我为"周同宾小同学",说了很多鼓励的话。初中毕业时,画家梦破灭(曾写过一篇《画的梦》记述其原委)。进入高中,移情别恋,爱上了文学。一爱就爱得痴迷。痴迷中,做起了作家梦。点灯熬油,拼命读书;古今中外,长中短篇,都读。课堂上也偷看课外书,常被同学告发,常挨老师批评。我算不上好学生。数、理、化只维持 3 分,语文、英语一直考 5 分(那时学苏联,实行 5 分制,3 分是及格,5 分是满分)。所以努力学英语,是为了将来读英语文学原著,教英语的老师说过,雪莱的《西风歌》原文妙极,经郭沫若一译,诗美失去十分之九;尽管他是高手,却也毫无办法。直到毕业前夕,为了考大学,数学成绩才上去——这是后话。那时记性好,读罢能记住。郭沫若的诗集《瓶》(收 42 首爱情诗),读了多遍,能背下来。边读边写,主要是写诗,有时,一天能写十余首。诗是两类,一是民歌体,多为七言四句;一是自由体,句子大体整齐(那时诗坛尚无"朦胧诗"这种时髦形式)。决心当诗人,就先在诗中以"诗人"自居了。记得在《月夜》一诗中,就有"盛唐时,月亮对李白最亲;到如今,月亮仍爱少年诗人"之类的句子,可见其自视其高。写罢就往外寄。那时投稿,不贴邮票,随便用张纸糊个信封就行。初生牛犊,力小胆壮,稿子直寄往全国大小报刊。那时的编辑都很负责,不用的稿子都退,常附亲笔信提出意见,信末只署"编辑部",从未见人名(那时似无"责任编辑"一语,作者无法知道也不必知道编者是谁。1964年《奔流》5月号刊登了我的《散文二题》,二十年后才知道是徐慎编发的——这也是后话了)。寄出的稿子和退回的稿子几乎同样多。屡投不中,并不气馁。同学讪笑,并不管他。照写照寄,热情如故。直到1958年高中二年级时,才有一首四行二十八个字的诗登在《南阳日报》上(关于那篇"处女作"发表前后的情况,曾写有《蓦然回首》一文,收入拙著《唱给文学的恋歌》)。第一篇好似散文的东西,题目是《茶水秘密》,是写"大跃进"中的好人好事的,发表在1958年11月30日的《南阳日报》上。那年,被评为模范通讯员,奖品是两本稿纸,一个纸烟盒那么大的硬皮采访本。当时的高兴胜过如今得了几千元奖金的大奖……

那些年,最崇拜两个人,一个是郭沫若,一个是刘绍棠。郭高山仰止,可望而不可即;刘仿佛近在眼前,足堪效法。幻想中,自己也会像那位"神童"一样一下子崭露头角,名满天下。

作家梦正酣,想不到风云突变,只顾傻乎乎地读呀写呀,不知道马上就要大祸临头。

《萌芽》

1956年秋,高中一年级,几个爱好文学的同学一商量,发起成立了萌芽文学社。取名萌芽,自有终将长成大树的寓意。有点儿才气的年轻人总是自负的。得到老师的支持,在校园的一块颇大的黑板上,办起了《萌芽》壁报,发表我们的诗文。壁报在全校很有影响,每次刊出,都引来成群的师生,边看边赞叹,便有不少其他年级的同学要求入社。一时间,我们几个骨干分子在全校都颇有名气。壁报出了十几期,热劲儿一过,停了。转眼到了1957年春天,不知为何又来了劲儿,又出。复刊的第一期上,登了篇《前面的话》,是李庚辰(即现在供职于解放军报社的杂文家李庚辰)写的,内中有个意思说,去年冬天,气候寒冷,不宜萌芽生长,所以壁报停刊。现在春天来了,春阳和煦,春风骀荡,宜于萌芽生长,所以,《萌芽》复刊了。不久,社会上开始"反右派",这个意思被学生干部认定为"配合右派向党进攻"。于是,在校领导的支持下,以校团委、学生会的名义出黑板报批判。我们几个竟然不服气,不认输,壁报照旧出,而且发表文章一再辩解、反击。两军对垒,十分热闹。同学们大都同情我们。那几个学生干部,品质十分卑劣,学习一塌糊涂,批判文章写得狗屁不通,却得到校领导的信任,因为他们会整人,整学生,也整老师。《萌芽》被迫停刊,我们的事情却远远没完。不久,开始了"红专大辩论",我们几个理所当然地成了"白专"典型,一个个被"辩论"——"辩论"一词本来只是针对客观问题的,大概从那时起,也可以辩论人,辩论谁就是批判或斗争谁。那几个整人者却毫不羞涩地成了"又红又专"的好学生。他们如果晚生十年,都有资格当"白卷英雄"张铁生。现在回想,那班丑类下死劲整我们,除了要在政治上捞取好处外,还缘于阴暗的忌妒心理,因为我们确实比他们优秀。紧接着,来了个"交心运动",硬逼我们交出"反动思想",不得不违心地承认自己反对"农业合作化"、反对"三面红旗"什么的。承认就开始批斗,批斗罢立即处理。我生性软弱,吓得要死,认罪态度较好,再加上家庭出身不坏,得以继续上学。李庚辰脾气拗,不低头认罪,被开除学籍,遣送还乡(直到二十世纪六十年代初才平反,而后参军)。同时开除的还有七位同学。那时,我们都是十几岁的娃娃。萌芽刚出土,就被摧折,作家梦成了一场噩梦。文学这个灰姑娘,可不是好爱的;一心恋她,她没带来福,却先带来祸。

　　那一学期,我的思想政治是三分,三分意味着退学警告。三分并不是政治课的考试成绩,而是学校根据"政治表现"给定的。直到毕业,政治仍是三分;同班的其他同学,几乎全是五分。那是个"政治挂帅"的年代,"政治"好,一俊遮百丑;"政治"差,一切都完蛋。这就影响到高考。原来一门心思要考进名牌大学的中文系,而且卷面成绩确实不错,想不到决定录取的不是考分,而是"政治",是学校在考生鉴定表上填写的比"不可录取"稍胜一筹的"酌情录取"四个字。结果,我被录取到一所自己最不愿上的专科学校(当时一共报24个志愿,该校是最后一个)。而那几个整人成绩卓著、学习成绩糟糕的学生,则都进了很好的大学。那年是"持续跃进"的一年,高中毕业生除了出身地主、富农的,全都升学(出身不好,即使门门考满分,也必落榜)。事情就是这么荒唐。荒唐的年代充满荒唐事,人的命运只能听凭荒唐摆布。这一切，如今的年轻人一定很难理解，他们或许会以为我说的是神话或者鬼话。

这番遭际，第一次告诉我，文学的路不是好走的。路上坑坑洼洼的，一上路，就要摔跟头。路上有鲜花，还有更多的荆棘；有阳光，还有更多的风雨；有快乐，还有更多的麻烦，甚至苦难。

从写诗到写散文

高考失意，沮丧至极，但作家梦仍在继续。文学这东西，好似狐狸精，最能勾人魂魄；一旦爱上它，终生难脱离。尽管吃了它的亏，还要苦苦追求它。

在那所专科学校上学时，正值饥馑年代。功课不重，闲时间很多。为了把注意力从肚子引开，正好埋头读书。四厚册的《战争与和平》就是那时读的。百余万字的《悲惨世界》，打发了十几个长长的下午。《红楼梦》读了两遍半，书中的诗词全部抄下，一首首读到会背诵。学校在南阳卧龙岗上，不远处就是武侯祠。全民都正挨饿，几乎没有游人，森森古柏遮掩一个静悄悄的所在。我常去那里读书，那里也真宜于读书。因为常去，道人也熟了，曾给我讲解嵌于壁间的岳飞手书诸葛亮《出师表》刻石。当时，做过一首诗，现在还记得：

诸葛庐畔草萋萋，
抱膝石边苔湿衣。

半日读书清寂里，

唐诗且救腹中饥。

吃不饱饭，饿不断诗思。饥肠辘辘，胸中常有诗情涌动。几乎每天写诗。课堂上，老师讲授季摩菲耶夫枯燥的《文学概论》，我照旧沉浸在诗的构思中。写的诗有两类，一是吟唱爱情，虽然生活中并没有爱情；一是讴歌大好形势，虽然已经饿殍遍野。写了就往报刊寄。寄出的很多，发表的很少；怕退稿太多，同学看见难堪，寄稿时特附信说明"如不采用，请勿退还"。每发表一首，都激动多日，依稀觉得正一步步走近理想。

1961年7月毕业，被分配到一所乡村中学教书。学校在白河岸边，离汉光武帝刘秀住过的"白水村"不远，青杨环绕，屋舍俨然，好似世外桃源。我喜欢那地方，也热爱教育工作，而且认定，在平静的校园里可以实现作家梦。自认为是个好教师，语文课教得生动活泼，颇得学生拥戴。教务之余，坚持写作，常常在带玻璃罩的煤油灯下熬到深夜。那时，煤油限量，每个老师每周只给一灯油。为了节省，斟酌词句时就把灯焰拧得极小（不敢熄灭，因为火柴每月只供给一盒），需要写出时，才拧大。主要是写诗。当时最喜欢的诗人是郭小川和闻捷，就努力模仿他们。也写张志民那种民歌体的自由诗……渐渐发觉，很多意思无法用诗表达，就写起了散文。诸种文学样式中，诗与散文最近。不少优秀的诗人也是优秀的散文家，何其芳如此，徐志摩也如此。我的诗写得很多，发表的很少；我的散文写得较少，发表的较多。渐渐意识到，自己不是诗人的料儿，即使呕尽心血，终也难成气候。于是，不再写诗（偶尔写写，只是写给自己看，不再寄给报刊），专写散文了。死了当诗人的心，并没有割断对诗的爱，不再写，却常读，直至今天，仍然如此。青年人的"朦胧诗"，不少人说坏话，我倒时不时拿来揣摩，目的是想探探内中到底有多深的水。

当时文坛，两个散文大家，南秦牧，北杨朔，双峰耸峙，令人景仰。秦牧散文，知识性强，不好效法（如今回头看，秦文中的知识并不高深，甚至相当肤浅，当时却觉得他渊博得很），就专学杨朔散文。杨朔的代表作都是托物言志，以物喻人，有一定的套路，可操作性强，所以比较容易学。很多人学杨朔，一时间，杨式散文充斥大小报刊。"形散神不散"那句著名的话就是根据杨式散文的创作实践总结出来的。到"文革"开始，我已在多家报刊发表散文近四十篇，都不脱杨式散文窠臼。如果说那些东西还有若干可取处，那就是文中还有若干来自生活深处的土滋味、泥气息。

那时的作品都是为政治服务的。怎也想不到，一心为政治服务，最终竟被政治整了，整得好惨。

写检查

"文化大革命"一声炮响，校园立时失去平静，一下子乱了，乱成一窝麻。开初，并没有人找我事，我也意识不到会挨整，只觉得自己也是专革别人命的革命派呢。殊不料,6月初,《人民日报》社论《横扫一切牛鬼蛇神》发表不久,我就被"革命师生"揪出,罪名是"新兴资产阶级分子",根据是有成名成家思想。紧接着,被迫交出了文稿、剪报和23册日记。这就为整人者提供了更充分的材料。他们从中摘出一些话语,断章取义,肆意歪曲,顷刻间都成了反动言论。我的罪名也就升格为右派分子、"黑帮分子"、"三反分子"("三反"即"反党、反社会主义、反毛泽东思想")。关于我的大字报一下子糊满了三面山墙,而且三天一换,并配了漫画,画一个笑嘻嘻的我,我藏在背后的手中握一把尖刀。最羞的是,那些抒写内心隐秘永不打算示人的爱情诗,作为"腐朽的资产阶级思想"的例证,也被一一公之于众。我无地自容,没脸见人,生怕碰上曾经尊重我甚至崇拜我的学生。想到死,因念及远在天边的父母、刚刚开始的人生,才没寻死。不久,全县教师集中南阳搞运动,继续揭发,连我在某日傍晚对一个同事说"天快黑了"也作为"污蔑新社会天黑"被揭发出来。接着是批斗,由教师中的积极分子和学生代表批斗,场面不大,气势汹汹。说我啥,我都承认,为的换得一个"态度好"。批斗后,写检查。为了把我们这些被揪出的"黑帮"和革命群众分开,每日由"红卫兵"把我们押到公园,席地而坐写检查。公园已荒废,只有杂草野树,绝无游人。用那支写诗写散文的笔写检查,无异于自己用刀向自己心上戳。我羡慕地上的蚂蚁、草间的野蜂,我没有它们自由。我羡慕大街上走过的拉粪撒尿的农民,我远远不如他们。9月初回校,回校前,红卫兵用杨树的枝条为每个"黑帮"做一顶丈余高的高帽子。为的是让"黑帮"们戴着人人皆可唾骂作践的耻辱回到校园,走到学生面前。幸好因为帽子过于高大,汽车装不下,我们才免受一场额外的苦。回校后就是大批大斗。我第一个挨斗。那是在学校大礼堂,全校千余名师生参加,单那声势就几乎把我吓死。当会议的主持者猛吼一声"把三反分子周同宾拉上来",在震天价响的口号声中我被两个戴红袖章的学生跑步架进会场的时候,我明显地感到自己是一只拉进屠场的羊,不禁觳觫不已。批斗会是一场猛烈轰炸。我想哭,不敢哭。我很委屈,不敢辩解。我只能低头认罪……不记得挨过几次批斗。批斗的间歇,在红卫兵的监管下,坐"牛棚"写检查,没完没了地写。依文体而论,检查也属广义的散文,这种散文写起来却心酸难受。首先得认定自己反动,同时须用形式逻辑的方法,论述自己何以反动。最终要归结到"妄图复辟资本主义,颠覆无产阶级专政"上。实际是自己挖空心思糟蹋自己,千方百计痛骂自己。虽然糟蹋成十恶不赦,痛骂得狗血喷头,检查总是不能通过,总说没有触及灵魂。不得不反反复复地写,越写越长越细。用十六开稿纸写的检查,摞起来足有尺余高,不下百万言;百万言只说了一个简单意思:"我坏极。"现在想,写检查也有好处,起码使我在没日没夜的批斗中不致荒疏了文字,衰退了语言表达能力。到秋后,运动已经疲软,"大方向"已经转移,我和其他"黑帮"就被押解农村,劳动改造,等候处理。

　　那一年,我二十五岁。作家梦彻底破灭。为了文学,付出了一腔心血,十载青春,收获的却是委屈、耻辱和难卜吉凶的前途。热恋文学一场,到头来竟落得这般下场。欲哭无泪……

编小报与写材料

押解我的两个"红卫兵",好似董超、薛霸,虽没拿水火棍,却戴有红袖章;红袖章比水火棍厉害。一路上,他俩趾高气扬,我则低头躬背。在萧瑟秋风中,走了十里,来到一个叫邓桥的村子,把我交给大队公安员。公安员是管对敌专政的,我是"敌人",理应由他管。公安员先训斥我一顿,说些诸如"不许乱说乱动"之类的恶话,而后,送我去一户贫农家,向一间苫草的低矮厢房一指,说:"你住这儿。"屋内放一口没有油漆的棺材,几件农具,还有一堆柴草。我把柴草扒出一些铺在地上,放上了行李(想越王勾践卧薪尝胆时的床铺也不过如此)。席地而卧,长夜无眠,听老鼠在棺材上通宵跳蹦,心中好不是滋味。第二天,出工干活,平整土地。公安员责令我和五个"四类分子"一块儿干,和"革命群众"隔一段不短的距离,以示敌我分明。那五个都戴白袖章,上写"地主分子""富农分子"什么的;见我加入他们的队伍,皆面有喜色,似表示欢迎。……在那里干重活,饿肚子,挨批斗,忧郁中等待运动后期的处理(最怕的是被开除公职,流放远乡,如当年对待右派那样)。等待中,秋叶落,冬雪飘,春草发。关于那段生活,我写过《魂断黄叶村》《忆一场大雪》《窑场纪事》《饭事三忆》等散文,写出的仅是很小一部分。

1967年春寒料峭时候,我和其他"黑帮"突然被"解放",原因是我们是群众，不是当权派，运动的大方向是整"走资本主义道路的当权派"。也就是说，不是你没问题，而是你不当权，现在先不收拾你。因此，人解放而心没解放，生怕秋后算账。"文革"的形势波诡云谲，谁知道日后会有什么部署。发还了日记和文稿，我托一位学生保管，目的是一旦秋后算账，可以一一查证。我坚信我写的东西中充其量只有资产阶级思想，绝不反动。我自己所以不保管，一来因为不想再见到，一看见，就难受，正是那些东西，给我惹了祸，把我折腾得蜕了几层皮。二来怕再整我的时候，说我做贼心虚，涂改罪证。直到多年以后，尘埃落定，是非渐明，我才把那23本日记、一摞子文稿要回，一把火烧了。"文革"前的十载心血，"文革"中的万千屈辱，顷刻间，化作一团火焰，一堆灰烬。

天下大乱，狼烟四起，我不知道自己的结局。

1968年3月，地区"抓革命促生产一线指挥部"（当时的最高领导机关）政工组一纸公函调我去编报。那是本地区最大的"造反派"组织的一份小报，每周一张，邮局发行。所以让我去，一来我算是受过刘少奇的"资产阶级反动路线"的迫害，二来我能写两下子。我去时，报纸已出四十多期，在群众中颇有影响。所谓影响，不过是为"文化大革命"摇旗呐喊，推波助澜而已。编辑部在一座领导机关的办公大楼里。过去，门口有岗哨，一般人很难入内。如今，已无人办公，楼道里垃圾成堆，狼藉一片。领导干部和工作人员，都"斗批散"了。偌大一座楼，白天很少人迹，夜晚灯火稀疏。社会上你争我夺，文斗武斗，闹成了一锅粥。这里却相对平静,好似台风眼。对于我来说,能在这里有一桌一椅一床,苟全性命于乱世,而且能平心静气地和语言文字打交道,可谓得其所哉。编辑部只有三两个人,并没有"主编""副主编"什么的,编、校、发行,大家一起干。这种报纸好编,除刊登诸如《毛主席论造反有理》《毛主席论抓叛徒特务》的语录及"最新指示"外,主要是编发讲话,从"无产阶级司令部"的讲话,到省、地"革命领导干部"中的头面人物的讲话。稿子大都采自北京、上海及省城的小报和各地寄来的传单。也自己写文章,堂而皇之地发表"社论",满腔义愤地以"本报评论员"名义痛骂"走资派"。攻击对立面。那一切,如今看来,纯属胡闹,当时却严肃认真,神圣得可以。"文革"害得我好苦,我却甘愿为"文革"鼓吹。史无前例的"大革命",把人都拨弄得不是他自己了。只是到了夜里,总感精神空虚,心田荒凉。幸好从学校带来几本劫余残存的文学书,其中竖排的《曼殊大师全集》最耐读。诵几首旧体诗,看几页文言小说,特别感到舒服、滋润。还在屋角一堆旧报纸、旧文件中,扒出一册人民文学出版社1964年出版的《红楼梦》。或许只在这时候,我才又是自由自在的人。这也证明,文学之火在我内心深处并未熄灭。

有两件事,对我刺激甚大,不可不记。一件是,有一期报纸头版头条发表《纪登奎同志的讲话》,核桃那么大的二特老宋字通栏标题。我在印刷厂校对,批清样,直到午夜。上机开印后。又坐校对室等,等印出几百份后带回编辑部交给报贩去卖。当我拿到报纸,正要走,无意中看一眼,蓦地发现标题中纪登奎的

"奎"字竟然是"套"!这还了得,纪是"毛主席的老朋友",响当当的"革命领导干部",怎么成了"纪登套"!顿时紧张至极,肯定要闯祸。工人们一看,却都哈哈大笑起来,似乎并没有当成大事,我才稍稍放心。那时是活字印刷,当即把"套"夹出,再嵌进"奎"字,就完事了。事后,大家只当作笑话说,并没有追究我的责任。第二件事就厉害了。有天晚上,刚刚翻开《曼殊大师全集》,冷不丁地,有人通知我马上去印刷厂。我一进车间,见工人、车间负责人、工厂负责人、"一线指挥部"政工组的负责人都在,一个个表情严肃,如临大敌。那位掌权不久的工厂负责人先劈头盖脸痛斥我一顿,而后指着报纸的一篇长文中的一句让我看,我赫然看出这个"主语—谓语—宾语"结构的句子的宾语竟是"刘少奇的资产阶级革命路线"! 真如五雷轰顶,一下子吓酥了。在当时,这可是极其严重的政治事件。多少人就因为喊错一句口号而被打成反革命,游街示众,甚至锒铛入狱。这么明显的差错我竟然没有校出。事已如此,无从辩解,我突然失去自持,抱头大哭起来,哭得五内俱裂。哭,主要是害怕,其次是委屈。那时候,"无产阶级""资产阶级""革命路线""反动路线"之类的词语使用频率极高,每篇稿子都十几次、几十次出现。字架上摆的就是拼成的词语,不是单个的字;工人拣字时,伸手就摸出一个词或者短语。因为用得频繁,精神容易疲劳,就有可能摸错。校对时,"无产阶级""资产阶级""革命路线""反动路线"纷至沓来,一个人在短时间内连续看四个版,弄得头晕眼花,焉能不出错?我一哭,他们竟宽恕了我,不再说恶话,反倒安慰我。为此事,我惴惴不安许久,生怕有人再次提及,吃不了兜着走。

到这年年底,"组织"已做鸟兽散,报纸自然关张,我这个编辑也就卷铺盖了。那段"劣迹",对我后半生影响不小,实非始料所及。此乃题外话,不说也罢。

还是缘于能写两下子,不久,我被弄到一个写作班子写材料。写得最多的是"活学活用毛主席著作积极分子"材料。那一阵,正时兴组织这类积极分子到处作报告,当时的术语叫讲用。讲用者都不会写,就需要写家代庖。写这种东西的诀窍,一个是尽量曲折,明明一个简单事,也要写出复杂的思想斗争,一个是尽力拔高,一件小小的好事,也要提升到"支援世界革命""解放全人类"的高度,也就是说,必须会编,讲用者原有一分,要编到十分。只要时时记住引用"毛主席语录",再编也不出格。我深谙此道,把文学创作的本领全用上了。因此,我写的材料讲用效果甚佳。除"学毛著"材料外,还写学大寨经验材料、"四好五好"运动材料、"基本路线教育"材料……每月都写三五个。全是为人做嫁,写好后都以别人名义印发或宣讲。有两篇讲演稿曾在《南阳日报》《河南日报》发表,都有万余字,署名都是讲用者。那时写东西无名无利,也从未想到过名利。材料算不得文学作品,但我写得认真,务求畅达生动。曾想,我如今的语言还算有点儿功夫,怕与当年写过百万字的检查、百万字的材料庶几有关。

下乡五年

"文革"中的事儿诡谲异常,变幻莫测,人的命运只能听凭"形势"安排,自己当不了家,荣与辱,浮与沉,都有很多偶然性。"文革"是一出既严肃认真又荒诞不经的连续剧,无数人或主动或被动地上台表演,你方唱罢我登场,正面人物、反面人物老是转换,到煞戏时才发现仿佛每个人的鼻梁上都抹有一块白粉,丑角似的滑稽。

我因为"文革"初期挨过整(那挨整后来被解释为"刘少奇的资产阶级反动路线",好像不是"文化大革命"整了人,而是刘少奇整了,可整我时却说我是"刘少奇的孝子贤孙",刘少奇竟要整他的"孝子贤孙"),又曾为"造反派"办过报(那时候"造反派"是个闪光的称号,"无产阶级革命路线"的执行者,能在它麾下效力,自然是"革命行为",不少人孜孜以求之),于是乎,在那个荒唐的年代,便荒唐地当了半任副科级的小官。上任伊始,便因为是"三门干部"("三门"即家门、学校门、机关门,意为没在现实斗争中受过锻炼),不能坐机关,就不得不奉命下乡。那时候,时兴向农村派工作队。从"学大寨"工作队、整建党工作队,到"反击右倾翻案风"工作队、揭批"四人帮"工作队,我都参加了。前前后后,五度春秋。工作队名目不同,工作套路大都一样,无非狠抓阶级斗争,大批促大干。虽轰轰烈烈,却徒劳无益。但对我,实在是一次真正的深入生活。我这人,自信不会坏良心,整农民。到处的农民都和我老家的农民同样可怜、艰难,整他们无异于整我的父老乡亲。我是农家出身，虽然当了干部，自信本质未变，能够理解农民，同情农民。因此，我和群众的关系颇好，彼此融洽，说话见心。那时强调"三同"，即和村民（那时叫社员）同吃同住同劳动。也真正做到了"三同"。住在村民家，和村民一块儿下地干活（因为老是开会，劳动的时间较少）。吃的是派饭，就是轮流到各家吃饭，一家吃一天。吃后留下一斤粮票，五角钱。饭是生产队会计事前派的，按上级规定，只能派到人民群众家，不能派到"四类分子"家（地主分子、富农分子、反革命分子、坏分子合称"四类分子"，简称"分子"）。可见，管国家干部饭也是一种政治待遇。有一家，成分是富农，可"分子"早已死去，只有两个儿子。我认为，也可以去吃饭。当会计把饭派到他家时，弟兄俩很感意外，而且十分激动，特意请邻居的一个麻利女人，擀面条，捣蒜汁，下捞面。那天，弟兄俩特别高兴，逢人就说工作队今天在他们家吃饭。因为，管干部一天饭，不只能得到粮票和钱（粮票是奇缺东西，农民很难得到，五角钱也不算少，一个劳动日才值二角钱），还能得到生产队补助的一斤小麦，更重要的是得到了政治上的信任，在众人中恢复了脸面。那弟兄俩，长得都排场，因为成分赖，年过三十，还没娶来媳妇。就在我去吃了两天饭后，有人给老二介绍了对象，很快结婚了。据说，女方认为既然工作队去他家吃饭，可见不是赖人家。一个生产队，大多十几户，一年总要轮十几遍。因此，我和各家都熟悉，连各家的狗都认识我，见了我就摇尾巴表示亲近。各家做的都是农家饭，但都尽其所能做得好些。在一个临河的小村，每家中午都为我包饺子,馅儿除萝卜、韭菜外,还有白菜、菠菜、藕、荠荠菜、洋槐花、马齿菜、芝麻叶……却大都没肉。虽相当寒俭,却热情可见。那时,农民都穷,很少分到钱,每人每年只分得八十斤小麦。我不止吃过百家饭。饭食固然粗粝清淡,从中却足能品味出农村生活的苦涩,农民情意的温馨。曾编出顺口溜一首,记一顿晚餐:

> 小米干饭,一大碗,
> 辣椒一盘,姜一盘。
> 主人劝我多加餐,
> 话不多,情可感。
> 更觉得,米更香啊,菜更鲜!

那五年,从未吃过公家招待的酒饭,即便去公社开会,也是自己掏粮票和钱买饭,买罢随便蹲在什么地方一吃了之。哪像现在下乡,即便去尚未脱贫的山区,也必享受公费酒肉招待,直闹腾到宾主皆醉,方才罢休。吃派饭已成天宝旧事,历史陈迹。

日日忙于政治运动和战天斗地,可我还没有忘情于文学。干涸的心田需要文学滋养,多年的积习怎也改不掉。于是,在工作劳动之余,夜阑更深之后,就埋头读书。读自己所存无多的书和从朋友处借来的书,如《笑面人》《白鲸》《鲁迅全集》《艾芜选集》《红楼梦》等等。有几天,实在没书读了,就找来一本《新华字典》读,饶有兴趣地读了两遍(曾写过《读字典》一文述说当时情状）。有一次，大队干部从一个上海返乡探亲的女学生那里收缴一个手抄本，娟秀小楷抄一部无名氏的中篇小说《塔里的女人》，以为是阶级斗争新动向，交给我，问我如何处置。我一看，如获至宝，细读一遍，又让归还原主。那是第一次知道中国现代文学史上还有无名氏这么个别具风格的作家。那时读书，纯是为了排解寂寞，欣赏一番而已，并不想从中学到什么，因为，早已死了当作家的心。曾有一首小诗，写到夜间开会回来立即拿起书本的事儿：

> 天似黑锅星似米，
> 草间野径归来迟。
> 急燃残烛床头坐，
> 蟋蟀声中诵楚辞。

那时，也写东西，主要是写诗，新诗、旧诗、民歌体、打油体，都写。写的多是农事活动、农村人物、乡野风景、生活琐事等等。批批斗斗的政治运动，则不写，因为那里面很难找到诗意。河边的滩地里，种一块玉米，从播种，到收获，我全参加了。单为它，就写了十几首，诗体仿的是郭小川的《厦门风姿》。我所在的生产队有百余口人。我几乎为每人都写了一首，笔法学的是张志民的《公社一家人》。几年中，写了近千首，写满了五个塑料皮日记本。写，是因为想写，写了舒服，不写憋闷。全是为自己写的，从未想到发表，成名成家的思想早被批判得体无完肤。虽无功

利目的,写起来却很认真、很投入,颇有苦吟的样子。当时有一首绝句,说的就是写诗:

　　　　端坐篷窗夜已迟,
　　　　飞蛾绕烛惹奇思。
　　　　伊人梦断风烟里,
　　　　犹自推敲作小诗。

那时的诗,如今看来实在平庸,已无勇气拿出示人。但我仍然珍视,因为那些押韵文字毕竟星星点点地记录了我在那个缺乏诗意年代里的足迹、心迹。如果说我现在作品语言还算简练,比较注意语言的节奏感、音韵美,怕是得益于当年写过那么多诗了。

有一则寓言说,鹰叼到一只龟,因为没法吃它的肉,便想整治它,问道:你怕啥?龟说:怕水。于是,鹰就把它丢到海洋里去了。我就像那只龟,一下子被抛进生活的海洋,倒得到了相对的自由。如果待在机关,在那多事之秋,一定会招惹更多是非。同时,长期沉在社会底层,经见甚多,感触渐深,也为我后来的文学创作积累了丰富的素材。我的多篇散文,如《背影》《芦花湾二题》《细柳营札记》等,写的都是那段生活。这倒是当初料想不到的,可算无心插柳柳成荫。

写曲词

我这一生遭际,大都与文相关,因文得福,因文得祸,成也萧何,败也萧何。曾想,假若我不上学识字,或者念完小学后不再升学,一直在家务农,每日和田土庄稼打交道,那么,我会和父亲一样,成为一个勤劳而平庸的农民,任日子在种种收收、风风雨雨中悄悄流逝,我的一生或许就少了几多起起伏伏、波波折折,也就少了山重水复柳暗花明的故事。识了字,读了书,爱上了文学,就不能不付出许多。同时,文学也回报我许多,困厄中,抚慰我心神;孤寂中,滋润我灵魂;在平平顺顺的岁月里,使我活出了更多意思。付出的和得到的,算总账大体平衡。

且说就在我写了几年材料之后,县里要恢复文化馆。因为我能写两下子,也缘于我一再恳求,终于在文化馆落了脚,时在1972年10月。那时,各地的文化馆都叫"毛泽东思想宣传站",唯独这个文化馆仍叫文化馆,决策者竟不避"复辟""回潮"之嫌,可谓十分大胆。文化馆的那个"文"字,当然也包括文学。进文化馆,我名正言顺地靠近了文学。原来劳心劳力炮制那些材料,虽字斟句酌,皆无关斯文。

我的工作是辅导群众文艺创作,兼编一本小刊物。那刊物,先油印,叫《工农兵文艺》,后石印,叫《革命文艺》。那时各地都有刊物,都不外这两个名字,凡文艺,都须是革命的,为工农兵的。刊物发表了业余作者的大量作品,曾出过一期诗歌专号,百余首顺口溜全是歌颂"大好形势"和"好人好事"的。作者中,写散文和小说的很少。散文中须有"我"，那年头最忌说"我"；小说中应有若干生活的真实，那年头最反对写真实。那是个只宜制作"颂诗"的年代，一篇篇押韵文字全是"帝德乾坤大，皇恩雨露深"的现代版。刊物上登载最多的是曲艺唱词，抓创作也主要是抓曲艺创作。那时农村有不少宣传队（全称是毛泽东思想文艺宣传队），除演"语录歌""样板戏"片断外，主要是演唱曲艺。县里也成立了宣传队，专演曲艺。为了配合中心，服务政治，就需要大量新编节目。南阳是曲艺之乡，唱曲艺的多，写曲词的也多，而且不乏名家。正是在这时，我开始学写曲词。本来就喜欢民间文艺，儿时，给我以文学启蒙的是民间故事和民间歌谣，给我以美的感染的是年画、神像和吹糖人儿艺人吹捏出的拿金箍棒的孙猴子、爬上大肚子油瓶的小老鼠什么的。到如今，仍爱看传统戏，爱听大调曲、三弦书、鼓儿词。我这人文艺观很传统，与西方现代派以及种种新潮文艺理论迟迟接不上轨，所以一直写不出时髦作品，弄不出轰动效应。写曲词写得很投入，一写就爱上了这种形式。我是把曲词当作文学作品写的，或者说，是当作叙事诗写的，特别讲究语言。照理说，曲词原本也是文学作品，成了经典的《三国》《水浒》《董解元西厢记》及元人散曲等等，当初就是说唱的。只是到近几十年，曲艺才自立门户，曲词似乎也不入文学之林了。我写的曲词，大多读来尚好，演出效果平平。处女作是《小屋向阳》，写一位老队长身居草屋陋室，胸怀天下兴亡的故事（"身在××闹革命，志在世界一片红"是那个时代的钦定主题），演出过几次，反响一般化；1973年，被河南人民出版社编入一本演唱作品集出版。我写的第二个段子是《开电磨》,写一个山村老妇学开面粉机的故事。因为较有生活气息,语言也很风趣,演出效果颇佳。在《河南日报》发表后,曾广为传唱,并被选入多种演唱作品集子。这个段子曾参加全国曲艺调演。演出本竟和批孔挂了钩,让主人公多说了一段相当别扭的话:"想起来孔老二我满心火,他比那蝎子还毒蛇还恶。他叫俺围着锅台转,他骂俺女人难养活。"正是在这次调演中,发生了令江青十分恼火的"陶钝事件",被认为是典型的"文艺黑线回潮",参加演出的演员和工作人员都受到追究,弄得相当紧张。事后我想,亏得我没去参加(那时我正在农村战天斗地),如果我也"躬逢其盛",那就更难洗刷自己了,有道是"老鼠皮经不住四两硝","文革"伊始批斗者就把我和"文艺黑线"连在一起了。对曲艺的钟爱,一直绵延到"四人帮"倒台之后。陆陆续续地,我发表曲词近四十篇,其中,《三考新郎》在全国短篇曲艺作品评奖中获奖,《夸婆家》获"河南省曲艺创作奖"。于是乎,我在曲艺界就小有名气了,直到如今,有人编纂《中国曲艺家辞典》《河南曲艺史》之类的书。还一再把我拉进去。我加入中国曲艺家协会比加入中国作家协会还早五个年头呢。写曲词的同时,也常看曲艺演出,特别爱听老艺人唱的传统曲目,觉得那是一份可贵的文化遗产,是一个取之不尽的艺术宝库。随着老艺人的次第凋谢,我常有广陵散绝之叹。忘不了那年在石桥镇,听大调曲子《小寡妇上坟》,听得我如痴如醉,如仙如死,有一种从未体验过的艺术的餍足。小寡妇在坟前满腹哀怨,悲痛欲绝,邻家嫂子去解劝，竟用十三道韵辙，从十三个方面，唱出了小寡妇身世的可怜、环境的险恶，叙说理论了根根秧秧，铺陈渲染了方方面面，真真切切地唱出了一幅清末民初农村社会的《清明上河图》，即使一部长篇小说也难写到如此细致入微、生动传神。解劝到最后，便自然而然地得出一个入情入理的结论："他婶啊，拍拍屁股嫁了吧!"最使我倾倒的，是唱词中浓郁的生活气息、泥土滋味和纷至沓来的鲜活细节。我后来写的那么多乡土题材的文章，都远没有写出那种境界。

写多年曲艺，功夫并未白费。那段历练对我日后的散文创作大有裨益。在系列散文《皇天后土》中，多处引用传统戏词、曲词，也大都是那时的积累。

写曲词那段时间，也写了些散文，在《河南日报》《河南文艺》《郑州文艺》《河南农民报》发了十多篇。如今看来，都不算东西。

写散文

新时期开始，文学复苏，我的作家梦也死灰复燃。"文革"期间，先是沦为"黑帮"，恨死了文学，后是兵荒马乱，运动频仍，日子在动动荡荡、战战兢兢中度过，虽又舞文弄墨，却从不敢奢望当作家，全国只浩然先生一个作家，任你有日天的本事、非凡的才能，也难成为第二个，充其量，只能当个作者而已。十载梦断，再续前缘，我发现我对文学的爱恋和往昔同样真挚。于是，便从曲坛渐渐"淡出",终于,不再编曲词,专心鼓捣散文了。我已认定,一篇篇散文,有可能铺一条走上文坛的路。曾有戏言道:四十岁后,青春已逝,徐娘半老,倒找到了如意郎君,服服帖帖地嫁给了散文。一旦结合,就时时厮守,念兹在兹,心无旁骛,决计从一而终。一心一意弄散文,一直持续到如今,弹指间,二十年矣!这二十年,仿佛比"文革"十年过得还快,因为我的日子越来越顺溜。回望来路,再没了一波三折,检点成绩,却仍有不少话说。

这些年来,生活日趋安定,心境日趋平静,不再担心挨整,从未因文惹祸,特别是1986年6月到文联领取薪俸以来,环境改善,时间充裕,所需要的只是自己的才情和努力了。当了多年业余作者,到这时,才以多年的"余"为业。干了多年不得不干的活儿,理想和饭碗老是闹别扭,到这时,事业和职业才统一起来,手里做的正是心里想的营生。所以,我感激这个时代,虽然它在我吃了许多苦头,耗去半生年华之后,才姗姗而来。

我的散文,有一个演变过程。自信二十年来从未停下前进的脚步,尽管进步得很艰难。

开始,只能在河南发表作品。直到1983年,在《人民文学》发表《还乡散记》,在《上海文学》发表《游丝》,在《人民日报》《报告文学》《羊城晚报》发表一批东西后,省外的读者才知道有一个写散文的周同宾。写的都是农村题材,不厌其烦地描摹乡景、乡情、乡风、乡韵,写出了一派融融的田园乐。那几年,刚刚分田到户,又赶上风调雨顺,"提留""白条"之类的问题还没有出现,农民确有一种满足感，甚至陶醉状。我那些散文，或许在一定程度上反映了那种真实。但事后就发觉分量太轻，思想太浅，手法往往老一套，自己就不满意了。第一本散文集《乡间的小路》，收的大都是那个时期的作品。儿童文学散文集《铃铛》里的短章，也是那时写的。

渐渐认识到，只写乡村的风景美、风情美、风俗美，是远远不够的。农民并非桃花源中人，农村生活搅和着苦甜酸辣，每个农民的身世都有一份固有的沉重。大约自 1983 年以后，我已不满足于单单描写那种所谓诗情画意，想把文章做得厚重一些，深刻一些，力求再现农民的生存环境和心理状态，写出一些历史感、沧桑感。于是，便有了《饭场纪事》《剃头挑儿》《故里三丑》《祭幺婶文》《祭文八篇》等叙事记人的篇什。这个时期的作品，大多编入了散文集《葫芦引》和《情歌·挽歌》。

1988 年以后，我对经营了多年的散文的叙述方式、语言格调渐感腻味，想变一变套路，换一换笔法，就做了两个实验。一是开始采写《皇天后土——九十九个农民采访记》。这个系列直到 1994 年下半年才完成，1996 年结集出版（出版者把"采访记"易为"说人生"，颇忤我意，"说人生"似不能涵盖全书内容）。《皇天后土》的写作原委，已在该书《自序》及书后所附答记者问中说了，这里不再赘述。二是想从古代散文（特别是明清小品）中学一些本事，学语言，学样式，学它的文化味、书卷气、空灵美和言简意赅的美学品格。于是，就写了一批说人生、说山水、说读书、说写作的随笔小品文字。在文体上，也尝试了书简体、日记体、笔记体、论辩体等等古人所创造的样式。这样做，得失成败如何，自己也拿不准。所堪自慰的是，总想把文章做好点儿，总想不断变一变招数，为了不让读者厌倦。散文集《绿窗小品》、文论集《唱给文学的恋歌》收录的大都是这个时期的作品。还有一些，编入了后来出版的《周同宾散文自选集》。

下一步，我的散文将是何等模样，自己也不好预测。有一点可以肯定，将会继续写下去，并愿努力写得好一些。我似乎还没有"江郎才尽"。

煮字烹文四十载，专心写作十余年，人磨墨，墨磨人，一腔心血，一窗清寒，化为纸上文字。粗略算来，已有近千篇被称为散文的东西流播世间。但真正有点儿价值的，自己至今仍满意的，只是少数。那么多的东西早被岁月的烟尘销蚀，随风而散，了无影响，除曾为自己沽得些许浮名，换来若干稿酬，已没有别的意义。行文至此，不禁怆然。

年少时，渴望成为作家。想象中，那是最高妙的人生选择。可一旦偿了夙愿，圆了旧梦，不知怎的，却很少有当初预期的美好感觉，只觉得，作家亦不过尔尔，甚至疑惑为这个鸟文学付出那么多是否值得。这或许正符合那个著名的"围城理论"。光阴飞逝，人已渐老，昔日的激情，已退为平淡，多年的执着，仅剩下习惯，所以仍在写，只是为了实现生命的自在而已。

2011 年春节重写毕于南阳无尘居